dtv

Es ist Spätsommer in der bayerischen Provinz. Katharina Berger kehrt nach Jahren bei der Kriminalpolizei München in ihr Heimatdorf Weil zurück. Doch ein ruhiges Polizistenleben auf dem Land ist ihr nicht beschieden, denn aus der Vermisstenanzeige eines Gebrauchtwagenhändlers, dem »Tandler«, entwickelt sich ein handfester Kriminalfall: Ein Jaguar wird mitsamt Leiche aus einem Moorweiher gezogen. Katharina stürzt sich in »ihren« ersten Fall und überschreitet ihre Kompetenzen in alle Richtungen …

*Barbara Brinkmann*, in Bad Tölz aufgewachsen, hat Architektur studiert und arbeitet heute als freie Grafikerin in München. Die Liebe zu Sprachen und Dialekten sowie die regelmäßige Flucht aufs Land haben sie zu ihrem Kriminalroman ›Holunderblut‹ inspiriert.

Barbara Brinkmann

# HOLUNDERBLUT

Kriminalroman

Deutscher Taschenbuch Verlag

*Mit einem bairischen Glossar auf Seite 257
und einem italienischen Glossar auf Seite 266*

**Ausführliche Informationen über
unsere Autoren und Bücher
finden Sie auf unserer Website
www.dtv.de**

MIX
Papier aus verantwortungsvollen Quellen
FSC® C019821

Originalausgabe 2012

Umschlagkonzept: Balk & Brumshagen
Umschlaggestaltung: Lisa Helm unter
Verwendung von Fotos von Corbis/Joff Lee
Studios (oben) und plainpicture/Millennium
Satz: Greiner & Reichel, Köln
Druck und Bindung: Druckerei C. H. Beck, Nördlingen
Gedruckt auf säurefreiem, chlorfrei gebleichtem Papier
Printed in Germany · ISBN 978-3-423-21371-4

*für M.*
*danke für die Biogasanlagen*
*und den Nebel über Wasserburg*

*für L., L. und M.*
*die treuesten*
*ungeduldigsten*
*und aufmerksamsten Zuhörer*

# PROLOG

Who's gonna tell you when
It's too late
Who's gonna tell you things
Aren't so great
You can't go on
Thinking
Nothing's wrong,
But bye.
Who's gonna drive you home
Tonight?
(*Drive* | The Cars)

# OANS

Die A94 führt von München aus Richtung Osten und endet kurz nach Forstinning. Als B12 führt ihre Verlängerung durch eine malerische Gegend aus Hügeln, Wiesen, Maisfeldern, ein paar Wäldern und kleineren und größeren Orten.

Von Haag aus fährt man über Ampfing eine gute halbe Stunde nach Mühldorf, das sich über eine Innschleife zieht. Folgt man der Staatsstraße 2092 von Mühldorf aus Richtung Süden und biegt nach etwa 15 Minuten Fahrzeit wieder nach Osten ab, dann befindet man sich richtig auf dem Land.

Und zwar in Weil.

Weil ist klein und überschaubar.

Jeder kennt jeden, man duzt sich, egal, ob beim Metzger Harlander, beim Bäcker Pallinger oder beim Doktor Lechner. Sogar bei der Polizei. Obwohl manche Junge eine Ausnahme machen beim Ersten Polizeihauptkommissar Josef Brunner. Aber der EPHK Brunner natürlich nicht bei den Jungen. Der Brunner ist ja eigentlich ein ganz ein umgänglicher Kerl, aber wenn das Wetter umschlägt, dann schlägt auch dem Brunner seine Laune um. Wegen seiner Migräne. Und dann genießt man ihn besser mit Vorsicht.

Die Katharina macht an ihrem ersten Tag bei der Polizei in Weil natürlich gleich die Bekanntschaft mit dem Brunner seiner Migränelaune.

Nicht, dass sie seine Launen nicht schon seit ihren Kindertagen kennen würde. Ihr Vater ist sein bester Freund gewesen, schon in der Dorfschule in Weil, die jetzt Grundschule heißt, und in der Polizeischule und all die Jahre im Polizeidienst. Als der Berger seinen Herzinfarkt erlitten hat, da hat der Brunner ihn eigenhändig mit dem Einsatzwagen nach Mühldorf ins Krankenhaus gefahren. Und als der Berger dann dort nicht mehr herausgekommen ist, hat der Brunner sich um die ganzen Formalitäten gekümmert. Zwanzig Jahre ist das her. Die Katharina war noch keine achtzehn damals, und der Brunner hat für ihre letzten minderjährigen Monate die Vormundschaft übernommen. Eine Verwandtschaft hat die Katharina nämlich nicht mehr gehabt.

Da könnte man jetzt also erwarten, dass der Brunner sich ein bisschen zusammenreißt an der Berger Kathi ihrem ersten Arbeitstag.

Aber als die Katharina um acht Uhr zur Arbeit in der Polizeidienststelle eintrifft, sieht sie nur, wie er mit hochrotem Kopf aus dem Büro rausrennt und noch zurückschreit: »Ihr kennts mi gernham, machts eiern Scheißdreck doch alloa!« Und zu seinen Schuhen sagt er noch: »Was glaubts ihr eigentlich, wer i bin?!«

Da hat sich die Katharina auch nicht mehr getraut, dem Brunner einen guten Morgen zu wünschen, weil ein guter Morgen sieht anders aus.

Außerdem war der Brunner auch schon weiter.

Ihr ist also nichts anderes übrig geblieben, als an die halb offene Bürotüre zu klopfen und diejenigen zu begrüßen, von denen sich der Brunner gerade mit seiner Migränelaune verabschiedet hat.

»Guten Morgen. Ich bin die Katharina Berger, ich fang heut bei euch an.«

»Griaß di, i bin der Hansi.« Ein Polizist, der ausgesehen hat, als wäre er in seiner Uniform geboren worden, so perfekt haben ihm die Beige- und Sandtöne gestanden. Das war der Oettl Hansi.

»Servus, i bin die Anni.« Die Anni hat ein halbes Lächeln zustande gebracht, obwohl sie doch gerade von ihrem Vorgesetzten so niedergebügelt worden ist.

Die Fischhaber Anni, das war eine ganz eine Hübsche. Noch recht jung, Mitte zwanzig etwa, und einen Kurzhaarschnitt hat sie gehabt. Braune Haare. Und wie sie so dasteht, erinnert sie die Katharina an jemanden. Aber die Katharina kommt nicht drauf, an wen.

Das war meistens so bei ihr, das war so was wie ihr Bauchgefühl. Und erst, wenn sie sich wieder mit etwas vollkommen anderem beschäftigt hat, Stunden oder Tage oder Wochen später, ist es ihr dann wie Schuppen von den Augen gefallen und ihr eingefallen.

»Stimmt, der Brunner hat ja gsagt, dass du heit zum erstn Moi kimmst«, hat die Anni jetzt gesagt, während sie nebenbei ein paar Schriftstücke aufeinandergelegt und so hin und her geschoben hat.

Der Hansi hat der Katharina dann doch noch die Hand geschüttelt, wie es sich gehört. »Willkommen im Club, wia ma so sagt.«

Und dann war erst einmal Schweigen.

Der Brunner war ja nicht da. Der wäre derjenige gewesen, der jetzt hätte sagen können, was zu tun ist. Hat also die Katharina die Initiative ergriffen.

»Warum war denn der Brunner so zwider eben grad?«, hat sie die beiden jungen Polizisten gefragt.

»Ja mei ...«, hat der Hansi angefangen, aber weitergegangen ist sein Satz nicht. Er hat sich seine Haarfransen aus dem Gesicht gestrichen mit so einer Geste, wie das sonst nur die Jugendlichen tun.

Auf Mitte zwanzig hat die Katharina ihn aber doch geschätzt, so wie die Anni. Ein nettes Paar wären die zwei schon gewesen.

Eine Jugendfrisur hat der Hansi also gehabt, einen Haarschnitt, der seit vorletztem Jahr nur noch so vor sich hin gewachsen sein dürfte. Aber bis auf den Haarschnitt, der fast etwas Rebellisches gehabt hat, durch und durch Polizist.

Der Anni ihre Haare waren nur ein kleines bisschen länger, aber eine topmodische Frisur, da kannst du nicht maulen.

Die Katharina hat da nicht mithalten können. Seit Jahren hat sie schon die gleiche Frisur gehabt, nämlich lange blonde Haare. Da gehst du zum Friseur und sagst: Spitzen schneiden. Der Friseur schneidet dir also 15 cm ab. Das macht jeder Friseur so. Spitze heißt in Friseur-Fachsprache nämlich 15 cm. Weniger geht nicht, sonst kann der Friseur die 50 Euro schlecht rechtfertigen. Dafür hält die Frisur dann auch ein ganzes Jahr, also ein recht ein gutes Preis-Leistungs-Verhältnis. Da hat die Katharina dann immer so ausgesehen wie die Joni Mitchell. Nur ein bisschen brauner. Das ist das Erbe von ihrer Mutter gewesen. Der Katharina ihr Vater: ein ganz ein heller Typ, Haare blond, später grau, aber das merkst du ja bei Blonden nicht gleich, die werden eher so schleichend grau. Und blaue Augen. Ihre Mutter war eine Italienerin, aber nicht so eine Mamma, wie man sich das vorstellt, mehr rein optisch italienisch, also dunkler Typ, und eine ganz eine Hübsche. Deswegen ist sie auch nicht beim Berger geblieben. Da sind halt immer noch ein paar andere Männer im Spiel gewesen. Aber den Hang zum Italienischen hat die Katharina dann doch geerbt, so wie die Haut und die Augen. Und in Italien hat sie auch ihren neuen Freund gefunden, nachdem sie acht Jahre mit einem Kollegen verbracht gehabt hat. Dem Schuster Georg aus München, ein echter Giesinger ist das gewesen. Das heißt, der ist das schon immer noch. Aber die Beziehung: gescheitert. Keine Kinder, kein Gedanke ans Heiraten. Der Georg hat da keine Probleme gehabt. Hast du als Mann um die vierzig ja auch nicht. Aber die Katharina mit Ende dreißig, da denkst du als Frau schon auch einmal an eine eigene Familie.

Und als sie gar nicht mehr drüber nachdenkt, lernt sie in Italien einen Commissario kennen, den Matteo Lucarelli, da vergisst sie recht schnell ihre gescheiterte Beziehung. Das ist schon eine echte Liebe, aber was will man machen? Er lebt in der Toskana und sie in der oberbayerischen Provinz.

Und dann hat sie einen Unfall. Bei einem Einsatz in Italien. Eine Kugel, und zwar leider auch noch eine aus dem Lucarelli seiner Pistole, erwischt sie im Unterbauch. Und das war's dann mit Familie. Und ihr Gefühl sagt ihr, dass der Matteo sie vielleicht bloß aus Mitleid und schlechtem Gewissen liebt.

Jetzt war sie also achtunddreißig und wieder daheim in der Provinz, und der Matteo 800 km entfernt, und da kannst du telefonieren und mailen, was das Zeug hält. Die Liebe leidet trotzdem.

Er hat ihr noch versprochen, an Weihnachten für eine Woche zu kommen. Aber jetzt war erst Mitte August, und da ist Weihnachten noch weit.

Und dann siehst du so ein hübsches junges Paar wie den Hansi und die Anni und denkst dir, neidisch könnte man werden.

»*Migräne* hat der Brunner«, ist es dann aus der Anni herausgekommen. »Und außerdem hat der Präside vo Mujdorf ogruafa, des is immer a ganz a schlechts Zeichen.«

»Und um was is's ganga?«, hat die Katharina im saubersten Oberbairisch nachgehakt.

»Was woaß *i*?« Die war schon ein bisschen gschnappig, die Anni. Aber im Grunde eine Seele.

Deswegen, und auch, weil sie eigentlich recht gerne geredet hat, hat sie dann doch noch erzählt, was sie so rausgehört hat aus dem Telefonat.

»Es is um a Auto ganga. Oiso eigentlich um mehrere. Es gibt da in Halling so an Autotandler, des glaubst ned, scheißreich is der. 's Arbeiten hätt der gar ned notwendig. An scheena Hof, hektarweise Grund, a riesen Werkstatt. Ojs g'erbt. Weil, entweder erbst was, oder du bscheißt, anderst werst ned reich. Mei Meinung. Oder du machst hoit ojs zwoa. Aber i hab nix gsagt …«

Aber dann hat die Anni doch noch jede Menge gesagt.

Dass der Autotandler einen Kunden hat, der seine Jaguars immer zu ihm bringt, weil der Tandler ein Spezialist für diese englischen Karren ist. Für die braucht man nämlich ein ganz ein anderes Werkzeug als für die gewöhnlichen Wagen, wegen Zoll und Inch und Zentimeter. Seit vier Wochen hat der Tandler nichts mehr gehört von seinem finanzstärksten Kunden, so was macht natürlich nervös. Und wie der Präside von Mühldorf seinen alten BMW zum Tandler rausbringt, da erzählt der Tandler ihm von den drei Jaguars, die seit Wochen bei ihm am Hof stehen, und von dem Kunden, den er einfach nicht mehr daglangt. Und weil Halling zum Inspektionsbereich Weil gehört, ruft der Präside den Brunner heute an, er soll die Angelegenheit mit der chronisch unterbeschäftigten Weiler Polizeidienststelle klären, aber der Brunner mag den Tandler nicht, der hat ihn seiner Ansicht nach einmal beschissen, irgendwas mit einem Auto. Den Präside mag er auch nicht, weil der sich immer so aufmandelt. Deswegen delegiert der Brunner den Auftrag gleich: Die Anni und der Hansi sollen rauffahren zum Tandler. Der Hansi mag den Tandler aber auch nicht, weil seine Mama den nicht mag, und deshalb weigert er sich. Und weil das für den Brunner schwer nach Faulheit und Ausrede klingt, wird er so zwider.

Ungefähr das hat die Anni erzählt, ohne Punkt und Komma.

Jetzt hat die Katharina ein bisschen nachvollziehen können, warum der Brunner so ausgeflippt ist, aber verstanden hat sie es trotzdem nicht, weil nachvollziehen und verstehen sind zweierlei. Eine Idee hat sie trotzdem gehabt.

»Wißts was? *I* fahr nauf zu dem Tandler«, hat sie vorgeschlagen.

Da waren der Hansi und die Anni richtig sprachlos. Auf die einfachste Lösung kommst du ja oft gar nicht. Und die Katharina war froh, dass sie sich gleich ihren ersten Einsatz geangelt hat, weil nichts ist so fad, wie den ganzen Tag in der Polizeidienststelle herumzusitzen. Dauernd kommt jemand, der sich über einen Strafzettel, also eigentlich: eine Verwarnung beklagt oder über angeblich kriminelle Machenschaften seiner Nachbarn, oder jemand ruft an und beschwert sich, dass der im Garten nebenan zwischen zwölf und drei seinen Rasen mäht.

So ist das auf dem Land.

Gar nicht so anders wie in der Stadt, wo die Katharina vorher jahrelang bei der Kripo gewesen ist. Bei der Kripo war's natürlich anders. Aber bei der Stadtpolizei: Strafzettelbeschwerden, Nachbarschaftsbeschwerden, und wo es keine Rasenmäher gibt, Kneipenbeschwerden.

»Du, Kathi, des Problem is, der Brunner hat den Einsatzwagen oans gnumma. Und der Zwoarer, der is in der Werkstatt. Oiso, wemmas genau nimmt: beim Tandler«, ist der Anni noch eingefallen.

»Dann fahr i hoit privat«, hat die Katharina auch dieses Problem gelöst. »Und dann kannt i aa glei schaung, ob der Wagen scho fertig is.«

»Echt? Daadst du des für uns?«, hat sich der Hansi begeistert. Ganz ungläubig hat er geschaut dabei.

»Freilich. I mach a bisse an Druck.« Und dann hat die Katharina sich erklären lassen, wie sie zu dem Tandler hinkommt. In ihrem alten Golf hat sie nämlich kein Navi gehabt, kein GPS und gar nichts.

Eine Heizung hat sie aber drin gehabt, und die hat sie um halb neun in der Früh auch noch gut brauchen können. Im bayerischen Hochsommer Mitte August ist es in der Früh ja noch recht frisch. Man merkt schon, das wird ein ganz ein heißer Tag heut, aber draußen auf dem Land sind in der Früh die Wiesen und Felder noch ganz nass, gerade wenn es sternenklar war über Nacht. Und im August hat es gerne mal eine stabile Hochdrucklage, da ist es tagelang sternenklar und morgens alles nass vom Tau. Ein bisschen herbsteln tut's da fast schon, und tagsüber ist es dermaßen heiß, dass du dir wünschst, die Polizei hätte auch kurze Hosen in ihrem Uniformprogramm.

Also ist die Katharina losgefahren, nachdem sie den Golf ewig hat vorglühen lassen, weil der Probleme mit dem Starter gehabt hat.

Die Pistole, eine Heckler & Koch P7, hat sie auf den

Beifahrersitz gelegt. Normalerweise hat sie die in ihrer hinteren Hosentasche getragen, eine ganz eine blöde Marotte und beim Sitzen ungemütlich, wenn nicht sogar ein bisschen gefährlich. Nicht, dass sich da ein Schuss löst.

Eine Pistole gehört natürlich auch nicht auf den Beifahrersitz, wenn man im Einsatz ist – da gehört sie an den Mann oder in ihrem Fall an die Frau.

Aber die Berger Kathi war halt ein bisschen eigen.

Hochkompliziert ist sie jetzt die 12 km über Land nach Halling gefahren und hat sich gefreut, wie schön und friedlich die oberbayerische Provinz aussieht, fast schon ein bisschen niederbayerisch, die Grenze merkst du ja nicht.

Der Mais ist schon ganz hoch gestanden, die Bauern haben ihr Heu gewendet, das muss sein, über Nacht wird das ja immer ganz feucht. Ein paar Biokühe sind bewegungslos auf einer Wiese herumgestanden und haben wiedergekäut. Die konventionellen Kühe sind im Stall gestanden, wegen den Biogasanlagen, das Biogas kriegst du ja nicht von der Weide.

Berufsverkehr war auch, also hat die Katharina schon so ihre 20 Minuten nach Halling gebraucht. Die Werkstatt vom Autotandler hat sie aber auf Anhieb gefunden, war auch nicht schwer.

Direkt am Ortseingang geht zwischen hohen Wiesen eine lange Auffahrt den Hügel hinauf, eine Allee aus lauter alten Obst- und Nussbäumen, als tät da ein Herrenhaus stehen und nicht ein alter Hof. Von der Straße aus siehst du zwar noch nicht, dass auf dem Hof überall Autos in den verschiedensten Aggregatszuständen parken, aber nach Öl riecht es schon, also war die Katharina hier richtig.

Ihren Golf hat sie dann mitten auf dem Hof stehen

lassen, damit jeder gleich sieht, da kommt eine, die will was Besonderes.

Wenn du was Besonderes willst, parkst du also mitten auf dem Hof, so saudumm, dass praktisch keiner an dir vorbeifahren kann. Dann steigst du aus und sperrst natürlich nicht ab, weil erstens braucht es das nicht am Land und zweitens stehen da so viele andere, teils viel bessere schönere und teurere Autos rum, da lohnt es sich für einen Autodieb gar nicht, sich mit deinem alten Golf zu beschäftigen.

Obwohl, für einen Autodieb wär der Golf schon einen zweiten Blick wert gewesen. Allein schon wegen der Handfeuerwaffe auf dem Beifahrersitz. Die hat die Katharina natürlich vergessen, als sie ausgestiegen und in die Werkstatt reingegangen ist, um nach dem Chef zu fragen.

# ZWOA

Unter einem alten BMW 2000, tornadorot, aus den Siebzigern, haben zwei Mechanikerfüße rausgeschaut.

Die Beine hat man schon auch gesehen, in blauen Mechanikerhosen haben die gesteckt. Aber in Bayern heißt alles hüftabwärts Fiaß, also: Füße. Bestenfalls sagt man noch Haxn zu den Beinen, aber nur, wenn man es ein bisschen abwertend meint.

Mit den Füßen war, logisch, nicht zu reden, aber da waren noch zwei andere Mechaniker oder Mechatroniker, wie das inzwischen oft heißt, weil in den Autos heute ja schon mehr Elektronik als Mechanik drinsteckt, das merkst du gar nicht vor lauter Fahrkomfort. Das merkst du erst, wenn was kaputt ist an der Elektronik. Und wenn dann nichts mehr ist mit Fahren.

Die Katharina war da ziemlich fein raus mit ihrem alten Golf aus der ersten Generation. Das war auch schon ein Oldtimer und noch so wunderbar mechanisch und robust. Wenn dann doch mal was hin war – Verschleißteile gibt's ja überall –, hat der Peter ihr das alles mit ein paar Handgriffen gerichtet. Umsonst, das hat der gerne gemacht.

Der Peter, das war der Sohn von der Katharina ihren Hausleuten, also Vermietern. Die Katharina hat nämlich in einem Austragshäusl auf einem Biohof gewohnt. Der Hof war schon uralt und auch ein bisschen dahaut, also nicht mehr ganz up to date, um es auf Hochdeutsch zu sagen. Aber gepflegt durchaus.

Ihre Hausleute, die Allmandingers, das waren ganz nette, freundliche und rechtschaffene Leut, den ganzen Tag am Arbeiten, aber von außen hätte man sich trotzdem fragen können, wie die ihr Auskommen haben mit ihren fünfzehn Biokühen, wo du pro Liter Biomilch nur 30 Cent kriegst von der Biomolkerei, und den paar Eiern von dem Dutzend Hennen, das Stück haben sie für 20 Cent ab Hof verkauft oder gleich selber gegessen. Aber die Allmandingers haben so viel Grund und Land und Wald und Geld gehabt, da haben sie schon leben können, bescheiden waren sie auch, und so haben sie der Katharina das Austragshäusl für den Spottpreis von 150 Euro vermietet. Warm. Warm war mit Brennholz für den Kachelofen. Eine Zentralheizung suchst du auf so Uralthöfen natürlich vergebens.

Der Peter war der jüngste Sohn von den alten Allmandingers, die drei älteren: studiert, verheiratet, Kinder, weggezogen. Nicht dass der Peter noch so jung gewesen wäre. Er war ja auch schon achtunddreißig, wie die Katharina. Da haben sich die Alten schon ein bisschen eine Hoffnung gemacht für den Peter, als sie der Katharina das Häusl vermietet haben, wie die um Ostern herum von der Stadt, also München, zurück nach Weil gezogen ist. Das hat der Brunner ihr arrangiert gehabt. Der hat sich gerne um die Katharina gekümmert, er hat ja immer noch so eine Art Vormundsgefühl ihr gegenüber gehabt.

Und dann war da noch die Sache mit ihrer Beurlaubung. Wegen dieser Handlung in Notwehr.

Nach mehreren parallelen Ermittlungsverfahren ist zwar festgestellt worden, dass ihre Schussabgabe rechtmäßig gewesen ist, aber ihre Kooperation mit dem Polizeipsychologen hat dann nicht so gut funktioniert; die Selbstvorwürfe und -zweifel hat der ihr halt nicht abnehmen können. Er hat also eine Versetzung vorgeschlagen, weil der Kriminalpolizeidienst sie zu sehr belastet, wie er es ausgedrückt hat.

Und dann hat sie sich, zur Eigentherapie quasi, ein bisschen Trotz war vielleicht auch dabei, erst einmal zu einer alten Freundin nach Italien abgesetzt. Im Frühsommer ist das gewesen. Über zwei Monate ist sie in der Toskana gewesen, und schließlich hat sie den Anruf vom Brunner gekriegt, dass er eine freie Stelle für sie hat, bei der Polizei in Weil, wo sie damals vor zwanzig Jahren angefangen hat.

Und so ist sie zurückgekommen nach Weil, in ihr Austragshäusl, und den alten zinnoberroten Golf, den die Kathi noch von ihrem Vater übernommen gehabt hat, hat ihr der Brunner auch schon vor die Tür gestellt gehabt. Der Peter hat ihn durchgecheckt und ein bisschen was ausgewechselt, Glühkerzen, Bremsbeläge und so Verschleißteile halt, und vollgetankt. So kann man freilich entspannt in die Heimat zurückkehren.

Gewusst haben die Allmandingers ja schon viel von der Katharina, weil der Vater Polizist gewesen ist in Weil und der Peter und die Kathi schon miteinander in der Volksschule in einer Klasse gewesen sind, und ganz aus den Augen verlierst du dich nie am Land. Die Geschichte von der Rückkehr von der Berger Kathi in ihren alten Heimatort hat dort um Ostern herum auch recht schnell die Runde gemacht. Warum sie zurückkommt, haben sie nicht gefragt. Mit vierzig rum kommen sie alle zurück – Ruf der Heimat wahrscheinlich.

Aber alles haben die alten Allmandingers dann doch nicht gewusst. Zum Beispiel nicht, dass die Kathi inzwischen mit einem Commissario aus der Toskana liiert war.

Da hat auch der Peter keine Ahnung gehabt. Und er hat die Kathi sehr gern gemocht, immer noch, nach all den Jahren, deswegen hat er ihr auch alles umsonst gemacht, Möbel räumen oder Auto reparieren zum Beispiel. Das hat der können, weil er vor zwanzig Jahren einmal in einer Autowerkstatt seinen Mechaniker gemacht hat, zur gleichen Zeit, wie die Kathi bei der Polizei gelernt hat, das war, bevor er den Eltern den Hof geschmissen hat, und zwar in der Werkstatt vom Tandler. Die ist damals grad im Aufbau gewesen. Weil das vorher, als dem Tandler seine Eltern noch gelebt haben, der zweite von zwei Biohöfen in der Gegend gewesen ist, der erste war der Allmandinger-Hof.

Aber heute nur noch Autos, wohin du auch schaust.

Und die Katharina ist jetzt, nachdem sie geschaut hat, zu den zwei Mechanikern gegangen, die mit ihren Oberkörpern ganz tief im Motorraum von einem alten Ford Taunus gesteckt und irgendetwas mit irgendeinem Gerät ausgemessen haben, was, das erfährst du als Laie ja nicht.

Ein Alter und ein Junger waren das, so wie die diskutiert haben und sich uneins waren, das hast du schon merken können, bevor sie sich aufgerichtet und zur Katharina hergeschaut haben, als die sie begrüßt hat.

»Servus, i bin die Katharina Berger, Polizeiinspektion Weil. I suachad den Tand… Ich such euern Chef.«

Und als die beiden aus dem Motorraum aufgetaucht sind, hat die Katharina an ihren wunderschönen blauen Augen gesehen, dass sie nicht nur jung und alt waren, sondern auch Vater und Sohn.

»Polizei? Is was passiert?«, hat der Sohn ein bisschen erschrocken gefragt.

»Naa, ned wirklich. Reine Routine.«

Der Junge hat sich seine langen dunklen Haare mit dem Unterarm aus dem Gesicht gestrichen, weil seine Hände ganz ölig waren. »Der Hafner is grad furt, duad ma leid. Aber miassat glei wieder kema.«

Die Katharina hat solch präzise Aussagen ja geradezu geliebt. Und auf irgendwelche Chefs warten fast genauso sehr. Aber der Junge hat schon gemerkt, dass sie genervt schaut, und dann ist er hinter dem Taunus hervorgekommen.

»I bin der Jakob Fichtner.« Mit seiner schmutzigen Mechanikerhand hat er der Katharina ihre saubere Polizistenhand geschüttelt, dass gleich ein Haufen Altöl und Schmiere an ihr pappen geblieben ist.

Aber die Katharina war sich da auch nicht zu fein, außerdem hat ihr der Jakob gleich irgendwie gefallen, wie er sich bewegt hat, wie er ausgesehen hat, ganz durchtrainiert. Da hat sie sofort gewusst, der macht irgendeinen Kraftsport.

Am Händedruck hat sie es auch gemerkt.

»Gfreit mi.« *Freut mich* ist also alles, was der Katharina jetzt eingefallen ist.

»Magst an Kaffee?«, hat der Jakob lächelnd gefragt, und da hat sie natürlich gleich Ja gesagt.

Auf der einen Werkbank ist eine Kaffeemaschine rumgestanden, eine Filtermaschine, wo die braune Brühe immer recht greislig schmeckt, auch wenn sie ganz frisch durchgelaufen ist. Immerhin war der Kaffee durch die Warmhalteplatte so weit eingedickt, dass er wenigstens so ausgesehen hat wie ein Espresso. Trinken hat man ihn eigentlich nicht mehr können, aber manchmal zählt die Geste mehr als der gute Geschmack.

Dann ist der Jakob mit der Katharina auf den Hof

hinausgegangen, froh, einen Grund zu haben, von seinem besserwisserischen Alten wegzukommen.

»Is des dein Golf da?«, hat der Jakob gefragt und zu ihrem Auto hin so eine lässige Kopfbewegung gemacht.

»Ja.«

»Schee! Is ja no super beianand!«

Die Katharina war gleich ganz stolz auf den alten Golf und darauf, dass er dem Jakob gefallen hat.

»Aber wiaso kimmt a junge Polizistin in Uniform in ihrem Privatwagen?«

Jetzt ist die Katharina ein bisschen rot geworden, wegen dem Kompliment betreffs ihrem Alter, aber der Jakob hat sich nichts anmerken lassen, außerdem hat er sich den Golf gerade näher angeschaut, da hat er es wahrscheinlich gar nicht gesehen.

»Weil der Einsatzwagen bei eich steht«, ist es ihr eingefallen.

»Ja, stimmt ja.« Der Jakob hat gelacht und sich wieder dem Golf zugewandt. Das Zinnoberrot war noch eins a, weil der Katharina ihr Vater den Golf immer in der Garage stehen gehabt hat, gefahren ist der meistens mit einem Einsatzwagen der Polizei.

»Wann warad der denn fertig?«, hat die Katharina es mit vorsichtigem Druck probiert.

»Mach i dir glei nach dem Ford.«

»Was so vui hoaßt wia …?«

»Heit auf'd Nacht is er fertig. Aber du, Katharina, Privatwagen hin oder her … Warum liegt'n da a Pistoin aufm Sitz?«

Jetzt ist die Katharina doch noch richtig rot geworden. Ist ja schon peinlich, wenn einem ein Zivilist so eine grobe Fahrlässigkeit vor Augen hält. Sie ist auch gleich hin zum

Auto, Tür auf, P7 raus und in die hintere rechte Hosentasche rein.

»A bleede Angewohnheit, sonst nix.«

»Dann daad i aber absperrn«, hat der Jakob ganz nüchtern bemerkt und genauso nüchtern hinzugesetzt: »Da kimmt der Chef.«

Da hat die Katharina auch schon gehört, wie ein Transporter die Auffahrt hochkommt, und bei dem schweren Motorengeräusch gleich gewusst, dass ihr Golf da blöd parkt und ein großes Auto da nicht vorbeikommt. Und so war's dann auch. Der Transporter hat eine Vollbremsung gemacht, weil so ein schwerer Motor ja recht zieht, wenn die Steigung erst einmal vorbei ist. Wenn man schwungvoll auf seinen Hof brettern will mit ordentlich PS, und da steht dann ein Hindernis, das da vorher noch nicht gestanden ist, das dabremst man dann gar nicht mehr gscheid.

Daran hat es auch gelegen, dass der Tandler mit seinem Transporter den Golf von der Katharina gestreift hat bei seinem Versuch, im letzten Moment doch noch eine Vollbremsung hinzulegen. Ein Knirschen und die schöne alte Kunststoffstoßstange vom Golf ist schief gehangen, aber sonst war nichts.

Wie der Tandler aus dem Transporter gestiegen ist, hat die Katharina ein Fluchen erwartet, aber nichts dergleichen. Ein kurzer Blick auf den Golf hinten, auf den Jakob und dann auf die Polizistin in Uniform.

»Ah, die Polizei.« Der Tandler hat gegrinst, der Katharina ihre Hand geschüttelt und gesagt: »Wenn i ned davo ausgeh kannt, dass des Eana Ihr Wagen is, daad i sagn: aufschreiben und abschleppen, bitte.«

Bei so viel Frechheit hat sich die Katharina sofort wieder erholt und gleich eine Retourkutsche hervorgezaubert, weil wenn du auf dem Land aufwächst und ein bisschen einen Dialekt verstehst, bringen sie dir das schon in der Volksschule bei, wie man mit den Leuten redet.

»Wenn *i* ned davo ausgeh kannt, dass Sie mir den Schaden unbürokratisch reparieren –«, hat die Katharina angesetzt, aber der Tandler hat sie gleich unterbrochen mit einem versöhnlichen »Freilich, machma. Des is bloß die Aufhängung, des hamma glei. Jakob, geh, fahr den Golf amoi nei und biag des wieder z'recht«, und ohne Atempause und mit Blick auf die Katharina: »Was verschafft mir die Ehre?«

Jetzt hat die Katharina nicht recht gewusst, wie sie anfangen soll. Weil vor Zeugen spricht eine Polizistin eher ungern, der Jakob ist ja noch dabeigestanden. Da ist es unkomplizierter, die Situation erst einmal mit einer Vorstellungsrunde zu lockern.

»Katharina Berger.«

»Andreas Hafner.«

»I kimm wegen …«, hat die Katharina angefangen, während sie gleichzeitig dem Jakob ihren Schlüsselbund in die Hand gedrückt hat. Und der Jakob war ja nicht blöd. Obwohl, neugierig wäre er schon gewesen, und das *nach* dem *wegen* hätte er schon noch gerne gehört. Aber ihren Wink hat er auch verstanden. Also ist er in den Golf gestiegen und hat den Wagen in die Werkstatt reingestellt.

»Sie keman wegen …?«

»Wegen Eana Ihrem Gespräch mit dem Polizeichef von Mujdorf, der daraufhie den Ersten Polizeihauptkommissar von Weil ogruafa hat, meinen Chef. Es geht um a Kundschaft vo Eana und a paar Jaguars, uns is gsagt worn –«

Das war jetzt schon zu viel Text für den Hafner, weil der

war einer, der lieber selber redet, als dass er andere aussprechen lässt respektive anderen zuhört.

»Ja, der Altmann! I sag's Eana, des is scho komisch. I misch mi ja ungern in die Angelegenheitn vo andere Leit ei, aber i kenn den Thomas ja scho so lang, und jetz mach i mir hoit Sorgn«, hat der Hafner die Katharina unterbrochen.

Sie hat gleich kapiert, dass der Hafner, au contraire quasi, sich andauernd und nur zu gerne in die Angelegenheiten anderer einmischt.

»Daadn S' mir die Gschicht no amoi ganz von vorn verzojn?«, hat die Katharina gefragt und gewusst: grünes Licht für den Hafner, da hat der nur drauf gewartet.

Zwischen Transporter, Werkstatt und Autofriedhof hat sich die Katharina dann den Monolog vom Autotandler angehört.

»Der Altmann Thomas, des is a ganz a oide Kundschaft vo mir«, hat der Tandler jetzt ausschweifend zu erzählen angefangen.

Seit zwanzig Jahren kennen er und der Altmann sich, seit einem Oldtimertreffen, das sie mit ihren Wagen bestritten haben. »*I* mit meim oidn Ford Capri und der Altmann mit seim Jaguar E-Type. A wahnsinns Auto. So was gibt's in ganz Deitschland vielleicht fünfmoi in so am perfekten Zuastand – und oaner davo, der ghert am Altmann.« Ein ganz ein Geldiger ist der Altmann, geerbt hat er, was ihm die lästige Arbeiterei erspart. Also hat er seit eh und je seine Passionen ausleben können, Autos und Frauen. »Wobei, des mit de Weiber, des hätt i persönlich mir gspart«, hat der Hafner gesagt und dann eine ganz eine bedeutungsschwere Pause gemacht, da hat die Katharina sich im Stillen gefragt, warum der sich das mit den Frauen gespart hätte. Weil

Mann + Auto + Frau mit einem Summenzeichen dahinter eigentlich allerlei interessante Kombinationen und Möglichkeiten ergeben kann. Laut fragen hat sie das dann gar nicht mehr müssen, für die Antwort hat der Hafner nach seinem kurzen Luftholen schon selber gesorgt.

»Die Weiber, i sag's Eana. Alle nur an dem Oana intressiert! Wia s' ans Gojd vo am Mo keman, ohne dass s' arbeiten miassn.«

Dann hat der Tandler gemeint, dass das schon immer dem Altmann sein Verhängnis gewesen ist. Zu jedem Auto hat der eine neue Freundin gehabt. Und jedem Auto hat er einen Frauennamen gegeben, konsequenterweise immer den von der aktuellen Frau.

In der zweiten Atempause hat der Hafner jetzt so eine ausladende Handbewegung über seinen Autofriedhof rüber zu den drei Jaguars gemacht, die ganz im Eck unter einer Hollerstauden gestanden sind. Und auf den weißen waren schon so viele halbreife Holunderbeeren draufgefallen, dass er richtig viele dunkelrote Sprenkler gehabt hat. Das hat die Katharina wieder an was erinnert, aber leider ist sie nicht draufgekommen, an was, die zweite Atempause vom Hafner war nämlich auch schon wieder vorbei.

»Jetzt war des in der letzten Zeit a so«, hat der Hafner weitergeredet und der Katharina das mit den Weibern und dem Geld erklärt.

Dem Altmann seine Ex versucht alles, um an sein Geld heranzukommen. Das gemeinsame Haus, das gemeinsame Kind und den gemeinsamen Hund hat sie sich schon unter den Nagel gerissen, aber das reicht so einer natürlich nicht, hat der Tandler gemeint. Das gemeinsame Auto hat der Altmann dann heimlich beim Hafner untergestellt, um es hinter dem Rücken der Exfrau zu verkaufen.

Der Hafner hat unterm Erzählen auf den goldenen Jaguar gedeutet, und die Katharina hat, obwohl sie Laie war, gleich gesehen, dass so was einen Batzen Geld einbringt.

Der Schwarze daneben ist dem Altmann sein Urlaubsauto, 300 PS, hat der Hafner jetzt geschwärmt, für manche ist es eben Urlaub, wenn sie auf der Autobahn mal so richtig Gas geben können. Der weiße Jaguar, der der Katharina noch am besten gefallen hätte, ist das reinste Montagsauto, so der Tandler, und Dauergast bei ihm am Hof, weil eben ständig etwas hin ist an dem Wagen. Als Letztes, vor dreieinhalb Wochen, der Vergaser, und das beim Altmann seinem Alltagswagen. »Und deswegen is's ja so komisch. Er hat mir ja no an so an Druck gmacht, dass i eam des glei richt. Für den übernächsten Tag hab i eam versprocha, dass er fertig is, und so war's aa. Der Altmann is mit am Taxi hoam, und seitdem: Funkstille. An sei Handy geht er aa nimmer, ewig nur sei Mobilbox. Für oan, den wo du normalerweis zu jeder Tages- und Nachtzeit daglangst, scho sejtsam, oder?«

An seiner Pause hat die Katharina gemerkt, dass hier ihre Zustimmung gefragt ist. Also hat sie genickt und dann das Einzige gefragt, was an der ganzen Geschichte auch nur annähernd ihre Aufmerksamkeit erregt hat.

»Wenn er den ganzen Autos die Nama von den Frauen gebn hat, mit dene er zu dera Zeit, wo er s' kafft hat, beianander war, wia hoaßen die drei Schönheiten da drübn nachert?« Da hat die Katharina jetzt freilich einen Trick benutzt, weil sie hat längst kapiert, dass Autos dem Hafner seine größte, wenn nicht einzige Passion waren. Und wenn du dann Schönheiten sagst, dann weiß so ein Autotandler, du liegst mit ihm auf derselben Wellenlänge.

»Der Gojdene, der hoaßt Clara, wie dem Altmann sei Ex, die eam jetz so übers Ohr haut. Der Schwarze hoaßt Anna, aber die kenn i persönlich ned, des war a äjtere Gschicht. Und der Weiße hoaßt Sabine. Aber bittschee fragn S' mi ned nach *der*!«

Das hat der Hafner so entnervt gesagt, dass die Katharina sofort gemerkt hat, der bettelt geradezu, sie möge fragen, damit er noch eine Anekdote loswerden kann. Den Gefallen hat sie ihm gern getan.

»Wiaso? Was is mit der Sabine?«

Der Hafner hat gehässig gelacht.

»A so a Gschtörte, des habn Sie no nia dalebt! Und i aa ned. A Stalkerin, daad ma heitz'dog sagn. Dabei hätt s' as gar ned notwendig. Sejber reich wia d' Sau und attraktiv und ojs. An Doktor hat s' aa no. In Tiermedizin. Und weil die aa in Süchting lebt, wia der Altmann friara, is er extra wegzogn. Oiso die Weiber, I sag's Eana. Alle gschtört.« Er hat den Kopf geschüttelt, als der Jakob gerade wieder mit dem Golf aus der Werkstatt gekommen ist.

»Und? Was macht a Polizistin wia Sie ansonsten a so, wenn's koane Verbrecha zum Aufklärn gibt?«, hat der Hafner schnell noch geradezu intim gefragt. Die Katharina hat nicht gleich geschalten, weil sie gerade überlegt hat, ob sie auch ein *gschtörtes Weib* ist.

»I moan, in ihrer Freizeit. Heit auf d' Nacht zum Beispuj.«

»Heit auf d' Nacht? Den Polizeibericht tippen, weil Sie heut Nachmittag bei uns in der Dienststelle in Weil offiziell Vermisstenanzeige erstatten werden«, hat die Katharina darauf recht lässig geantwortet.

Der Jakob ist ausgestiegen und auf sie zugekommen, und das war's dann mit intim. Der Hafner hat es auch plötzlich ganz wichtig gehabt zu schauen, wie weit seine Mechaniker mit der Arbeit sind. Ein »Oiso dann, pfiat Eana«, und er ist in seine Werkstatt rein.

»Da, dein Schlüssel«, hat der Jakob gesagt, und »Ojs wieder festgschraubt. Hoist du den Einsatzwagen dann heit Nachmittag?«

»Schaung mar amoi.«

»I hab di no nia gseng da bei uns.«

»I hab z' Minga gwohnt, vorher. Aber jetz bin i wieder dahoam, in Weil, bei der Polizei.«

Da hat der Jakob ganz verständnisvoll genickt. »Und was macht a Polizistin wia du so auf d' Nacht? Gehst du aa amoi furt?«

Jetzt hat die Katharina grinsen müssen, weil erstens kommt es ja schon selten vor, dass du als fast Vierzigjährige innerhalb von drei Minuten zwei Interessenten triffst. Und zweitens, weil der Jakob als Junger das Ganze auf eine recht nette Art gesagt hat, da kannst du dich nur geschmeichelt fühlen als Frau, geht gar nicht anders. Aber Polizei ist Polizei und Dienst ist Dienst, und da heißt es unbestechlich bleiben.

»Schaung mar amoi.«

Der Jakob hat zurückgegrinst und »Ciao« gesagt, weil *schaung mar amoi* ist keine Abfuhr, sondern mehr so die bayerische Umschreibung für *Ich tät schon gern, aber anstandshalber verschieben wir das noch ein wenig mit dem Date*.

Und die Katharina ist in ihren Golf gestiegen, haarscharf zwischen Haus und Transporter durchgestartet und zurück zur Polizeidienststelle nach Weil gefahren.

# DREI

Als sich die Katharina dann am Abend in ihrem Austragshäusl einen Wein aufgemacht hat – einen roten Italiener, einen Merlot, um genau zu sein, weil der perfekt zu den zwei Leberwurstbroten gepasst hat, die sie sich schon geschmiert gehabt hat –, da hat sie noch einmal ihren ersten Arbeitstag in Weil Revue passieren lassen und ihr halbes Leben nebenbei auch. Weil, egal wo du aufgewachsen bist, wenn du jahrelang fort warst und dann wieder heimkommst und alles ist noch so wie früher, dann erinnert dich das an deine Kindheit, jedes Detail. Und jeder Geruch. Zum Beispiel die Leberwurst vom Metzger Harlander, die riecht heute noch genauso wie damals.

Also der Katharina ihre Revue.

Am Morgen dem Brunner seine schlechte Laune, die erste Begegnung mit dem Hansi und der Anni, der Besuch beim Hafner, wo sie den Fichtner Jakob kennengelernt hat, ihr Golf angefahren und repariert worden ist, dem Tandler seine Geschichte vom Altmann Thomas und seinen Jaguars und Frauen, chronologisch: Anna, schwarz, 300 PS, Exfrau Clara, golden, Sabine, Tierärztin aus Süchting, weiß mit blauroten Sprenklern. Das hat sie sich nach alter Manier in ein kleines Heft notiert, weil es schon manchmal hilft, wenn ein paar Gedankengänge da schwarz auf weiß stehen, du sie weglegen und bei Bedarf wieder rausholen kannst.

Auf dem Rückweg von Halling nach Weil heute Vormittag hat die Katharina sich noch einen kleinen Umweg erlaubt, über Süchting, das so seine 10, 12 km östlich von Halling liegt. Ein kleines Kaff eigentlich, aber einen Metzger und sogar einen Friseur gibt es dort schon. Und beim Friseur hat sie dann nach der Tierarztpraxis gefragt, weil wenn du was wissen willst auf dem Land, dann gehst du zum Friseur.

In der Tierarztpraxis war sie anschließend auch noch – ein wunderschöner, teuer ausgestatteter, eingeschossiger Neubau, an einen alten Hof drangebaut. Dahinter ist es noch weitergegangen, das hat man aber von der Straße aus nicht wirklich sehen können, Privathaus wahrscheinlich, alles neu und tipptopp, dass du dich fragst, wie jemand im lupenreinen Außenbereich eine Baugenehmigung für so was kriegt. Da hat die Katharina irgendwie das Gefühl gehabt, dass die Tierärztin wohl schon die richtigen Leute kennt da heraußen.

Es war dann aber nur die Sprechstundenhilfe da, und die Katharina hat sich extra einen Grund für ihren Besuch zurechtgelegt gehabt, nämlich einen Milbenbefall bei den Hühnern von ihren Vermietern. Frau Doktor von Hohenstein sei momentan im Außendienst, hat die Sprechstundenhilfe gemeint, rufe aber gerne zurück. Wenn die Frau Berger ihre Nummer dalassen möchte?

Zurück in der Dienststelle in Weil hat sie einen kurzen Aktenvermerk gemacht, da war der Mittag auch schon rum. Dann ist der Brunner wieder erschienen und hat der Katharina ihre Tüchtigkeit und Selbstständigkeit bewundert und gelobt, dass es ihr fast schon unangenehm war, und die ganze Dienststelle auf ein paar Harlander-Leberkassemmeln eingeladen. Und alle haben dieses Friedensangebot gleich angenommen, auch die Katharina, obwohl sie Leberkäse gar nicht mehr gemocht hat. Wenn du dich erst einmal deine ganze Kindheit über auf dem Land durch Leberkassemmeln gefressen hast, dann langt's dir eigentlich fürs Leben.

Der Nachmittag ist ruhiger gewesen. Ein paar Reklamationen über längst fällige Verwarnungsgelder, ansonsten nichts los. Bis der Brunner mit der Katharina kurz vor Dienstschluss dann doch noch ausgerückt ist, weil es in dem kleinen Asylantenheim in Derdorf einen Streit zwischen einem Kosovo-Albaner und einem Schwarzafrikaner gegeben hat. Was sich dann aber als Missverständnis herausgestellt hat.

In der Zwischenzeit ist der Autotandler da gewesen, hat den Einsatzwagen 2 mitgebracht und dem Hansi und der Anni seine Vermisstenanzeige dagelassen, so dass die Katharina im Nachhinein den Eindruck gewonnen hat, dass der vielleicht im Grunde ganz zuverlässig ist, ausschweifendes Gelaber hin oder her.

Um fünf war für sie Dienstschluss, und sie ist schnell noch beim Edeka vorbeigefahren, Espresso kaufen und Wein vor allem. So was darf ja nie ausgehen.

Und dann heim ins Austragshäusl.

Der Peter hat sie aus der Stalltüre heraus begrüßt, wo er gerade ökologisch ausgemistet hat, mit Schubkarrn und Handgerät. Da hat sich die Katharina ganz heimatlich gefühlt.

Sie hat sich Leberwurstbrote gemacht und den Merlot geöffnet, sich Gedanken über Italien und ihren Matteo gemacht, mit dem sie vorgestern das letzte Mal telefoniert hatte. Da hatte *sie* angerufen, deswegen war jetzt eigentlich *er* dran.

So was ist ja praktisch ein Naturgesetz in einer noch recht frischen Beziehung, wo man sich nie ganz sicher sein kann. Immer abwechselnd anrufen oder e-mailen. Ganz wenige Ausnahmen verträgt die Regel zwar, aber nur ganz selten.

Eine E-Mail hat sie auch nicht bekommen, das hat die Katharina schnell gecheckt. Notebook hochgefahren, nach dem fünften Einwahlversuch ins Internet, E-Mails abgerufen, aber nur Werbung und Spam. Dann hat sie sich vors Haus in die Abendsonne gesetzt mit ihrem Wein und ihren Broten.

Die Tierärztin hatte noch nicht zurückgerufen bis jetzt.

Aber der Peter ist recht schüchtern dahergekommen und hat aus ein paar Metern Entfernung gefragt: »Servus, Kathi. Wia is'n glaffa heit, an deim ersten Tag?«

Da hat die Katharina sich irgendwie gefreut, dass da jemand ist, der sich quasi nach ihrem Befinden erkundigt.

»Geht scho. Recht ruhig eigentlich. Magst di ned hersetzen?« Sie hat Platz gemacht auf der Bank, und der Peter hat sich ein bisschen zögerlich zu ihr gesetzt. »Magst a Brot?«, hat sie gefragt und ihm den Teller hingehalten. Er hat kurz auf den Teller geschaut, dann auf die Kathi und dann wieder auf die Brote.

»Du, i wuj dir nix wegessen.«

»Schmarrn! I hab scho no mehra da«, hat die Katharina gelacht und ihn ein bisschen gedrängt: »Jetz nimm hoit, du hast doch an Hunger, oder?«

Und dann hat er sich doch eins von den Leberwurstbroten genommen, Danke gesagt und reingebissen. Und dabei ausgesehen wie ein kleiner Bub, wie er da so sein Brot gegessen hat, in seiner Arbeitshose, in seiner blauen, die so wunderbar nach Kuhstall gerochen hat. Auf der Katharina ihr Drängen hin hat er auch einen Schluck Wein aus ihrem Glas getrunken. Recht wortkarg. Aber trotzdem schön, wenn du Gesellschaft hast beim Essen oder Rumsitzen, grad, wenn du sonst immer alleine bist. Da ist es den beiden im Prinzip gleich gegangen.

Und gegangen ist dann auch das Telefon, also der Katharina ihr Handy. Und der Peter hat so getan, als wär er gar nicht da. Er hat in die andere Richtung geschaut. Aber zuhören tut man ja trotzdem, wenn der Telefonierende zwei Meter von einem entfernt sitzt. Nur verstanden hat er nichts, weil das Telefonat auf Italienisch stattgefunden hat.

*Pronto? – Cara mia! Come mi manchi! – Mi manchi anche tu. – Come va, bella? Com'è andato il tuo primo giorno in polizia? – Abbastanza bene …*

Der Anruf, auf den sie seit zwei Tagen gewartet hatte, war nicht besonders lang, aber hinterher hat die Katharina ganz glücklich gewirkt. Und dem Peter hat das Leberwurstbrot dann gar nicht mehr so gut geschmeckt wie vorher. Noch bevor ihr Handy ein zweites Mal gegangen ist, ist der Peter aufgestanden, hat noch einmal Danke gesagt und »I muaß de Heena no in'n Stoj doa. Pfiat di!«

Das zweite Telefonat war von *Teilnehmer unbekannt.*

»Katharina Berger, hallo?«

Eine angenehme tiefe Frauenstimme hat sich gemeldet.

»Frau Berger, entschuldigen Sie meinen späten Anruf. Hier ist Sabine von Hohenstein.«

Die Tierärztin! Halb neun Uhr abends noch im Dienst? Aber ihren Doktor hat sie nicht genannt, und Ärzte machen das eigentlich immer, vor allem, wenn sie im Dienst sind. Es gibt nur zwei Ausnahmen: Privatanruf oder Understatement.

»Danke für Ihren Anruf, Frau Dr. von Hohenstein. Ich war heute – «

»Sie waren heute in meiner Praxis, die Sprechstundenhilfe hat es mir ausgerichtet, ja. Und auch Ihre Bitte um Rückruf. Wie kann ich Ihnen helfen?« Die Tierärztin hat dermaßen Hochdeutsch gesprochen, dass die Katharina gleich gewusst hat, die kommt aus der Stadt, aber was sie wohl aufs Land raus verschlagen hat, wer weiß.

»Ich hatte Ihrer Sprechstundenhilfe gesagt, die Hühner meiner Vermieter hätten Milben«, hat die Katharina jetzt umständlich angefangen, aber nicht dass die Hohenstein schwer von Begriff gewesen wäre.

»Ein netter und durchaus plausibler Vorwand, um ein Gespräch mit mir zu suchen, Frau Berger. Aber ich hab auch gehört, Sie seien in Ihrer Polizeiuniform erschienen.« Schon wieder ein Zivilist, der die Katharina auf eine ihrer Unachtsamkeiten hingewiesen hat. »Ich nehme an, es geht um das Verschwinden von Thomas Altmann.«

Auf den Punkt gebracht von einer anscheinend resoluten Frau mit Doktor- und Adelstitel. Nicht unsympathisch eigentlich, diese direkte Art. Wenn die Katharina sich nicht plötzlich so klein, deppert und unbedeutend gefühlt hätte.

»Sie haben vollkommen recht, Frau von Hohenstein«, hat die Katharina mit offenen Karten weitergespielt, und den Doktortitel hat sie auch gleich weggelassen, um die Tierärztin wieder ein bisschen runter auf ihre eigene Augenhöhe zu bringen. »Wann hätten Sie denn Zeit für ein Gespräch?«

»Ich sitze im Auto, da ich gerade von einem Außentermin komme, und ich könnte jetzt gleich bei Ihnen vorbeikommen – privat, was mir ohnehin lieber wäre, als in die Polizeidienststelle von Weil zu müssen. Wenn es Sie nicht stört? Und Sie Zeit haben?«

Die Katharina hat in die untergehende Sonne geschaut

und dann auf ihr angebissenes Leberwurstbrot. Wirklich eine ziemlich direkte Person, diese Tierärztin. Aber der Katharina war das schon recht. Sie hat sich nämlich ohne die Uniform und in ihrem Austragshäusl sowieso viel wohler gefühlt als in der kleinen förmlichen und stickigen Dienststelle.

Obwohl, der Vorschlag, noch vorbeizukommen, war auch fast ein bisschen übergriffig von dieser Hohenstein. Aber die Katharina hat gleich gespürt, an dem Fall ist mehr dran. Die Eile und die unausgesprochene Bitte um Diskretion seitens der Tierärztin haben ihr gesagt, dass sie heute Abend ganz was Wichtiges erzählt kriegt.

Eine Viertelstunde später ist dann ein recht neuer, aber von den vielen Außeneinsätzen auf diversen Bauernhöfen auch recht verdreckter dunkelgrüner V70 auf den Hof gerauscht, und ausgestiegen ist eine Frau, dass sich die Katharina als Mann gleich alle zehn Finger abgeschleckt hätte nach der.

Das hat der Hafner schon treffend beschrieben, das Attraktive, aber nicht dass die Hohenstein das irgendwie bewusst unterstrichen hätte.

Ein ganz ein normales Gewand hat sie angehabt, fast ein bisschen gewollt schlampig, Hosen mit aufgesetzten Taschen, wohin du nur schaust, und ein langes T-Shirt, beides in Tarngrün und noch verdreckter als ihr Auto. Nach Kuhstall hat sie gerochen, das hat ihr, ohne dass sie es hätte ahnen können, bei der Katharina einen dicken Pluspunkt eingebracht.

Die dunklen Locken waren zu einem unordentlichen Zopf gebunden, die leicht gebräunte Haut voller Sommersprossen, und ihre Augen so klar und grün wie ein Gebirgsbach. Eine natürliche Schönheit. Bewegt hat sie sich wie eine Adlige. Eine *gschtörte Stalkerin* hat die Katharina sich zumindest anders vorgestellt.

Die Tierärztin hat nett gelächelt und der Katharina ihre Hand geschüttelt, und die Katharina hat gemerkt, was für einen festen Händedruck die Tierärztin hat. Das war eine, die gut zupacken kann. Musst du auch als Tierärztin, wenn du zum Beispiel bei einer Kuh Geburtshilfe leistest.

»Sabine von Hohenstein.«

»Katharina Berger.«

»Freut mich sehr. Auch, dass ich so spontan vorbeikommen durfte.« Sie hat sich kurz umgeblickt. »Wunderschöner Hof. Sie wohnen im Austragshäusl?«

»Die Allmandingers haben mich aufgenommen wie eine Tochter«, hat die Katharina nicht ohne Stolz erklärt.

»Ich war noch nie hier. Entweder sie haben einen anderen Tierarzt, was ich natürlich bedauern würde, oder aber einfach nur gesundes Vieh.«

»Letzteres, tät ich sagen. Liegt vielleicht daran, dass das hier seit Jahrzehnten ein Biohof ist«, hat die Katharina lächelnd nachgeschoben.

»Ja, ich hab das Bioland- und das Demeterschild an der Hauswand bei der Hofeinfahrt gesehen.« Aufmerksame Frau, die Tierärztin. Sie hat sich noch einmal kurz umgeblickt, und der Katharina ist es so vorgekommen, als ob die Hohenstein sich vergewissern hat wollen, dass sie alleine waren.

»Schönes Eck«, hat die Tierärztin sich wiederholt. »Sieht mir gar nicht wie das Zuhause einer Polizistin aus.«

Irgendwas an dieser Bemerkung hat die Katharina auf einmal gestört. »Wie sieht denn das Zuhause einer Polizistin Ihrer Meinung nach aus?«, hat sie deswegen ein bisschen bissig gefragt.

»Weiß nicht«, hat die Hohenstein gleich einen Rückzieher gemacht. »Weniger … natürlich, weniger inspirierend.«

Da ist der Katharina einfach nichts mehr eingefallen. Aber der Hohenstein natürlich schon. Auch wieder so eine, die ganz gern geredet hat. »Nun, Sie sehen ja auch nicht wie eine typische Polizistin aus.« Weil die Katharina darauf nicht reagiert hat, ist die Hohenstein von ihren Floskeln und Klischees runtergekommen und hat gesagt: »Aber ich komme ja wegen unseres Telefonats.«

Die Katharina hat genickt, obwohl sie lieber angewidert den Kopf geschüttelt hätte, als die Hohenstein da eben auf so eine arrogante Art und Weise den Genitiv verwendet hat, den du im Bairischen praktisch gar nicht kennst, und den manche Leute gern benutzen, wenn sie meinen, sich intellektuell distanzieren zu müssen. »Und Sie möchten nicht gerne hier draußen sprechen?«, hat sie der Hohenstein das Wort aus dem Mund genommen.

»So ist es.«

»Ja, dann gehen wir hinein.« *Und glaub ja nicht, ich entschuldige mich prophylaktisch für meine Unordnung! Bei mir ist nämlich alles ordentlich, ich bin ja auch bei der Polizei, Recht und Ordnung liegen uns im Blut. Uns Polizisten.*

Dann sind sie in der Küche gesessen, an der Katharina ihrem kleinen uralten Holztisch. Das angebotene Glas Merlot hat die Tierärztin gerne angenommen, und ein paar Grissini hat die Katharina auch noch dagehabt. Aber die Tierärztin war mehr so eine Puristin, die hat den Wein lieber ohne was dazu getrunken. Obwohl: »Entschuldigen Sie, aber darf ich hier bei Ihnen drinnen eine rauchen?«

Die Katharina hat schon die ganze Zeit gemerkt, dass

die Tierärztin furchtbar angespannt war, und aus einer angespannten Person bringst du recht schlecht was raus, also hat sie genickt und auch gleich einen Aschenbecher hervorgezogen, den sie noch aus ihrer Jugend aufgehoben gehabt hat, ein recht klumpiges Blechteil, aber was mit ideellem Wert eben. Und als die Tierärztin recht süchtig ihren ersten Zug gemacht hat, hat die Katharina gefragt: »Hätten Sie für mich auch eine?«

»Ach Gott, ja! Selbstverständlich! Ich bin nicht davon ausgegangen, dass ich Ihnen eine anbieten darf – ist die Polizei nicht, wie heißt es so schön, stark im Leben *ohne* Alkohol und Drogen?«

Die Hohenstein hat gehässig gegrinst, aber der Katharina war das wurscht. Das mit der Zigarette war nur einer ihrer Psychotricks. Wenn du mit einer fremden Person eine Zigarette rauchst, dann ist das praktisch eine Friedenspfeife, also zum Zwecke einer Verbrüderung. Nicht selten ist man danach per Du. Aber so weit hat die Katharina es dann doch nicht kommen lassen, als Polizeivollprofi kannst du nicht auf Du und Du gehen mit deinen Zeugen.

Aber die Entspannung hat beiden gutgetan, und danach hat die Hohenstein sich noch eine angezündet und angefangen zu reden.

»Sie wollten von mir wissen, was ich über das Verschwinden von Thomas Altmann weiß.«

Die Katharina hat nur stumm genickt. Unterbrich nie einen Zeugen, der von sich aus in Fahrt kommt.

»Ich bin seit etwa zwei Jahren mit Thomas liiert, wie Ihnen vielleicht bekannt sein dürfte. Er hat in dieser Zeit immer wieder Probleme mit seiner, ich nenn sie der Einfachheit halber jetzt mal Exfrau, Clara gehabt. Die Scheidung ist noch nicht ganz durch. Nun ja, wie auch immer, das ist deren Privatangelegenheit. In so etwas misch ich mich nicht ein. Auf jeden Fall kämpft Thomas um seinen Sohn, er ist sein Ein und Alles! Django hängt auch unglaublich an seinem Vater, wundervoll, die beiden zusammen zu erleben. Und Django ist das Druckmittel von Clara Altmann; wenn Thomas nicht mag, wie sie will, dann entzieht sie ihm den Jungen. Momentan ist die Regelung, dass er Django jedes zweite Wochenende bekommt. Dann war der Guten aber nicht recht, dass Thomas' Freundin – also ich – in Djangos Nähe kommt an eben jenen Wochenenden. Das hieß für Thomas, dass er aus Süchting wegziehen musste. Er wohnt jetzt in einem kleinen wunderschönen Häuschen zwischen Derdorf und Weil, ein bisschen außerhalb. Thomas' Ex wohlgemerkt lebt noch in Süchting. Allerdings auch außerhalb, auf einem gigantisch tollen Gutshof, nach dem Ortsausgang rechts den Hügel rauf, was für eine Lage! Da lebt sie jetzt allein mit ihrem Kind – von Thomas' Geld. Vor etwa vier Wochen war ich das letzte Mal bei ihm in Weil. Dann kam das Wochenende mit seinem Sohn vor drei Wochen, da haben wir noch miteinander telefoniert. Er hat am Telefon einen sehr gehetzten und kurz angebundenen Eindruck gemacht. Im Nachhinein betrachtet kommt es mir komisch vor. Sonntagabend hab ich dann angerufen, da ist sein Sohn normalerweise wieder bei der Mutter. Aber Thomas ist nicht ans Handy gegangen. Ich hab es die folgenden Tage mehrfach versucht, aber Funkstille.«

Die Tierärztin hat sich eine neue Zigarette angezündet und vor sich hin gestarrt. In der Küche war es schon fast dunkel. So ist der Katharina jedes Mal, wenn die Hohenstein an ihrer Zigarette gezogen hat, aufgefallen, wie besorgt ihr Gesichtsausdruck ausgesehen hat im orangeroten Schein.

»Sie haben sich sicher Sorgen gemacht. Warum sind Sie nicht zur Polizei?«, wollte die Katharina jetzt wissen.

»Gute Frage.« Die Tierärztin hat wieder an ihrer Zigarette gezogen, und wieder der orangerote Schein im fast dunklen Zimmer. »Natürlich hab ich mir Sorgen gemacht. Aber nicht *sofort*. Thomas ... Es ist so, er spürt hin und wieder einen gewissen Freiheitsdrang, dann setzt er sich in eins seiner Autos und verschwindet für ein, zwei Wochen, ohne irgendjemandem Bescheid zu geben. Auch wenn's mir schwerfällt, das ist etwas, das ich akzeptieren muss.«

So weit haben sich die Aussagen vom Autotandler und der Tierärztin nicht widersprochen, auch wenn der Hafner das mit dem Freiheitsdrang nicht erwähnt hat. Aber Mann + Auto ergibt ja meistens als Nebenprodukt Freiheitsdrang.

»Aber *jetzt* machen Sie sich Sorgen?«, hat die Katharina noch einmal nachgefragt.

»Sicher. Jetzt schon. Jetzt, wo die Polizei in meiner Praxis aufgetaucht ist.« Ganz herausfordernd hat die Tierärztin die Katharina angeschaut, man hat es vor Dunkelheit kaum sehen können, aber gespürt hat die Katharina das sehr wohl. »Wie kamen Sie auf mich?«, hat die Hohenstein gefragt, und an dem Ton hat die Katharina schon gehört, dass die das ganz genau gewusst hat, die Gute.

»Der Autotan... Der Herr Hafner von der Autowerkstatt in Halling hat Vermisstenanzeige erstattet«, hat es die Katharina ganz neutral ausgedrückt.

»Ah ja, der Andi. Hab ich mir schon gedacht.« Die Tierärztin hat sich noch unterm Reden erhoben, was bedeutet hat, dass sie für heute nichts mehr erzählt, und schon gar nicht, warum sie den Autotandler mit einem im Hochdeutschen unüblichen Artikel davor *Andi* genannt hat. Auch was genau die Hohenstein sich gedacht hat, hat sie nicht mehr erzählt. Aber die Katharina hat schon vermutet, dass sie das bald genug erfahren wird, und damit ist sie dann auch gar nicht falsch gelegen. Für heute Abend war es sowieso schon genug Information, und sie wollte sich das bisschen Vertrauen, das sie bei der Tierärztin gewonnen hat, nicht gleich wieder durch lästiges Nachbohren verspielen.

Die Hohenstein hat ihre Karte dagelassen, mit Handynummer und allem, und die Katharina hat sie noch auf den Hof hinausbegleitet, wo die Tierärztin sich verabschiedet hat, in ihren dunkelgrünen V70 eingestiegen ist, gewendet hat und dann in die Nacht davongefahren ist.

Die Katharina hat noch lange in die Richtung geschaut, in der die Rücklichter von dem Volvo verschwunden sind, und sich ihre Gedanken über die Monologe vom Tandler und der Tierärztin gemacht, weil in vielen Punkten hat es Übereinstimmungen gegeben. Nur: Der Hafner hat sie als geldgierige Stalkerin beschrieben. Die Hohenstein sich selbst als besorgte Liebende.

Vom Ansatz her waren die beiden Geschichten also grundverschieden.

# VIERE

»Guten Morgen, ich suche eine gewisse Katharina Berger.«

Die Katharina hat hinter ihrem Laptop aufgeblickt, wo sie gerade die Online-Ausgabe der ›Süddeutschen Zeitung‹ durchgesehen hat, den Bayernteil. Ein Unfall mit zwei jungen Leuten in der Nähe von Wolfratshausen, aber Gott sei Dank nur Blechschaden. Wenn du in Weil sitzt, ist Wolfratshausen schon ein gutes Stück weg, also fast schon das andere Ende von Bayern. Ihre Mails hat sie parallel auch noch gecheckt, aber *niente di niente* aus der Toskana, da hat sie gleich wieder ein schlechtes Gefühl gekriegt. Es war ein recht ein langweiliger Vormittag in der Polizeidienststelle bisher, und wenn du an der Pforte sitzt und es ist nichts los, dann verdenkt es dir keiner, wenn du schnell mal in dein Postfach und in die Nachrichten schaust, um am Puls der Zeit zu bleiben.

Jetzt hat die Katharina trotzdem ganz schuldbewusst den Laptop zugeklappt, und eine Frau ist vor ihr gestanden, so eine mit zwei wasserstoffblonden Flechtzöpfen, wo du gleich siehst, das ist eine, die auf ewiges Mädchen macht, weil sie mit dem Älterwerden so ihre Probleme hat. Auf Mitte dreißig hat die Katharina sie locker geschätzt.

»Ich hoffe, ich störe nicht.«

»Äh…« Die Katharina hat es eigentlich gehasst, wenn Leute einen Satz mit *äh* beginnen, und dass ihr selbst das immer wieder passiert ist, das hat sie gleich noch mehr gehasst. Aber irgendwie schon unschön, an der Polizeipforte beim E-Mail-Checken erwischt zu werden von einer Kundschaft sozusagen. Da fällt einem als Erstes nichts anderes als *äh* ein. »Da sind Sie bei mir richtig«, hat sie sich dann doch noch von ihrem Schreck erholt, »Katharina Berger, das bin ich. Wie kann ich Ihnen helfen?«

»Ich würde Sie gerne sprechen.« Aha. Davon ist die Katharina schon ausgegangen.

»Und Sie sind?«

»Clara Altmann.«

Die Altmann Clara! Die Katharina hat die Altmann-Sache von vor einer Woche schon fast vergessen gehabt, aber jetzt hat sie es durchaus interessant gefunden, einmal die Frau von dem Vermissten kennenzulernen. Weil der Altmann Thomas war ja noch immer vermisst, aber keinerlei Hinweis auf ein Verbrechen bisher, also stockende Ermittlung, und jede Menge Alltagskram war ja auch los. Außerdem hat der Brunner den Fall erst einmal zu den Mühldorfern rübergeschoben, um seinem Vorgesetzten eine sinnvolle Aufgabe zu bescheren, so hat er es ausgedrückt.

»Womit kann ich Ihnen dienen?«

»Na ja, man hat mir gesagt, Sie kümmern sich um den Fall Altmann.« Vollkommen ausdruckslos hat die Altmann Clara ausgeschaut.

»Der Fall ist nach Mühldorf weitergereicht worden«, hat die Katharina wahrheitsgemäß geantwortet.

»Ja, aber Sie haben doch die Vermisstenanzeige *angestoßen*!« Langsam ist die Altmann Clara ein bisschen nervös geworden vor der schußsicheren Scheibe draußen.

»Kommen Sie herein.« Die Katharina hat den Türöffner gedrückt, und die Altmann Clara ist eingetreten.

In genau dem Moment ist der Katharina ihr Handy gegangen.

»Einen Moment bitte«, hat sie gesagt, während sie das Telefonat mit der 0039-Nummer angenommen hat.

*Ciao caro! – Bella mia, come stai? – Abbastanza bene ...* Aber eigentlich ist es ja noch ungemütlicher, im Wachraum der Polizei zu telefonieren als zu e-mailen, wenn Kundschaft da ist. Also hat die Katharina schnell gemacht und dem Matteo gesagt, dass es grad ungünstig ist, weil jemand da ist und sie an der Pforte, und ich ruf dich später zurück, *ti richiamo dopo, occhei? – Sì. Certo. – Occhei, a dopo. Ciao. – Katharina, aspetta! – Che c'è? – Niente. È solo che ... Mi manchi. A dopo. – Sei ... carino. Ti richiamo.* »So, wo waren wir?«

»Sie können ja Italienisch!« Ganz große Augen hat die Altmann Clara da gemacht.

»Ja. Wieso?«

»Das ist ja toll. Wer war das denn eben?«

»Italienische Polizei.«

»Wow«, hat das ewige Mädchen ganz ehrfürchtig gehaucht. »Und ich hab schon gedacht, Ihr Liebhaber oder so, weil das so vertraut geklungen hat.«

Jetzt hat die Katharina es gleich satt gehabt mit dem Girlie. »Liebhaber? Ich bin verheiratet.«

»Mit einem italienischen Polizisten?!«

»Herrgottnochmal! Ja.« Die Katharina hat sich gerade noch gefragt, warum sie da so herumlügt, weil mit dem Heiraten hat sie eigentlich seit ihrer Misere mit ihrem ehemaligen Kripokollegen, dem Schuster Georg, überhaupt nichts mehr am Hut. Aber so als dahergelogen Verheiratete hat sie das Gefühl gehabt, dass sie sich von dem ewigen Mädchen besser distanzieren kann.

»Sie tragen ja gar keinen Ring.« Neugierig hat die Altmann Clara der Katharina auf die Hände geschaut.

»Sie auch nicht«, hat die Katharina sofort zurückgeschlagen.

»Ich lebe in Scheidung.« Endlich beim Thema.

»Das habe ich gehört, ja. Also, Frau Altmann, was führt Sie hierher?«

»Ich mach mir Sorgen um den Thomas.«

»Der inzwischen seit vier Wochen als vermisst gilt«, hat die Katharina ganz lässig hinzugesetzt, während sie ein Formular vor sich auf den Tresen gelegt hat. Damit es gleich ein bisschen professioneller ausschaut.

Die Altmann Clara ist auf der anderen Seite vom Tresen gestanden. Schuldbewusst hat sie nicht ausgesehen, und peinlich war es ihr auch nicht, dass sie erst jetzt auftaucht. Nach vier Wochen. Wie die Tierärztin hat sie nur gesagt: »Der Thomas macht das immer so, der setzt sich in eins seiner Autos, wenn's ihm passt, und verschwindet mal eben – und keiner weiß, wohin. Aber maximal für zwei Wochen. Denn eigentlich besteht er auf die Wochenenden mit seinem Sohn.«

»Ein Wochenende hat er mindestens schon ausfallen lassen«, hat die Katharina mitgerechnet. »Aber was bringt Sie dazu, sich *jetzt* plötzlich Sorgen zu machen?«

»Er geht nicht mehr an sein Telefon. Auch nicht, wenn wir von Djangos Handy aus anrufen.«

Aha, *Djangos Handy*. »Wie alt ist Django?«, hat die Katharina jetzt wissen wollen.

»Fünf.« Und schon ein Handy, hat die Katharina sich gedacht, mobil musst du sein als Kindergartenkind heutzutage. »Seit gestern. Und kein Anruf von Thomas. Am Geburtstag seines einzigen Sohnes! Das gab's noch nie!« Ein bisschen aufgeregt war die Altmann Clara jetzt schon. Logisch, ist der Typ weg, ist die Kohle weg.

»In Ordnung, Frau Altmann. Der Reihe nach. Ich werde mir alles notieren und dann sehen, wie ich Ihnen helfen kann.« Und mit einem Kugelschreiber und einem Notizbuch bewaffnet hat sich die Katharina dann die Geschichte vom Altmann ein drittes Mal angehört, diesmal von der Noch-Ehefrau, und wieder hat das Ganze ein wenig anders geklungen. Durchaus interessant, wie subjektiv Wahrnehmungen sein können. Ein jeder hat nun mal seine eigene Realität.

Bei der Noch-Ehefrau ist die Geschichte in etwa so gegangen: Der Thomas hat zeit seines Lebens zwei Passionen gepflegt, nämlich Autos und Frauen. Beides natürlich auch während seiner Ehe. Dann haben er und die Clara vor circa zwei Jahren einvernehmlich beschlossen, sich zu trennen, denn die Frauen-Passion hat sie sich nicht mehr länger mit ansehen können. Der Thomas hat von sich aus nach einem neuen Haus gesucht, und der Hafner Andi hat ihm dann sein kleines Häusl vermietet, ein wenig außerhalb von Weil. Aha, hat die Katharina sich an dieser Stelle gedacht, das hat der Hafner Andi ihr nicht erzählt, dass er noch ein Häusl hat und der Thomas sein Mieter ist. Jedes zweite Wochenende hat der Thomas den Django bei sich in Weil, manchmal tauschen die Eltern ein Wochenende, weil die Clara als Galeristin hin und wieder Vernissagen in München besucht. Gesichtspflege halt.

»Am Sonntag, das war der 26. Juli, hat er mir den Django abends nach Süchting gefahren. Normalerweise hole ich ihn immer ab, aber an dem Tag war ich ein wenig knapp dran, und Thomas war ohnehin unterwegs. Samstag waren sie noch beim Segeln gewesen. Er hat ein Boot am Chiemsee, wissen Sie. Wir haben ein paar Worte gewechselt, ein Glas Wein getrunken, dann ist er wieder gefahren, das muss so um 21 Uhr gewesen sein. Ja und danach hab ich ihn nicht mehr gesehen.«

»Ich dachte, Herrn Altmanns Jaguars sind um diese Zeit herum in der Werkstatt vom Hafner zur Reparatur gewesen. Welchen hat er denn benutzt an dem Wochenende?« Die Katharina war so aufmerksam, dass sie gleich mitgerechnet hat. Seit viereinhalb Wochen ist der weiße Alltagsjaguar mit dem Namen Sabine ja schon auf dem Tandlerhof rumgestanden, laut dem Hafner seiner Aussage. Neben der goldenen Clara und der schwarzen Anna.

»Ja seinen Wochenendjaguar, den silberfarbenen XKR.«

»Autohaus Hafner, Lorenz am Apparat!«, hat sich eine kracherte Sekretärinnenstimme gemeldet.

Weil kaum dass die Altmann Clara sich verabschiedet gehabt hat, um den Django aus der Vorschule abzuholen, hat die Katharina beim Tandler angerufen. Jetzt wollte sie schon gerne wissen, wie viele Jaguars bei der Altmann-Geschichte noch so im Spiel waren. Wenn das einer weiß, da war sich die Katharina sicher, dann der Hafner. Baujahr und Kilometerstand inklusive, und Frauennamen obendrein.

»Polizeihauptkommissarin Berger, Polizeiinspektion Weil. Frau Lorenz, griaß Eana. I daad gern den Herrn Hafner sprecha.«

»Der Chef is grad im Mittag. Kann i eam was ausrichten?«

»Ja, bitte, er soj mi umgehend zruckruafa.« Und sie hat gleich ihre Handynummer hinterlassen, weil beim Wort Mittag hat die Katharina einen Hunger verspürt und beschlossen, sich etwas beim Harlander Vitus zu holen, weil die Leberkassemmeln eigentlich doch unvergleichlich gut schmecken, wenn du vorher ein Vierteljahr durchgehend Antipasti, Nudeln und Fisch in Italien gegessen hast.

Sie hat den Hansi herkommandiert, damit er ihr die Pforte macht, weil sie dringend auf einen Außentermin muss, hat sie gesagt. Und der Hansi hat im Grunde ja auch ganz gern Pforte gemacht, weil oft ist da nichts los, und da klinkt er sich mit dem Laptop ins Internet und schaut sich seine Traummotorräder an, also vor allem schaut er BMW-Motorräder an, und da vor allem die K1300R, weil wenn du was haben willst und es dir aufgrund deiner schwachen Finanzlage vermutlich nie anschaffen können wirst, dann ist das ein Traum. Mit fünfundzwanzig darf man da ruhig noch vor sich hin träumen. Man weiß ja nie. Der Brunner war nicht da, und die Rangnächste war jetzt die Katharina, da hat der Hansi die Order von ihr akzeptiert, er war ja ein recht ein folgsamer junger Mann.

Jetzt ist die Katharina also raus auf den Parkplatz und in ihren Golf gestiegen, hat ewig vorglühen lassen, beim dritten Mal Orgeln ist er aber angesprungen, war ja auch warm draußen. Sie ist schnell beim Metzger Harlander vorbeigefahren, um sich eine Brotzeit für *on the road* zu holen, obwohl der Metzger nur vier Häuser weiter war, aber wenn man sowieso schon im Auto sitzt, ist es auch schon egal. Sie hat direkt auf der Hauptstraße gehalten, mit Warnblinker und laufendem Motor, und ist rein in die Metzgerei. Vor ihr war nur eine kurze Schlange aus zwei alten Damen. Aber nicht, dass die eine Polizistin in Uniform vorgelassen hätten. Oder dass es schnell gegangen wäre, weil es bloß zwei waren.

»Griaß di!«, hat der alte Harlander von hinter der Fleischtheke die Katharina begrüßt, und dann hat er weiter so getan, als würde er dem Gespräch der beiden Alten zuhören, weil sie haben ihm ja grade was aus ihrem bewegten Leben erzählt. Und zwar haben sie ihren Alltag dargelegt, der zusammengerechnet bisher mindestens hundertachtzig Jahre umfasst hat, und das Ganze haben sie in Echtzeit erzählt. Hundertachtzig Jahre Zeit hat eine achtunddreißigjährige Polizistin natürlich nicht.

»Daadn S' mi entschuidigen«, hat die Katharina sich deshalb jetzt eingemischt und gleich böse Blicke geerntet. »Aber i bin im Dienst, und wenn's Eana nix ausmacht, daad i nur gern a Brotzeit kaffa und – «

»Was derf's denn sei?«, hat der Vitus sich von den Alten abgewandt.

»Irgendwas Guads.« Die Katharina hat sich schlecht entscheiden können, weil sie geistig schon mit ihrer Mission beschäftigt war.

»Den Fleischsalat hast doch scho ewig nimmer probiert, oder? Zumindest ned, seitsd wieder da bist? Wart, i pack dir a Haferl ei und zwoa Semmen dazua.«

Der Vitus Harlander hat sich halt immer schon schnell entscheiden können. Ein resoluter und robuster Typ, ein typischer Metzger, der den ganzen Tag in einer blutverschmierten Schürze herumrennt, recht wendig trotz seiner Leibesfülle, und der den Kunden die Wünsche praktisch von den Augen abliest.

Mit ihrer Brotzeit bewaffnet ist die Katharina jetzt wieder zu ihrem Golf, und die Alten hat sie auch noch meckern hören durch die offene Tür, aber das war ihr jetzt wurscht. Hunger hat sie eigentlich keinen mehr gehabt im Moment, also hat sie ihr Brotzeitpackerl auf den Beifahrersitz geschmissen und ist weitergefahren. Das Harlanderzeug schmeckt ja auch ein paar Stunden später noch passabel. Obwohl so ein Fleischsalat mit wahnsinnig viel frischer Mayonnaise doch ein gewisses Gefahrenpotenzial entwickelt, wenn er den ganzen Tag im kochend heißen zinnoberroten Golf vor sich hin gärt. Daran hat die Katharina jetzt aber nicht gedacht, und leider später auch nicht mehr, sondern nur an ihre Mission, Jaguar XKR.

Tanken hat die Katharina auch noch müssen, also Umweg zur Jet, aber trotzdem war sie eine Viertelstunde später in Halling auf dem Autohof vom Hafner, den Weg hat sie ja schon gekannt, und gefahren ist sie wie eine gesengte Sau, also recht schnell, also schneller als erlaubt. Auf dem Hof war inzwischen tote Hose, weil die Sekretärin auch in den Mittag verschwunden war. Noch nicht einmal der Schatten eines Mechanikers war zu sehen, die Werkstatt verriegelt, Mittag ist halt Mittag und quasi heilig für einen Handwerker.

Aber egal, das Wetter war fantastisch, ein richtig schöner Altweibersommertag, da kann man schon einmal ein bisschen herumstehen und warten. Und nebenbei die drei Jaguars inspizieren, die immer noch unter der Hollerstauden gestanden sind.

Das waren schon drei edle Wagen, da kannst du mit einem Golf einfach nicht mithalten, auch wenn der ein Oldtimer aus der ersten Generation ist, jede Menge ideeller Wert inklusive. Der schwarze, ein XJR, hat nach Achtzigerjahre ausgesehen, ein recht schönes Auto eigentlich. Der goldene war ein X-Type Estate, nicht mehr ganz frisch, auch nicht wirklich alt, leider aber ein eher schiaches Modell, furchtbar protzig, und dann auch noch diese Farbe! Der weiße war der schönste, hat die Katharina gefunden, ein XJ-Modell, Anfang Siebzigerjahre, 1972, um genau zu sein, aber das erkennst du als Laie natürlich nicht auf den ersten Blick, da grenzt du das Baujahr mehr so nach

Gefühl ein. Das Alltagsauto vom Altmann. Wie aus dem Ei gepellt, das ganze Chrom überall, nur halt ein bisschen verdreckt. Und fast wie angewachsen hat der ausgeschaut. Der Löwenzahn und das Gras um die Reifen herum sind schon ganz hoch gestanden.

Jetzt, Ende August, war der Holler fast reif, und da hat sich die Katharina an die Sprenkler auf dem weißen Jaguar erinnert, die ihr bei ihrem Besuch vor einer Woche schon aus der Ferne aufgefallen sind, und die hat sie sich jetzt einmal aus der Nähe anschauen wollen.

Die Flecken waren dunkel und eingetrocknet und eigentlich nur auf der Motorhaube drauf, ganz wenige auf dem Dach. Sie hat ihren Finger abgeschleckt und mit ihrer Spucke einen Sprenkler von der Motorhaube gerieben. Und den Finger wieder abgeschleckt.

Das war mehr so ein Reflex von der Kathi, dass sie den Hollergeschmack von der Motorhaube testet. So ein Auto ist ja meist eine recht eine dreckige Angelegenheit. Aber wie gesagt, gedacht hat sie sich in dem Moment eigentlich gar nichts, höchstens daran erinnert, wie sie ganz klein war und ihre Mutter einmal eine Hollersuppe gekocht hat, nach dem Rezept von der bayerischen Oma. Die kleine Kathi war nicht besonders gschleckert, die hat eigentlich alles gegessen, auch wenn es ein bisschen bitter war, wie die Hollersuppe von der Maria Berger, also eigentlich Maria Mazzano, und mit so einem Namen wirst du keine bayerische Hollersuppen-Meisterköchin. Die Grießnockerl in der Suppe waren auch ganz zerfallen, aber der Kathi hat es trotzdem geschmeckt, war ja schon ein Ereignis, dass die Mamma einmal etwas kocht. Weil fürs Kochen war eigentlich immer der Papa zuständig, aber der war oft Tag und Nacht im Einsatz, und dann hat es halt nur Brot und

Wurst und Käse gegeben, direkt aus dem Kühlschrank. Die bittere Grießnockerl-Hollersuppe war also so eine Art Liebesbeweis von der Mamma, und so viele hat es da nicht gegeben, also hat die Kathi sich das Ganze tief eingeprägt. Und wenn man als Kind einmal den eigenartigen Hollerbeerengeschmack kennengelernt hat, dann vergisst man ihn nicht wieder.

Und mit diesen Erinnerungen im Hinterkopf hat die Katharina jetzt reflexartig die Hollerspur von der Motorhaube geschleckt. Und ein Reflex war es auch, dass sie das Ganze gleich wieder angewidert ausgespuckt hat.

Nicht wegen dem krebserregenden Autodreck. Mehr wegen dem Geschmack, obwohl auch die erwachsene Katharina nicht gschleckert war. Aber, egal ob Kind oder Erwachsener, den Geschmack von Blut kennst du immer vom Holunder weg.

# FÜNFE

Man kann sagen, was man will über die deutsche Polizei, aber wenn was passiert, ein richtiges Verbrechen zum Beispiel, dann ist sie wahnsinns schnell vor Ort.

Die Katharina hat mit ihrem alten Siemens-Handy herumtelefoniert, was der Akku noch hergegeben hat, also zwei Anrufe. Erst einmal hat sie die Dienststelle in Weil alarmiert, den Brunner persönlich, dann noch einmal in der Werkstatt angerufen in der irrigen Hoffnung auf eine Weiterleitung auf das Handy vom Hafner, aber eine Weiterleitung hat es nicht gegeben, und dann ist der Akku abgeschmiert.

Der Brunner ist also jetzt auf dem Hof gestanden neben der Katharina, weil der Präside, also der Polizeipräsident von Mühldorf, momentan im Urlaub war, und zwar für drei Wochen auf Ischia, dass man glatt hätte neidisch werden können, und der Brunner ist jetzt doch wieder hinterrücks vom Präside für den Fall Altmann eingeteilt worden.

Dabei hätte der Brunner eigentlich nicht unglücklich darüber sein dürfen, dass der Präside ihm die Befugnis erteilt hat, den Vermisstenfall zu bearbeiten – in Kooperation mit den Mühldorfer Kriminalern, wenn nötig, sprich: wenn sich herausstellen sollte, dass es sich um ein Kapitalverbrechen handelt. Der Präside hat den Brunner nämlich im Grunde durchaus geschätzt, weil der ja vorher, bevor er die Leitung der Polizeiinspektion in Weil übernommen hat, jahrelang in Mühldorf tätig gewesen ist, und zwar bei der Kripo.

Aber sie haben halt auch noch was Persönliches miteinander gehabt, und deswegen hat der Brunner es auf Biegen und Brechen versucht zu verbergen, wenn er eine Entscheidung vom Präside eigentlich wertgeschätzt hat. Lieber gestresst tun und herumgranteln.

In diesem Fall auf dem Tandlerhof.

Die Anni war auch dabei und der Merkl Albert, den die Katharina heute Morgen zum ersten Mal gesehen hat, weil der die Woche vorher im Urlaub gewesen ist. Der Merkl war ein ganz ein netter, freundlicher Mittdreißiger, ein bisschen farblos so als Mann, aber als Kollege vollkommen akzeptabel.

Außerdem haben die Mühldorfer noch einen von der Spurensicherung hergeschickt, den Moser Rudi. Der Rudi hat genau so ausgesehen, wie sein Name es hat vermuten lassen. Mitte vierzig, einen Kopf kleiner als die Katharina und zwei Kopf kleiner als der männliche Durchschnitt, spindeldürr, dafür eine Lederjacke, dass man sich hat wundern müssen, dass der Rudi von dem Gewicht nicht gleich zu Boden gezogen wird. In seiner Freizeit war der Rudi ein passionierter Motorradfahrer, das hat man gleich gesehen. Und in seiner Arbeitszeit Spurensicherer bei der Mühldorfer Kripo, was man aber gar nicht gesehen hat, weil er keinen von diesen weißen Einwegkitteln angehabt hat, wie man das aus dem Fernsehen kennt. So einen zieht er nur an, wenn's akribisch wird. Plattert war er, dafür ein Schnurrbart vom Feinsten und ein Selbstbewusstsein, das seine Körpergröße ums Dreifache überragt hat. Der Rudi hat auch ganz gerne alleine gearbeitet, da war er hochkonzentriert und effektiv, ein Perfektionist durch und durch.

Mit einer Fehlerquote, die gegen null gegangen ist. Er war mit jedem auf dem Hof gleich per Du, mit dem Tandler auch, weil mit dem ist er schon vor fünfunddreißig Jahren per Du gewesen in der Volksschule in Halling.

Der Hafner war inzwischen vom Mittagessen zurück und nicht schlecht erstaunt über den Andrang vor seiner Werkstatt.

Der Fichtner Jakob und sein Vater waren dabei und die Sekretärin, die Lorenz Susi. Die hat nicht nur krachert geklungen, sondern auch ein bisschen so ausgesehen. Rote Haare, dunkle Strähnen drin, ein burschikoser kurzer Stufenschnitt, ein bisschen rundlich von der Figur her, so dass sie diese Aura der Alterslosigkeit gehabt hat. Auch das Gewand, ganz auf praktisch ausgerichtet, war krachert. Der Ausschnitt von ihrem pinken T-Shirt hat mehr schlecht als recht den üppigen Busen verborgen, über den sich der Schriftzug *don't mess with a mechanic* gespannt hat, und ihre Jeans, die waren so eng, dass man nur hat froh sein können, dass in den Jeansstoff heutzutage Elastan eingewebt wird, weil sonst wär am Ende noch alles aufgeplatzt. Laut war sie und auffallend, und da hast du gleich gewusst: *don't mess with a secretary*.

Alle haben sie sich jetzt recht aufgeregt um die drei Jaguars im hintersten Winkel vom Hof geschart, neun Personen, das war dem Moser Rudi dann zu viel, der hat sich erst einmal separiert und eine geraucht.

»Ob die scho droben waren, die Bluatspritzer? Des woaß doch *i* ned!«, hat der Hafner Andi sich echauffiert bei der Befragung durch den Brunner und seine Mannschaft.

»Hagott, Sie werdn doch wissen, wia der Wagn ausgschaugt hat, wia der Altmann Eana den bracht hat!«, hat der Brunner recht genervt dagegengehalten.

»I schaug ned aufs Äußere, Kruzifünferl! Mir geht's mehr so ums Innere, um des, was *hie* is! Des is doch der Kundschaft ihr Angelegenheit, ob die ihre Karrn wascht!«, hat der Hafner noch genervter zurückgeplärrt.

Grad, dass sie sich nicht an die Gurgel gegangen sind, die beiden. In so einer Situation hilft nur noch, dass eine weibliche Person schlichtend eingreift. Die Katharina hat gemerkt, wie nervös der Hafner war, weil er jetzt gleich eines Verbrechens verdächtigt werden könnte.

»Die warn scho drauf, die Spritzer«, hat sie ganz ruhig bemerkt, und alle sind verstummt und haben sie angeschaut, so dass sie in aller Ruhe hat weitersprechen können. »Ich bin letzten Montag hier gewesen wegen der Vermisstenmeldung, bevor der Herr Hafner dann noch am selben Tag offiziell bei uns in Weil Anzeige erstattet hat. Am Vormittag. Wir haben uns über Herrn Altmanns Wagen unterhalten, und der Herr Hafner hat mir die Jaguars hier gezeigt. Die Sprenkler auf dem weißen sind mir gleich aufgefallen, aber von Weitem hab ich sie für heruntergefallene Hollerbeeren gehalten. Und heute hab ich sie mir halt genauer angeschaut.« Ganz nüchtern und recht hochdeutsch hat die Katharina das berichtet.

Jetzt haben alle kurz überlegt, und dann war es wieder furchtbar laut, weil jeder eine Reihe von Fragen gehabt hat, und alle haben ihre Fragen im selben Moment gestellt. Aber der Brunner hat die Katharina ein Stück zur Seite gezogen und ihr *seine* Frage stellen können, so dass sie sie auch verstanden hat, rein akustisch vor allem.

»Sag amoi, Kathi, was machst du da heraußd eigentlich? I hab denkt, du bist im Mittag?«

»Mir is spontan was eigfojn zu dem Foj«, hat die Katharina sich ein bisschen uneindeutig erklärt.

»Du hast doch gwusst, dass der Foj eigentlich nach Mujdorf ganga is, was hast du oiso jetz damit zum Doa?«

»I wojt bloß was schaung, zwengs de Jaguars, und bin hergfahrn, wei i mitm Hafner redn wojt, aber der war ned da, und da hab i mir denkt, i wart schnoj, und hab mi a bisse umgschaugt.«

»Bist du jetz neuerdings bei der Spurensicherung?« Der Brunner hat sie streng, aber auch mit einem gewissen väterlichen Stolz angeschaut. Und dann ganz ernst und bestimmt gesagt: »I woaß, dass du a talentierte Kriminalerin gwen bist, Kathi. Aber des is vorbei. Des da, des is ned dei Angelegenheit. I hab mi dafür eigsetzt, dass du zu uns kema derfst, in unser Dienststoj, nach Weil. Ausm Fenster ghängt hob i mi für di. Oiso bittschee, lass mi ned außefojn.«

Und dann hat der Brunner sich wieder den anderen zugewandt und die Katharina mit ihrem schlechten Gewissen und seinem Appell daran, wer hier der Chef ist, allein gelassen. Kein schönes Gefühl.

Dafür hat der Hafner sich ein bisschen näher an sie herangestellt und ihr zugeraunt: »Die Susi hat mir ausgricht, Sie wojten mi sprecha?«

Jetzt erst ist der Katharina überhaupt wieder eingefallen, was sie hierhergeführt hat. Vor lauter Verbrechen und Spurensicherung und Menschenauflauf und Zusammenschiss vom Brunner hätte sie das beinahe vergessen. »Ja. Aber ned *jetz* und ned *da*.«

Der Hafner war ja nicht blöd und hat schon gespannt, dass die Katharina gerade von ihrem Vorgesetzten zurechtgewiesen worden ist. Ein bisschen gelauscht hat er auch gehabt, weil er ja durchaus neugierig und sensationslüstern war, das muss man sein am Land, wo jeder von jedem alles weiß. So erfährt man es ja. Neugier, Sensationslust und bei was zuhören, was nicht für die eigenen Ohren bestimmt ist.

»Ja dann gehma a Stücke.« Er hat sie charmant angegrinst. Und warum nicht.

»Guad. Gehma.«

Also sind sie über den Hof geschlendert, und als sie außer Hörweite waren, hat die Katharina ihr Anliegen vorgebracht.

»Herr Hafner. Warum habn Sie mir letzte Woch ned verzojt, dass der Altmann no an Wochaend-Jaguar hat?«

»Sie habn mi ned gfragt.« Schon wieder das selbstbewusste, unschuldsengelartige Grinsen.

»Da verzojn S' ma lang und breit vo dene Jaguars auf Eana Ihrm Hof und die Weibergschichten vom Altmann –«

»Sie moanan den suibernen XKR?«, hat der Hafner die Katharina unterbrochen, bevor sie ihm wirklich einen Vorwurf hätte machen können.

»Genau den.«

»Ja mit dem werd er unterwegs sei.«

»Aber! Sie habn Eana doch Sorgn gmacht, weil seine Autos bei Eana stengan –«

»Ja scho, wei, wia gsagt, den XKR fahrt er ja eigentlich bloß am Wochaend. Aber wahrscheinlich –«

»Naa, nix *wahrscheinlich*!«, hat die Katharina jetzt *ihn* unterbrochen. »Eana Ihr Grund zur Besorgnis war, dass der Altmann sein weißn Jaguar ned abghoit hat!«

»Ned aufregn«, hat der Hafner sie beruhigt.

»I reg mi ned auf! Aber jetzt sagn S' mir, Herr Hafner, wo der Suiberne steht! Weil des wissen S', und Sie wissen aa, dass der Altmann ned mit seinem XKR unterwegs is.«

Der Hafner hat über die Felder und Wälder geschaut, die sich rings um Halling erstrecken, über die herbstlich gefärbten Laubbäume und die Maisfelder, die bald ganz leer und stopplig aussehen würden, und er hat überlegt, was er jetzt antworten soll, das hat die Katharina schon gemerkt. Wenn einer, der immer redet, plötzlich schweigt, dann denkt er ganz genau über das nach, was er als Nächstes sagen will.

»Der Suiberne steht bei mir in der Garaasch.«

»Aha.« Jetzt war die Katharina erst einmal erstaunt über die Antwort, weil die so geradeheraus gekommen ist. Aber nicht, dass sie keine Fragen mehr gehabt hätte. »Derf i davo ausgeh, dass Sie mir nachert Eana Ihr Garaasch und den XKR vom Altmann zoang?«

»Ja.« Recht kleinlaut war er plötzlich, der Autotandler, der Faktenverschweiger.

»Derf i aa no wissen, warum Sie mir ned vo Eana aus verzojt habn, dass Sie dem Altmann des Heisl in Weil vermietet habn, wo er jetz drin wohnt?«

»Sie habn mi ned gfragt.«

Jetzt ist die Katharina beinahe wieder ungeduldig geworden und wollte schon ansetzen mit einem *Hagottsa-*, aber in dem Moment hat der Brunner recht lautstark und quer über den Hof nach ihr gerufen, und der nächste Zusammenschiss hat sich angebahnt, also hat die Katharina im Gehen nur noch gesagt: »Und *des* zoang S' mir aa no, vo außen und vo innen, weil Sie ois Vermieter habn ja mit Sicherheit an Zwoatschlüssel.«

Und dann ist sie zurück zum Brunner, der jetzt sogar ohne Migräne wahnsinns schlecht gelaunt ausgeschaut hat, selbst aus 20 Meter Entfernung quer über den Hof hinweg.

Wenn du nichts zu Mittag gegessen hast, weil du andere Prioritäten gehabt hast, dann ist es doppelt unangenehm, wenn du am Nachmittag zu einer Standpauke ins Zimmer vom Vorgesetzten geladen wirst. Weil ohne Essen bringst du schlecht die Kraft und Energie auf, die du zum Widerspruch und fürs Rechtfertigen dringend benötigst. Und das war jetzt der Katharina ihr Problem. Das Packerl mit dem Fleischsalat und den zwei Semmeln ist nämlich noch immer unangetastet auf ihrem Beifahrersitz gelegen. Aber nicht ans Essen zu denken war ein ganz ein typischer Fehler von der Katharina, und jetzt war es wieder einmal zu spät, sich darüber Gedanken zu machen, geschweige denn, sich darüber zu ärgern.

Das Büro vom Brunner Josef war so ein typisches Polizeichef-Büro, nicht wirklich unordentlich, aber auch nicht richtig aufgeräumt, Hauptsache, es sieht immer nach recht viel Arbeit aus. Also überall Ordner, auf jeder Ablage, auf dem Tisch, um den Laptop herum, der den ganzen Tag über gesurrt hat, und Formularberge und zwei Telefone, die den ganzen Tag über geläutet haben. An der Wand Karten, eine Umgebungskarte von Mühldorf und den angrenzenden Landkreisen, und eine von Bayern, mit Markierungen und Zetteln dran. Ein paar gerahmte Bilder, die waren privat.

Die Katharina ist jetzt auf dem Besucherstuhl gesessen, und der Brunner auf der anderen Seite von seinem schweren Eichenschreibtisch auf seinem lederbezogenen durchgescheuerten Drehstuhl. Er hat hinter der Laptopklappe hervorgeschaut und die Katharina gemustert. Als die Katharina an ihm vorbei auf die Wand hinter ihm geschaut hat, hat sie direkt auf das Bild geblickt, das da gehangen ist. Ein Foto, 20 mal 30 cm, vom Brunner und ihrem Vater, dem Berger Anton, wo die beiden stolz in ihrer ersten Uniform vor einem Funkstreifenwagen stehen, in den Siebzigern ist das gewesen, beide Anfang, Mitte zwanzig. Der Wagen ein VW Käfer, dunkelgrün, weiße Aufschrift, Polizei.

»Katharina, du muaßt an Gang zruckschoiten«, hat der Brunner angefangen. »Du bist jetz nimmer die Ermittlerin von der Kripo. I woaß, du warst a guade – aber seit dera Gschicht, wo du auf den Buam da gschossn hast …«

»Ja, Josef, aber da habn s' mir Notwehr zuerkannt!«, hat die Katharina versucht, etwas dagegenzuhalten. Die Geschichte hat sie immer noch verfolgt, Notwehr hin oder her. Wenn du auf einen Menschen schießt, und noch dazu auf einen Buben, dann verändert dich das fürs Leben.

»I woaß, dass s' dir Notwehr bescheinigt habn. Aber z'erst habn s' di in Zwangsurlaub gschickt. Suspendiert habn s' di.« Die Katharina wollte sich eben wieder rechtfertigen, mit dem Argument *Beurlaubung*, aber der Brunner hat mit erhobener Hand abgewehrt. »Naa, sag jetz nix. Du woaßt genauso guad wiar i, dass du bloß da bei uns in Weil bist, weil i mit deim Chef in Minga gredt hab. Deinem *Ex*chef. I mecht koa Dankbarkeit vo dir, für mi is des a Selbstverständlichkeit, dass i mi um dem Doni sei Tochter kümmer. Aber bittschee, Kathi – setz des ned ojs aufs Spuj! Der Foj is eigentlich wieda nach Mujdorf ganga, und der Präside hat mi befugt, dass i des soweit übernimm – aber nur, wemma mit Mujdorf kooperiern. Des hoaßt, wenn mir an Hinweis auf a Gwoitvabrecha neikriagn, is sofort die Kripo Mujdorf mit dabei. Und wennst dann irgendan Zeugen oder irgendan Hinweis neikriagst – bitte, dann mejdst ma des sofort und leitest des glei an die zuaständigen Kriminaler weida! Und auf eigene Faust ermitteln und während der Dienstzeit irgendwohie an irgendan potenziellen Tatort hiefahrn, des geht aa ned! Da gibst mir bittschee vorher Bescheid, und *i* entscheid, wer was macht. Des hast doch jetz verstanden, oder?«

Die Katharina hat sich jetzt recht zusammengestaucht und klein gefühlt, obwohl der Brunner die ganze Zeit über die Stimme kein bisschen erhoben hat. Das hat der nie gemacht. Geplärrt hat er eigentlich nur unter dem Einfluss von Föhn, der Brunner war praktisch der Einzige im Landkreis, der die Alpenwetterlage bis nach Weil rauf gespürt hat, als Migräne.

Und deswegen hat die Katharina jetzt auch nur genickt. Aber die Kripobeamtin in ihr hat ihr zugeflüstert, dass sie, sobald sie dem Brunner sein Büro und die Dienststelle verlassen hat, den Hafner kontaktiert wegen dem silbernen XKR und dem vermieteten Häusl. Das war ja nicht Ermittlung auf eigene Faust, sondern mehr so eine Ortsbesichtigung aus persönlichem Interesse. Privat sozusagen. Was die Katharina in ihrer Privatzeit macht, mit wie vielen Autotandlern sie sich wo auch immer trifft, das musste sie dem Brunner ja nicht alles erzählen.

»Scheene Garaasch«, hat die Katharina mit einer gewissen Ehrfurcht bemerken müssen. Unter einem düsteren Kreuzgratgewölbe haben sich Oldtimer aus sechs Jahrzehnten gestapelt, dass du das dem alten Stall von 1750 von außen her gar nicht angesehen hättest. Obwohl, ein Oldtimer war das Stallgebäude selbst ja auch schon, aber nicht restauriert, weil wenn erst einmal der Denkmalschutz sein Auge auf so ein Gebäude geworfen hat, dann kannst du eh nichts mehr machen.

Und zwischen all den alten Blech-Preziosen, ganz hinten im Eck versteckt im Stockdunkeln, ist dem Altmann Thomas sein silberner Jaguar XKR gestanden – so neu und glänzend, dass er geradezu im Dunkeln geleuchtet hat.

»I hab den Karrn abghoit, im Thomas seim Auftrag«, hat der Hafner von sich aus erzählt. »Am 27. Juli, des war a Montag, des woaß i no genau.«

»Oiso an dem Tag, nach dem sei Frau eam zum letzten Moi gseng hat«, hat die Katharina laut vor sich hingedacht.

»Davo woaß i nix, i kenn die Clara zwar, aber so richtig grea bin i mit dera nia worn.« Logisch, war ja auch eine Frau und der Hafner einer, der sich *das mit den Weibern* spart. Da wirst du nicht miteinander grün, in der Kombination.

»Aber Sie san Eana sicher mit dem Datum?«, hat die Katharina sich noch einmal vergewissern wollen.

»Freilich. Und wia. Wei des dem Thomas sei Geburtstag is.«

Aha, hat die Katharina sich da gedacht, nettes Detail.

»Wia oid is er denn worn?«

»Zwoaravierzge. Aber bevor S' mi fragn. Er war gar ned da an dem Montag. Er hat mi am Sonntag ogruafa, dass i am nächsten Tag den Karrn hoi und dass i'n bei mir unterstoj. Koa Erklärung, nix. Und dass er ned woaß, ob er da is, wenn i am Vormittag kimm.«

Die Katharina hat genickt und versucht, sich alle Details zu merken.

»Und des war des letzte Moi, dass Sie den Thomas gsegn habn?«

»Naa. Den weißen Jaguar hat er mir ja aa no bracht, am 29. Juli. Des war des letzte Moi, bis Freitag wojt er zum Abhoin kema.«

»Was? I hab denkt, den weißen hätt er Eana scho a Woch friara bracht? Des habn S' mir doch so verzojt.« Jetzt ist die Katharina schon richtig durcheinandergekommen mit dem Hafner seinen Terminen. Er anscheinend auch.

»Da hab i mi verdo, ich hab's ned so mit Zahlen und Terminen.«

»Herr Hafner, bitte, die Daten san absolut wichtig, sand Sie Eana jetz sicher mit Ende Juli?«

»Des war nach seinem Geburtstag, des letzte Treffen, am Mittwoch, und des war der 29. Des woaß i jetz sicher.«

Die Katharina hat tief geseufzt. »Guad. Und über was habn Sie gredt bei dem letztn Treffen?«

»Ja, ned vui. I war am Telefon, wie er zur Susi nei is zwengs de Formalitäten. Und wie er wieder außakimmt, da is des Taxi scho da, und des Letzte überhaupt, was er zu mir sagt, is wortwörtlich: Du, Andi, den machst du mir bitte bis übermorgen fertig, ganz dringend, den brauch ich unbedingt am Freitag!«

Die Katharina hat versucht, sich das alles zu merken, ebenfalls wortwörtlich, und genickt und sich umgeschaut in der Gewölbegarage. »Scheene Wagn habn Sie da. Ghern die alle Eana?«

Da hat der Hafner ganz stolz gelächelt. »Die meisten scho.«

»Sie wissn, dass i des irgendwann in der Dienststoj mejdn muaß«, hat die Katharina gemeint.

»Was? Dass i a Garaasch mit Autos drin hab?«

»Naa. Des mit dem XKR.«

»I hab nix zum Verstecka.« Wieder hat er geschaut wie der reinste Unschuldsengel, aber so auffällig unschuldig, dass auch genau des Gegenteil der Fall hätte sein können.

Die Katharina hat die Ärmel von ihrer Uniformbluse

hochgekrempelt. Heiß und stickig war es in dem Stall, nur ein bisschen weniger heiß als draußen, und draußen hatte es noch fast 30 Grad. Und das Ende August.

»Guad. Oiso, dann schaug i jetz in den Jaguar nei, und im Anschluss fahren mir zwoa nach Weil ins Heisl vom Altmann.«

Für alle Fälle hat die Katharina immer ein Paar Latexhandschuhe in der Tasche gehabt. Die hat sie jetzt angezogen und den Hafner um eine Taschenlampe gebeten. Und so ausgerüstet hat sie dann den XKR von außen und innen inspiziert.

Von außen war der Wagen tipptopp. Kein Dreck, kein Kratzer, gar nichts. Wie aus dem Katalog oder aus dem Showroom. Von innen ganz genauso auf den ersten Blick. Die Katharina hat sich auf den Fahrersitz gesetzt und die Innenbeleuchtung angemacht. Ablagen, Fächer und Handschuhfach: ein paar Karten, ein Segelschein, der Fahrzeugschein, auf den Altmann ausgestellt, Adresse war die in Süchting, die hat die Katharina sich rasch notiert in einem ihrer üblichen schwarzen Hefte. Eine Packung Kaugummi, zwei Zigarettenkippen im Aschenbecher. Auf den Beifahrersitz war ein lederner Kindersitz geschnallt, ein Luxusmodell, bequemer und sicherer als der Sitz von einem Formel-1-Piloten. Ein Haufen Keksbrösel und Brezenreste in den Ritzen des De-luxe-Kindersessels und ein zusammengeknülltes Papiertaschentuch. Die Katharina hat die beiden Zigarettenkippen aus dem Aschenbecher in das alte Taschentuch gewickelt und eingesteckt.

Dann hat sie noch den Gurt, an dem der Kindersitz befestigt war, ein wenig gelockert und einen Zettel darunter hervorgezogen, irgendeine Quittung von einem Segelausstatter aus Prien, auf dem etwas drauf war, was genauso ausgesehen hat wie die falschen Hollerbeerflecken auf dem weißen Jaguar. Sie hat alles rasch in die Hosentasche gesteckt, weil der Hafner auf einmal ein bisschen gedrängt hat, dass er am Abend noch einen Termin hätte. Aber die Katharina hat eher vermutet, dass er sie loshaben wollte, weil es ihm plötzlich unangenehm war, dass sie wieder auf Polizeibeamtin gemacht hat. Abend war ja schon.

Hinten auf der schmalen Rückbank war alles tadellos sauber und leer. Im Kofferraum ein zusammengeklapptes Warndreieck, ein ganz altes allerdings, und eine zerrissene Persenning, von dem Altmann seinem Segelschiff wahrscheinlich, hat die Katharina sich gedacht. Ein bisschen vergraut und marode, aber nichts zu sehen auf oder unter der Persenning. Das Nummernschild an dem XKR hat mit AÖ angefangen, wie auch die Nummernschilder der drei anderen Jaguars, da ist die Katharina davon ausgegangen, dass der Altmann noch immer in Süchting, Kreis Altötting, gemeldet war.

Dann war sie so weit fertig und ist mit dem Hafner nach Weil gefahren, in einem seiner Werkstattwagen, einem dunklen BMW mit so einem roten 06er-Wechselkennzeichen dran, und ihr ist noch aufgefallen, dass Halling, wie Weil, tatsächlich zu MÜ gehört, aber gefühlsmäßig hätte sie AÖ gesagt.

Dem Altmann Thomas sein Zuhause war ein wunderschönes altes Sacherl mit einem hübschen Garten drum herum, von weiten Feldern und hohen Obstbäumen umgeben. Die nächsten Häuser waren zwar in Sichtweite, aber nicht so nah, dass jemand, der aus einem der Nachbarhäuser herausgeschaut hätte, irgendetwas von dem hätte sehen können, was da vor sich gegangen ist um halb neun Uhr abends am 24. August, also als der Hafner in der Auffahrt vor der Duplexgarage vom Altmann geparkt hat.

Es war noch hell und immer noch so warm, dass die Katharina sich kurz überlegt hat, anschließend noch in irgendeinen Weiher zu springen, so, wie sie das als junges Mädchen immer gern gemacht hat bei Sonnenuntergang im Hochsommer, von Staunzen umschwirrt, im schlammigen Moorwasser. Aber im Moment hat das Altmannhaus Priorität gehabt.

Das Licht haben sie nicht angemacht, es ist auch noch so gegangen. Im entkernten Erdgeschoss alles offen, Küche, Wohn- und Esszimmer waren eins. Bulthaupt, Edelstahl und Edelholz, so weit das Auge reicht, und alles blitzblank und sauber, zweimal die Woche ist die Putzfrau gekommen. Namen und Adresse von ihr hat sich die Katharina gleich geben lassen. Im Obergeschoss eine Art Arbeitszimmer, aber kein Computer drin und gar nichts, nur ein paar Ordner und Kunstbücher in den Regalen. Ein spartanisches Kinderzimmer voller futuristischer Lego-Modelle, aber nicht wirklich bespielt, viel zu ordentlich, kein Lego-Atom auf dem Fußboden, mehr so was wie das Museum eines Bastlers und Sammlers, und so staubfrei wie das Prüflabor eines Chipherstellers. Das Bett war gemacht, auf dem Bezug waren Weltraummonster drauf. Ebenso akkurat gemacht war das Bett im Schlafzimmer, einssechzig breit, Luxus für einen alleine, ein Nachttisch ohne was Persönlichem drauf, nicht einmal ein Buch oder Wecker, nur eine Designerlampe. Im Kleiderschrank ein paar Anzüge und Segelstricke. Alles so dermaßen aufgeräumt, dass man hätte vermuten können, dass da gar keiner wohnt. Aber logisch, wenn die Putzfrau seit dem Verschwinden vom Altmann achtmal da gewesen ist.

Und dann ist die Katharina wieder zurückgefahren mit dem Hafner, nach Halling, wo ihr Golf gestanden ist.

Der Hafner hat während der 10 Minuten Fahrt, die er gebraucht hat, ein bisschen was aus seinem Leben erzählt, Autogeschichten vor allem, und über die Oldtimertreffen mit dem Altmann, aber immer noch hat die Katharina kein Bild vom Altmann im Kopf gehabt, und da ist ihr gekommen: In dem Haus sind nirgendwo Bilder zu sehen gewesen, nicht einmal vom Altmann seinem Sohn, dem Django, was komisch ist bei einem, der sein Kind vergöttert, da erwartet man doch gerahmte Großabzüge.

»Hätten Sie vielleicht a Foto vom Altmann Thomas?«, hat die Katharina beim Aussteigen auf dem Hafner seinem Hof gefragt. Der hat kurz überlegt und dann den Kopf geschüttelt.

»Naa, nix Aktuelles. Vielleicht no was Oids. Aber des suach i Eana wann anders außa. I muaß weida.«

Und dann haben sie sich verabschiedet, recht nett, aber förmlich. So auf die Art *man sieht sich*. Da hat die Katharina überlegt, ob der Hafner wegen irgendwas angefressen ist, aber egal, *sie* war zufrieden mit dem Abend. Noch.

Jetzt war es halb zehn und dunkel, als die Katharina in ihren Golf gestiegen ist, und weil sie den ganzen Tag nichts gegessen gehabt hat und das Harlanderpackerl immer noch auf dem Beifahrersitz gelegen ist, wo sie jetzt ihre Heckler & Koch P7 dazugelegt hat, hat sie sich noch drei Minuten genommen, um sich eine der Semmeln und den kompletten Fleischsalat einzuverleiben, der aber leider den ganzen Tag über bei fast 50 Grad im Autoinnern vor sich hin gegärt hat. Mayonnaise, zehn Stunden im Inkubator, ein Fest für Mikroorganismen.

Auf der Rückfahrt nach Weil haben sich die Mikroorganismen dann bis zu der Katharina ihrem Magen-Darm-Trakt vorgearbeitet, das ist rasend schnell gegangen, muss man schon sagen.

Und da war es ihr wurscht, dass die P7 noch auf dem Beifahrersitz gelegen und der Wagen nicht abgesperrt gewesen ist, als sie daheim fluchtartig aus ihrem Auto raus ist. Weil manchmal gibt es Situationen, wo du froh bist, dass du es überhaupt noch auf eine sanitäre Einrichtung schaffst, und in dem Fall war es Gott sei Dank ihre eigene in dem Austragshäusl. Richtig getroffen hat sie leider nicht mehr, weil ihr Kreislauf es nicht ganz bis zu ihrer Nasszelle geschafft hat.

Aber immerhin daheim.

War gut so.

# SECHSE

Der Allmandinger Peter war durch und durch Bauer, mit Herz und Seele und mit einem Tagesrhythmus, den ihm seine Biokühe vorgegeben haben. Also um vier Uhr fünfzehn aufstehen, 365 Tage im Jahr, schnell einen Kaffee und dann auf in den Stall, die fünfzehn Kühe melken, zwar mit Melkmaschine, weil Bio heißt ja nicht reaktionär mit Eimer, aber ganz normal im Stall, ohne Melkgang. Dann ausmisten. Und abends, also zwölf Stunden später, das Gleiche. Die Melkmaschine von einer Kuh zur anderen stöpseln und den Mist rauskehren, auf den Schubkarrn und raus auf den Misthaufen, neben dem schon ganz riesige Kürbisse gewachsen sind, selbstverständlich auch bio. Zur Abendmilch hat er die Morgenmilch geschüttet, und um sieben ist der Wagen von der Molkerei gekommen, Naturland Demeter Biomilch, auf vier Grad heruntergekühlt, was im Sommer besonders wichtig ist. Sonst hast du 150 Liter Naturland Demeter Sauermilch, und dafür kriegst du gar nichts, keinen Cent.

Und immer zwischendurch die Tanks reinigen, die Kühe raus auf die Weide lassen, aufs Feld, Heu schneiden, Heu wenden, Heu einfahren, die Kühe abends wieder rein in den Stall, bei den Hennen das Gleiche, raus auf den Hof, abends rein in den Stall, sonst holt sie der Fuchs oder der Marder, und was das für ein Gemetzel gibt auf einem Hof, wenn du nicht alle Hühner in den Stall bringst rechtzeitig vor der Dämmerung oder wenn dir so ein Mistviech auskommt. Aber meistens scharwenzeln die Hennen ja um den Hahn herum, und der dreht sowieso immer die gleichen Runden auf dem Hof.

Aber an diesem Abend, als der Peter seine letzte Runde gedreht hat, um noch einmal nach seiner Ausreißerhenne zu schauen, da war es dann doch ganz gut, dass die Berta, also die Henne, so einen Freiheitsdrang gehabt hat, dass sie als Einzige nicht total kopflos dem Hahn hinterhergelaufen ist, sondern grundsätzlich wie immer ihren eigenen Weg gegangen ist.

Weil dem Peter ist auf der Suche nach der Henne gleich aufgefallen, dass da auf dem Hof was komisch ist. Der Katharina ihr Golf ist mit offener Tür und brennender Innenbeleuchtung direkt vor der Haustür vom Austragshäusl herumgestanden, eine Pistole auf dem Beifahrersitz und eine Papiertüte mit einer alten Semmel und einer ausgegessenen Plastikschachtel drin. Und die Tür vom Austragshäusl war auch offen, sperrangelweit.

Und da hat sich der Peter Sorgen gemacht, und zwar so große, dass er die Berta vergessen, am Türstock geklopft und halblaut der Katharina ihren Namen gerufen hat. Aber keine Antwort, und deswegen ist er vorsichtig rein und hat auch ein bisschen Angst gehabt, und geschämt hat er sich auch, als Mann in die Privatsphäre einer alleinstehenden Frau einzudringen sozusagen.

Aber gut eigentlich, dass er das gemacht hat, entgegen seiner Überzeugung und seiner guten Erziehung. Weil vor der Badezimmertür hat er dann die Katharina gefunden, bewusstlos, in ihrer Uniform und in ihrem Erbrochenen, und so schnell hat noch nie einer den Doktor Lechner, Allgemeinarzt in Weil, und den Notarzt in Mühldorf alarmiert wie der Allmandinger Peter, der sein Handy immer dabeigehabt hat, weil wenn du im Stall arbeitest, dann hörst du das Telefon im Haus natürlich überhaupt nicht.

Und dann ist er in die Knie gegangen in seiner blauen Stallhose, und wenn einer im Kuhmist aufgewachsen ist, dann schert er sich auch nicht um Erbrochenes, und schon zweimal nicht, wenn die Frau seiner Träume da wie tot vor ihm liegt. Er hat sie ein bisschen sauber gemacht mit seiner Jacke, das Gesicht und die Haare, und sie in den Arm genommen und geschaut, ob sie noch atmet. Ganz flach hat sie geatmet. Viel Ahnung von Erster Hilfe hat der Peter zwar nicht mehr gehabt, der Führerschein war schon zu lange her. Aber aufrecht gehalten bleiben einem die Atemwege frei, und so hat er sie im Arm gehalten, bis der Dr. Lechner gekommen ist, zweieinhalb Minuten hat er gebraucht, und sieben Minuten später der Notarzt aus Mühldorf, und die haben sich um die Katharina gekümmert, aber der Peter ist trotzdem mitgefahren mit dem Doktor Lechner, hinter dem Krankenwagen her, damit er das Krankenhaus in Mühldorf bei Bedarf wiederfindet.

Dort haben sie bei der Katharina eine schwere Lebensmittelvergiftung diagnostiziert, Brechdurchfälle inklusive, aber mit Infusionen bekämen sie das in den Griff, drei Tage Minimum.

Der Dr. Lechner hat den Peter danach wieder zurückgefahren zum Allmandinger-Hof und ihn gelobt für seine Erste-Hilfe-Aktion wie einen kleinen Buben, was dem Peter ein bisschen gestunken hat. Lob ist schön und gut, im Prinzip. Aber bloß, weil einer leise und schüchtern ist und mit dem Leben als Landwirt voll und ganz zufrieden, heißt das ja noch lange nicht, dass er minderbemittelt ist.

Eine Erste-Hilfe-Aktion war es ja auch nicht *nur* gewesen, eigentlich mehr so ein Liebesdienst. Aber das hat der Peter dann doch für sich behalten.

Ins Bett ist er erst gegen zwei, viel zu spät für einen Landwirt, der kurz nach vier wieder rausmuss. Zuerst hat er nämlich noch der Kathi ihre Pistole weggeräumt, ihr Haus geputzt, ihre Uniform, die sie ihm im Krankenhaus mitgegeben haben, in die Waschmaschine von seiner Mutter gesteckt, damit sie die mitwäscht, und Auto und Austragshäusl sorgfältig zugesperrt.

Die Henne Berta hat er auch noch gefunden, quicklebendig hat sie es sich in der Katharina ihrer Küche bequem gemacht, unter der Eckbank auf den Zeitungen, und ein Ei ist auch noch dagelegen. Das hat der Peter der Kathi auf einem Küchentuch mitten auf den Tisch drapiert. Ganz gerührt war er über die abendliche Leistung der Ausreißerhenne, die der Kathi auf ihre eigene Weise auch einen Liebesbeweis erbracht hat sozusagen.

Und dann ist er rüber in den alten Hof, noch schnell duschen und ab ins Bett. Schlafen hat er dann aber trotz bleierner Müdigkeit nicht gleich können, vor lauter Sorge um die Kathi.

Aber von all dem hat die Katharina nicht das Geringste mitbekommen, die Gnade der Bewusstlosigkeit. Ganz lange hat sie dann geschlafen.

Als sie die Augen wieder aufgeschlagen und vor sich eine weiße Wand erblickt hat mit einem Kruzifix dran, hat sie ganz kurz ein grauenhaftes Déjà-vu gehabt. Schlecht war ihr, einen trockenen Mund und ganz aufgerissene Lippen hat sie gehabt, und schrecklich schwach hat sie sich auch gefühlt. Im linken Handrücken hat eine Kanüle gesteckt, und mit der rechten Hand hat sie vorsichtig nach ihrem Bauch getastet, der zwar irgendwie geschmerzt hat, aber nicht so wie im Sommer nach dem Bauchschuss, und es war auch kein Verband da. Und auch kein Hauch vom Meer, sondern der schwache Geruch von Stadtabgasen und Rosskastanien, der durch das gekippte Fenster hereingeweht ist.

Und als eine Krankenschwester an ihr Bett getreten ist und sie quasi niederbairisch angesprochen hat, da war das Déjà-vu weg und dann kurz der Gedanke da, dass sie nicht mehr dazugekommen ist, ihren Matteo zurückzurufen.

»Wia geht's uns denn heit?«, hat die Krankenschwester gefragt, während sie den Zugang der Infusion geprüft hat, Natriumchlorid und irgendein Antibiotikum.

»Wo bin ich?«, hat die Katharina gefragt und ihre raue Stimme fast nicht wiedererkannt.

»In Mujdorf im Krangahaus.«

Die Katharina hat versucht, sich aufzurichten, aber die Krankenschwester hat sie sanft davon abgehalten. »Naa, Sie bleibn mir ganz brav liegn und ruan Eana aus, Frau Berger. Sooo is's recht.«

Jetzt hat die Katharina versucht, die Situation zu begreifen und das Geschehene zu rekapitulieren, aber unmöglich. Das Letzte, was sie noch gewusst hat, war, dass sie mit dem Tandler eine Besichtigungstour gemacht hat, der Rest war weg.

»Was is passiert?«, hat sie schwach und leise gefragt, und die Krankenschwester hat unterm Pulsmessen Auskunft erteilt.

»Sie habn Eana a Lebensmittelvergiftung ghoit«, hat die Schwester ganz nüchtern bemerkt, »und de war so heftig, dass S' umgfojn sand. Bewusstlos, wia lang, des woaß ma ned. Deswegn aa die Prellung am Kopf und a leichte Commotio, oiso a Gehirnerschütterung, da sand S' irgendwia gengan Diastock gschtessn wahrscheints. Der Herr Allmandinger, Eana Ihr Nachbar, hat an Dokter gruafa. Und jetz sand S' scho a paar Tag da, im Mujdorfer Krangahaus.«

Der *Herr Allmandinger*, der Peter, hat sich die Katharina gedacht und vor sich hin gelächelt. War schon ein Herz, der Bua.

»Was is heit für a Tag?«

»Donnerstag, der 27. August.«

Na, sauber, hat die Katharina sich gedacht, drei Tage liege ich schon hier herum und keine Ahnung, wie der Altmann-Fall weitergegangen ist.

Aber er ist ja gar nicht weitergegangen, ohne die einzig aussagekräftigen Beweismittel, die den Fall hätten weiterbringen können. Aber das hat die Katharina zu dem Zeitpunkt noch gar nicht gewusst: dass sie da was Wichtiges gefunden hat. Geahnt hat sie es aber irgendwie schon. Und sie hat noch weniger gewusst, dass die Uniformhose, in die sie die Beweismittel gesteck gehabt hat, schon am 25. vom Peter seiner Mama bei 60 Grad durchgewaschen worden ist. Und jetzt längst wieder gebügelt und zusammengelegt in ihrem Schrank gelegen ist, das hat nämlich die Mama vom Peter auch noch gemacht, die hat bügeln können, da kannst du jede Maschine vergessen.

Die Katharina hat von all dem zwar keine Ahnung gehabt, aber sie hat beschlossen, dass sie rausmuss aus dem Krankenhaus und zurück nach Weil, um im Fall Altmann noch ein bisschen weiter Privatdetektiv zu spielen. Freizeitmäßig selbstredend.

Gegen die Krankenschwester ist sie aber vor lauter Schwäche noch nicht angekommen.

Angekommen hingegen ist am Nachmittag ein bisschen ein Besuch, der sie aufgeheitert hat.

Zuerst der Brunner, der nach seiner Ziehtochter sehen wollte und sich recht gefreut hat, dass es der Kathi schon wieder einigermaßen passabel geht. Er hat ihr ausgerichtet, dass sie wegen der Gehirnerschütterung mindestens bis Ende nächster Woche noch krankgeschrieben ist. Jede Menge Freizeit für Privattreffen mit Menschen aus dem Altmann Thomas seinem Dunstkreis, hat die Katharina sich heimlich gefreut.

Einen Blumenstrauß hat er dabeigehabt und ein Packerl Pralinen, was man halt so als Krankenpräsent mitbringt. Und eine Genesungswunschkarte und ein Wurstpaket vom Harlander, dem die ganze Angelegenheit mords peinlich war, obwohl er ja gar nicht schuld gewesen ist, sondern die Mikroorganismeninvasion in seinem Fleischsalat. Jetzt war da also nur Geräuchertes im Wurstpaket, was ewig hält. Aber die Katharina hat es erst einmal beiseite gelegt, ihr war im Moment so gar nicht nach Wurst.

Der Brunner hat ein bisschen was aus dem Alltag in der Dienststelle erzählt, aber anscheinend bewusst den Fall Altmann verschwiegen, und die Katharina hat auch erst einmal lieber nicht nachgefragt.

Später hat dann der Peter noch vorbeigeschaut, einen Strauß Sonnenblumen hat er dabeigehabt, und die Katharina hat ihn in dem normalen Gewand aus Jeans und Hemd fast gar nicht erkannt. Aber als er sich zu ihr heruntergebeugt hat und ihr einen flüchtigen brüderlichen Wangenkuss gegeben hat, da hat sie neben dem Duschmittel und Aftershave, das sehr gut gerochen hat, auch noch ein wenig Stall herausgerochen, was sie noch lieber gemocht hat. Also war's schon ihr Peter, ihr Retter sozusagen.

Er hat ihr Gesellschaft geleistet und gefragt, was sie braucht, was für ein Gewand er ihr mitbringen soll und so weiter. Der hat sich eben immer um alles gekümmert, der Peter, und die Katharina hat das schon ziemlich gefreut. Und dann hat er versprochen, dass er ihr noch am selben Abend ihr Sach vorbeibringt, nach dem Stall, so um acht, und das Handy auch, das ist ihr zwar irgendwie beim Sturz aus der Tasche gefallen und hat jetzt einen Sprung im Display, aber es geht noch und ist gerade zu Hause am Ladegerät, hat der Peter gesagt.

Und das hat er dann auch gemacht, hat ihr alles gebracht in einer großen Reisetasche, Geldbeutel, Handy, einen Haufen Kleidungsstücke. Auf dem Handy waren ein paar Anrufe in Abwesenheit. Aber nichts aus Italien.

»Dei Pistoin hab i weggsparrt«, hat der Peter dann ganz leise gesagt. »Die war no in deim Auto.«

»Danke, liab von dir.« Die Katharina hat gerade wieder ihr erstes festes Essen zu sich genommen, aber die Krankenhauskost war furchtbar. Immerhin hat sie sich dadurch wieder fit gefühlt, und ein bisschen aufgestanden ist sie ja auch schon am Nachmittag, um den Kreislauf wieder anzuschmeißen.

Der Peter hat sich jetzt freilich darüber gefreut, dass die Kathi sich freut, dass er etwas für sie tut, also hat er gleich ein bisschen weiter aufgezählt, was er getan hat, ganz normal eigentlich, macht ein jeder.

»Und dei Uniform, die hamma aa scho gwaschn, wei's recht dreckert war, die liegt dahoam bei dir.«

Die Katharina hat ein bisschen gebraucht, um zu verstehen.

»*Was*?!« Sie hat sich fast an der angetrockneten Brotscheibe von ihrem Krankenhausabendessen verschluckt vor Schreck.

»Mei Mama hat dei Uniform gwaschn.«

»Scheiße!« Die Katharina war mit einem Satz aus dem Bett, kurz eine Meldung von ihrem Kreislauf, dann ist es schon wieder gegangen.

»Die war recht in Mitleidenschaft gezogen«, hat der Peter zu erklären versucht. Er hat der Katharina ihre Aufregung jetzt ja auch gar nicht verstehen können.

»Da war was ganz was Wichtigs in der Hosentaschn drin! *Deswegen* Scheiße!«

»Duad ma leid.«

»Ned dei Schuid, aber ... i muaß sofort hoam und nachschaung, was zum Retten is!« Und vor den entsetzten Augen vom Peter hat sie sich die Kanüle herausgezogen, ihr Gewand aus der Tasche geangelt und sich angezogen.

Der Peter hat seinen eigenen Augen nicht getraut. Zum einen, weil die Kathi plötzlich irgendwie ganz die Alte war, der immer irgendwas einfällt, woraufhin sie dann, wie jetzt, in einen ungeheuren Aktionismus verfällt und macht, was ihr passt – Flucht aus dem Krankenbett in diesem Fall. Und zum anderen, weil er es sich in seinen kühnsten Träumen nicht ausgemalt hätte, seine Freundin aus Kindertagen und jetzt Frau seiner Träume so unvermittelt nackt zu sehen und sie dabei zu beobachten, wie sie sich Stück für Stück anzieht und fluchtbereit macht. Andersherum, also Stück für Stück weniger Gewand, wäre vielleicht schöner gewesen, aber der Anblick hat den Peter auch so herum versteinert.

Da hat die diensthabende Krankenschwester geschimpft und gezetert, aber die Katharina hat bei der Stationsärztin unterschrieben, dass sie jetzt auf eigene Verantwortung das Krankenhaus verlässt. Der Peter hat der Ärztin versprochen, dass *er* fährt und sich um die Patientin kümmert, also Expatientin jetzt, aber das Gespräch hat die Katharina nicht mehr mitgekriegt, weil sie war schon in Richtung Besucherparkplatz unterwegs.

Und wieder eine Mission im Kopf, neben ihrem Kopfweh, und schon wieder vergessen, dass sie dem Matteo vor drei Tagen versprochen hat, dass sie ihn gleich zurückruft.

Manchmal hat man Glück im Unglück, und manchmal ist es andersherum.

Um halb neun Uhr abends, es hat schon gedämmert, ist der Peter mit seinem alten froschgrünen BMW 323i auf dem Allmandinger-Hof eingerollt, und die Katharina ist so schnell aus dem Auto gestürzt, dass man hätte meinen können, sie hat schon wieder einen verdorbenen Harlander-Fleischsalat gegessen.

Aber die ganze Fahrt über, also die 12 km von Mühldorf nach Weil, für die der Peter 25 Minuten gebraucht hat, weil er wegen der Kathi ihrer Gehirnerschütterung ganz langsam und vorsichtig die schmale Landstraße entlanggefahren ist, hat die Katharina nur an ihre Beweismittel gedacht, die eigentlich Beweismittel für den Fall Altmann waren, also nach Mühldorf zur Spurensicherung gehört hätten. Bestenfalls zum Brunner nach Weil, aber auf gar keinen Fall in die 60°-Wäsche von der Allmandinger Helene.

Also hat sie so schnell wie möglich nachsehen wollen, was nach einer heißen Wäsche und einem noch heißeren

Bügeleisen von der potenziellen Aussagekraft potenzieller Beweisstücke noch übrig ist. Daher rein ins Haus, Schrank auf, Uniform rausreißen. Die Hose war so akkurat zusammengelegt, dass sie im Schrank praktisch keinen Platz beansprucht hat. Jetzt war das Bügelwunderwerk natürlich zerstört.

Aber, siehe da. In den Hosentaschen, die die Katharina von innen nach außen gekehrt hat: nichts.

Gar nichts.

Noch nicht einmal die halb aufgelösten Flusen eines Papiertaschentuchs. Und die hast du immer in der Hosentasche nach einer Wäsche, und zwar in der Regel so lange, wie es die Hose gibt, weil die Flusen, sind sie erst einmal da, verbacken praktisch mit dem Hosentaschenstoff.

Aber diese Uniformhose war so sauber und rein, als hätte man sie eben erst aus der Kleiderkammer der bayerischen Polizei gezogen.

# SIMME

Die Allmandinger Helene hat in ihrem Leben schon tonnenweise Schmutzwäsche gewaschen, auf einem Hof fällt ja auch viel an. Die Uniform von der Kathi, die der Peter ihr in die Waschmaschine gestopft gehabt hat, hat sie aber erst einmal wieder herausgezogen. Die Männer wissen nämlich manchmal nicht, dass nicht jeder Stoff und jede Farbe bei jeder Temperatur im selben Waschgang mit ganz anderen Farben laufen darf. Außerdem hat sie *ihren* Männern nicht beibringen können, ihre Taschen vor dem Waschen auszuleeren, und ein Eurostück ist da noch das Wenigste, was aus so einer Hosentasche herausfallen kann beim Waschen. Ganz blöd sind spitze Kleinteile, die sich in der Trommel verhaken, so was kann einem die Maschine kaputt machen. Und die neue Miele, die sollte jetzt doch bis ans Lebensende durchhalten, teuer genug ist das Trumm ja gewesen.

Was aber auch recht greislig ist: Papiertaschentücher. Und die findest du in jeder dritten Hosentasche. Die Flusen verteilen sich dann auf der ganzen Wäsche, am schlimmsten auf dem dunklen Fleece-Zeug.

Da war es also recht gescheit von der Helene, dass sie vor dem Waschen der Kathi ihre Uniformhosentaschen ausgeleert hat. Ein altes Papiertaschentuch war natürlich auch mit dabei, darin zwei Zigarettenkippen eingewickelt, und eine dreckige zerknüllte Quittung von irgendeinem Segelladen aus Prien. In der anderen Tasche nur ein o. b., also ein Tampon, der kann nicht viel anrichten in der Wäsche, gehört aber natürlich nicht zwingend mit hinein.

Und nur wegen dem Tampon hat die Helene den Hosentascheninhalt beiseite gelegt und nicht gleich weggeschmissen. Weil man als Frau so was ja immer brauchen kann. Als junge Frau. Und Nachhaltigkeit, also in dem Fall das Verwenden von Zeug, das andere längst weggeschmissen hätten, war der Biobäuerin schon ein Anliegen.

Auf das Regal neben dem Waschmittel hat sie das Zeug gelegt, wo sie immer alles hinlegt, was sie in den Hosentaschen findet.

Und genau da hat der Peter es mit der Kathi dann auch gefunden, als die schon ganz aufgelöst war, hysterisch geradezu. Und er hat sich im Stillen darüber gewundert, wie die Kathi sich über so einen Müll so dermaßen freuen kann, dass sie ihm um den Hals fällt und ihn ganz fest drückt. Was ihm sehr gefallen hat, und da hat er sie auch zurückumarmt.

Also Glück im Unglück und eine gewaschene Uniform und ein frisch bezogenes Bett, das hat auch die Mama Allmandinger gemacht.

Und weil das Kopfweh wieder ganz stark war bei der Katharina nach all dem Stress mit der Sucherei nach den Beweismitteln, hat sie sich auch schon gleich um zehn Uhr abends hingelegt, nachdem sie sich noch über die Geschichte von der Berta gefreut hat, die der Peter ihr bei einem Tee erzählt hat, und deren Überraschungsei. Mach ich mir morgen gleich zum Frühstück, hat sie dem Peter gesagt. Und *a guade Nacht, und schlaf schee.*

»Wenn was is, ruaf mi o«, hat der Peter geantwortet. Und: »Derf i morgn in der Friar nach dir schaung?«

»Freilich. Du derfst immer nach mir schaung, Peter.« Und dann hat sie sich hingelegt mit ihrem SHT1, also Schädel-Hirn-Trauma ersten Grades, aber um so medizinische Fachbegriffe hat sie sich keinen Kopf gemacht. Hätte sie aber sollen. Aber bis dahin hat sie ja noch ein bisschen Zeit gehabt, eine mögliche Hirnblutung taucht gern erst einmal so zwei Wochen nach einer Commotio cerebri auf. Unglück im Glück quasi.

Und Unglück im Glück war es auch, dass sie vor lauter Kopfweh schon wieder ihren dahergelogenen Ehemann vergessen hat.

# ACHTE

Der ist im selben Moment auf seiner Dachterrasse gesessen, hat über den üppigen Oleander in den Terracottatöpfen am Terrassenrand geschaut und über ganz Massa Marittima und bis zum Meer hinuntersehen können in dieser typisch toskanischen wolkenlosen Nacht, es war halb elf und hatte noch immer 22 Grad. Ein Sternenhimmel über ihm, zum Träumen.

Aber nicht zum Träumen war, dass ihn diese Frau schon wieder telefonisch versetzt hatte!

Fünfmal am Tag checkte er seine E-Mails, aber nichts. Er hatte schon ein paar Zeilen an sie aufgesetzt, aber noch unter *Entwürfe* gespeichert.

E-Mail-Regel Nummer eins: Schreibe nie etwas im Affekt!

Lass es lieber ein paar Tage ruhen, schreibe immer mal wieder um, und im Zweifelsfall: In den Papierkorb damit, weil der Text nach drei, vier Tagen vermutlich ohnehin veraltet ist. Und genau das hatte er gemacht.

Und jetzt war er viel zu stolz, sie anzurufen. Denn *sie* war dran.

Am Montag, als er sie angerufen hatte, unvermittelt am Vormittag, da war er so entschlossen gewesen. Manchmal muss man einer spontanen Eingebung einfach folgen.

Nie im Leben hätte er gedacht, dass ihm noch einmal eine Frau des Lebens begegnen würde. Nicht nach Lavinias Tod. Zehn lange Jahre nur Lavinia in seinen Gedanken, in seinem Herzen, in seinem Leben, obwohl sie tot war, vielleicht, *weil* sie tot war. Sie war nach einer langen und elenden Krebserkrankung gestorben, und er hatte an ihrer Seite gekämpft. Bis zum Schluss. Aber *er* war immer noch da.

Zehn lange Jahre das Spiel mit den Frauen, aber keine, die auch nur annähernd Lavinias Rang hätte erreichen können. *Dürfen.*

*Santa Lavinia.*

Und dann war Katharina in seinem Leben aufgetaucht. Katharina in ihrer verschwitzten Wäsche, Katharina in ihrem weißen Kleid, mit ihren langen blonden Haaren und diesen tiefdunklen Augen, und immer eine Sorgenfalte zwischen den Brauen. Ihr Geruch nach Jasmin und wie sie Pizza isst, sie zieht erst einmal den Käse herunter und den ganzen Belag, und den Rand lässt sie über. Er liebt den Pizzarand. Und dann Katharinas Blut zwischen seinen Fingern. Katharina, die kein Eis isst, aber diese furchtbaren Eiswaffeln liebt, die *er* wegwirft. Katharina, die keine Kinder bekommen wird. Seinetwegen.

Katharina, an der alles perfekt war.

Alles.

Außer – dass sie machte, was sie wollte, und nicht, was er sich gewünscht hätte.

Seit sie fort war, seit sie wieder nach Deutschland gegangen war, fühlte er sich leer und müde. Zuerst hatte er sich eingeredet, dass diese Fernbeziehung funktionieren und man zweimal im Jahr ein paar Wochen miteinander irgendwo verbringen und in dieser Zeit alles aufholen würde.

Aber das klappte nicht, es machte ihn verrückt. Er war unkonzentriert, konnte nicht mehr denken, nicht mehr arbeiten.

Es gab überhaupt nur eine Lösung, und nachdem er das ganze Wochenende mit Nachdenken verbracht hatte, hatte er sich Montagmorgen entschlossen.

Er wollte sie anrufen.

Und ihr seine Liebe gestehen und mehr: Ich will dich. Komm zu mir zurück und nimm mich, der so dämlich war, dich einfach gehen zu lassen. Wenn ich manchmal kühl war, verzeih mir. Du hast mich befreit von den Geistern meiner Vergangenheit, und ich will den Rest meines Lebens neben dir aufwachen.

So oder so ähnlich.

Aber leider, leider klappt es am Telefon nie so, wie man es sich vorher zurechtlegt.

Wirklich *nie*.

Sie hatte ihn nach ein paar oberflächlichen Floskeln wissen lassen, es sei gerade ungünstig, weil jemand da sei und sie an der Pforte, und: *Ich ruf dich später zurück, ti richiamo dopo, occhei? – Ja. Sicher. – Okay, bis später. Ciao. – Katharina, warte! – Was ist?*

Wie blöd kann man sein, Matteo, sag es ihr, frag sie, frag sie nicht, am Telefon ist das einfach bescheuert, unromantisch von hinten bis vorne, und warum ist sie schon wieder so kurz angebunden? – *Nichts. Es ist nur …*

(Ich. Liebe. Dich.)

*… Du fehlst mir. Bis dann. – Du bist … süß. Ich ruf dich zurück.*

Aber sie hatte nicht zurückgerufen, keine Mail, noch nicht mal eine SMS. Und jetzt war schon Donnerstagnacht. Und er saß da, neben ihm eine leere Flasche Merlot, ein kleiner Rest Wein in seinem edlen Kristallglas, das er auf der schmalen Steinbrüstung der Dachterrasse abgestellt hatte. Sein iPhone lag daneben, er gab ihm einen leichten Schubs, so dass es sich um die eigene Achse drehte auf seiner abgerundeten weißen Gehäuseschale, und fing es im letzten Moment auf.

Jetzt war er stolz und gekränkt und eifersüchtig und enttäuscht und all das, was sich manchmal in eine Beziehung frisst.

Er schob das Kristallglas mit seinem linken Zeigefinger ganz langsam über die Steinbrüstung, bis es kippte, ins Nichts fiel und vier Stockwerke unter ihm auf dem Steinpflaster der Altstadtgasse in tausend Stücke zerbarst.

# NEINE

Unglück im Glück auch, dass die Katharina viel zu früh geweckt worden ist am Freitag in der Früh, und zwar von einem Handyanruf.

Trotz ihrer Kopfschmerzen ist es ihr aber gelungen, mit ihrem verschwommenen Morgenblick auf dem gesprungenen Display den Namen Josef Brunner zu erkennen, und die Uhrzeit auch noch, zehn nach sieben. Also ist sie drangegangen.

»Ja?«

»*Was* hab i ghert? Du bist scho wieder da*hoam*?!«

Kein *Griaß de*, kein *Brunner*, kein gar nichts. Nur ein sehr strenger Ton in der Stimme ihres Ziehvaters.

»I hab's nimmer ausghoitn im Krangahaus.«

»Aha. So ähnlich habns mir des aa grad gsagt, im Krangahaus, wiar i vorhin da ogruafa hab. Auf eigene Faust bist auße, und zwar *gestürmt*, hat die Schwester gsagt. Was war denn da jetzad scho wieder so wichtig, dass du di losreißt und ned amoi wartst, bis a Ansatz von Genesung eintritt?«

»Ich hab's nimmer ausghoitn im –«

»Des hast mir grad scho amoi gsagt. Aber woaßt *was*, du bist erwachsen, und des is *dei* Angelegenheit. Ned de meine. I mach mir nur Sorgn, Kathi, deim Vater warad des ned recht gwen.«

»I woaß scho.«

»Aber des soj jetz sowieso koa Kontrollanruf ned sei vo mir. Sondern was anders.«

»Was is'n?«, hat die Katharina recht schwach und verschlafen rausgebracht.

»Oiso, i woaß ja, dass du eigentlich freihast, weil i hab ja höchstpersönlich sejber dei Krankmeldung weidagebn. Aber die Anni und der Hansi sand heit bei ana Demo, oiso ned beim Demonstrieren, sondern als Polizeischutz in Minga, und den Merkl kann i dabei ned braacha.«

»Bei was denn?«

»I hätt hoit gern *di* dabei, so als oide Kriminalerin hast du hoit scho an wahnsinns guadn Blick für Details.« Die Spannung steigern und ein paar schmeichelhafte Komplimente einstreuen, da war der Brunner schon recht gut drin. Und im Drumherumreden.

»Bei was denn?«

Aber jetzt nichts mehr von wegen drum herum.

»Die habn a Auto gfunden. Im Derdorfer Weiher. Und in einer hoibn Stund ziagn s' an außa, den Karrn. Und jetz rat amoi, was für a Marke.«

Raten hat die Katharina gar nicht müssen. Sie hat einfach das Nächstliegende gesagt.

»An Jaguar?«

»Genauso is's.«

Und jetzt war die Katharina natürlich gleich hellwach, Kopfweh hin oder her. Ruf der Verbrechensbekämpfung, Weckruf sozusagen.

Gefunden hat den Wagen ein junges Pärchen gehabt, der Silbereisen Vinzenz und die Bauer Anne-Marie, beide Anfang zwanzig. Wenn du Anfang zwanzig bist und verliebt und es ist Sommer, dann schaust du, dass du mit deinem Freund oder deiner Freundin ganz viel draußen unternimmst.

Der Vinzenz hat gerade Koch gelernt, und die Anne-Marie hat Hotelfachgehilfin im selben Betrieb gemacht, im Posthotel in Derdorf. Ein riesiger Familienbetrieb war das, Hotel und Gaststätte und ein traumhafter Biergarten drum herum, der im Sommer immer bis 23 Uhr gesteckt voll war, ohne Ausnahme, jeden Tag. Sogar aus München sind sie hergekommen, und das war mit Sicherheit auch das Verdienst der Köche, also unter anderem das Verdienst vom Silbereisen Vinzenz.

Am Donnerstag sind also der Vinzenz und die Anne-Marie nach Schichtende um sieben an den Derdorfer Weiher hinaus. Es war noch richtig schön warm, das Moorwasser im Weiher ganz dunkelbraun und weich, das ist dann einfach herrlich, wenn du auf dem kleinen Wiesenstück zwischen dem Schilf dein Zeug ausziehst und hineinspringst, nackt, wie Gott dich schuf.

Wahnsinns gut für die Haut ist so ein Bad im Moorweiher.

Und dem Vinzenz hat es auch nichts ausgemacht, dass es in dem Weiher ein bisschen schlammig und sumpfig war, ist halt so, die Natur. Getaucht hat er ohnehin gerne, wenn man auch in so einem Weiher höchstens einen halben Meter weit sieht. Die Anne-Marie hat da eher ein bisschen Angst gehabt, weil sie einmal eine Gruselgeschichte mit einem Weiher gelesen hatte, aber mit dem Vinzenz zusammen hat sie sich schon reingetraut. Und dann sind sie bis zu der verankerten Plattform mitten auf dem Weiher geschwommen, haben sich drauf hingelegt, das Holz war ganz warm, und sie haben gekuschelt und gewartet, dass sie in den letzten Sonnenstrahlen noch trocknen. Aber dann ist die Sonne hinter den Fichten verschwunden, und der Vinzenz hat wieder mit seiner Taucherei angefangen, obwohl es der Anne-Marie inzwischen schon ein bisschen unwohl war. Aber der Vinzenz wollte halt endlich einmal ausprobieren, wie weit er runterkommt, weil er gedacht hat, so um die Plattform herum, das müsste doch eigentlich die tiefste Stelle von dem Weiher sein.

War es schon auch, aber trotzdem ist der Vinzenz nach ein paar Metern an etwas angestoßen, was sich jetzt nicht wirklich wie Natur angefühlt hat. Sondern eher metallisch. Er ist rauf, noch einmal Luft holen, und dann wieder abgetaucht, um zu fühlen, und da hat er eine Windschutzscheibe gefühlt und die Kante von einem offenen Autofenster, und dann ist er wieder aufgetaucht, wieder Luft holen und wieder runter und noch einmal fühlen, so lang, bis er sich sicher war, und auf die Automarke hätte er auch schwören können. Er ist ganz aufgeregt aufgetaucht nach seiner Diagnose und hat der Anne-Marie, die wegen seiner dauernden Auf- und Abtaucherei schon wahnsinns nervös gewesen ist, erzählt, was da am Grund von dem Weiher liegt. Und das war das letzte Mal, dass seine Freundin in irgendeinen Moorweiher zum Baden gegangen ist.

Am Ufer haben sie dann gleich vom Handy aus die Polizei in Weil angerufen, die Nachtschicht hat den Brunner verständigt, und weil ihm in letzter Zeit all diese Autogeschichten zu viel geworden sind und er sich wieder vorgestellt hat, wie der Präside jetzt gerade in diesem Moment auf Ischia seinem braun gebrutzelten Polizisten-Urlaubskörper die dritte Karaffe Rotwein gönnt, hat er gleich einen Sub-Auftrag nach Mühldorf rübergeschoben. Das heißt, er hat die Kripo mit ins Boot geholt, und das nicht bloß, weil es um ein Gewässer gegangen ist, sondern vor allem, weil sich das Kapitalverbrechen angebahnt hat. Vier Polizeitaucher haben sie dann hingeschickt nach Derdorf, die Mühldorfer, und den Kriminalhauptkommissar Martin Aigner, aber nachts in einem Moorweiher hast du null Chance, etwas zu finden, die Unterwasserlampen können vielleicht den Marianengraben ausleuchten, aber den Derdorfer Moorweiher, vergiss es. Also hat der Aigner beschlossen, per Autokran und Seilwinden anzurücken, sobald es wieder hell ist.

Der Brunner und die Katharina sind um acht Uhr früh dazugekommen, da hat die Mühldorfer Feuerwehr gerade den schlammigen Jaguar an die Wasseroberfläche gezogen gehabt, und jetzt war der Autokran dabei, ihn vollständig zu bergen. Also genau richtig, nicht zu früh und nicht zu spät, dass der Brunner und die Katharina dazukommen.

Die Polizeitaucher waren eben damit beschäftigt, sich umzuziehen, einer hat eine Zigarette geraucht, ein anderer Kaffee ausgeschenkt, und um sie herum haben die Staunzen getanzt und in den Morgensonnenstrahlen geglitzert. Eigentlich ein Bild des Friedens und der Ruhe.

Die Katharina, die gerade krankgeschrieben war und in Mühldorf im Krankenhaus hätte liegen sollen, hat versucht, sich alle Details zu merken.

Zum Beispiel den Anblick von dem dunkelgrünen Jaguar, wie der jetzt so halb aus dem Weiher geragt hat, das Altöttinger Kennzeichen mit dem H am Ende, aus den beiden halb offenen Fenstern ist das braune Moorwasser herausgeronnen, da hat sich der Autokran gleich leichter getan mit jedem Liter. Ein sehr, sehr schöner, sehr, sehr alter Jaguar war das, und zufällig hat die Katharina vor kurzem vom Fachmann erklärt bekommen, dass es von diesem Wagentyp, also dem E-Type, in so einem perfekten Zustand in ganz Deutschland nur fünf Stück gibt. Und jetzt waren es nur noch vier.

Die Fundstelle in der Nähe der Plattform war mit einer Boje markiert, eine dicke rote Kugel, die auf dem Weiher hin und her geschaukelt ist. Gute 20 Meter vom Uferrand entfernt, und bei einem stehenden Gewässer fragt man sich da natürlich gleich, wie der Karrn da so mittendrin landen hat können. Es hat ja durchaus eine Zufahrt zum Weiher gegeben, eine einzige hinter der Wiese, dahinter ein winziger Parkplatz, also mehr so eine Kiesfläche.

Die Wiese war abschüssig, der Autokran ist also recht schief gestanden. Das war eigentlich die einzige Möglichkeit, dass einer vom hintersten Ende von dem kleinen Parkplatz aus mit Karacho über die Zufahrt und dann über die Wiese gefahren und der Wagen dann praktisch durch die Luft hineingesegelt ist, mitten in den Weiher. Und da hat die Katharina irgendwie schon geahnt, dass der Wagen einen Fahrer gehabt haben muss. Und als das Wasser fast ganz ausgelaufen war aus dem Jaguar, da hat man den Fahrer dann auch gesehen, der ist nämlich immer noch in dem Jaguar gesessen.

Aber schon seit längerer Zeit, wie es ausgesehen hat.

Eine Moorwasserleiche wie aus dem Lehrbuch sozusagen.

# ZEHNE

Jetzt war die Aufregung natürlich groß in Mühldorf und in Weil, aber zuerst in Mühldorf, wo sie den E-Type hingeschleppt haben, nachdem der Moser Rudi am Weiher die Vor-Ort-Spurensicherung gemacht gehabt hat.

Der schwere Autokran hat ja die meisten Spuren zerstört, trotzdem hat der Rudi, den der Aigner diesmal mit zwei weiteren Kollegen herzitiert gehabt hat, der Katharina ihre Theorie bestätigen können.

Leicht ist es nicht gewesen, den Fundort auf Spuren zu untersuchen, geschweige denn zu sichern, weil am Vormittag jede Menge Schaulustige an den Derdorfer Weiher gepilgert sind. In Windeseile hat es sich herumgesprochen, dass die Polizei ein Auto aus dem Moorgewässer gezogen hat, und da weiß ein jeder gleich, es muss ein Kapitalverbrechen passiert sein.

Jetzt haben sie noch vier Polizeibusse Verstärkung an den Weiher gefahren mit jeder Menge Polizisten drin, die die Schaulustigen zurückgedrängt haben.

Es war nämlich so, dass die Anne-Marie und der Vinzenz nach dem polizeilichen Verhör ganz aufgekratzt nach Hause gekommen sind, und jeder von den beiden hat es den Eltern erzählt. Die Anne-Marie ist ab in der Früh nur noch am Telefon gehangen und hat alle ihre Freundinnen angerufen, weil wenn du eine Schauergeschichte zwanzigmal erzählst, dann wird sie erst begreifbar und erträglich. Beim Vinzenz das Gleiche, nur sind die jungen Männer oft so technikbegeistert, dass ihnen ein Telefon einfach zu unwirtschaftlich erscheint. Also hat er es schnell über Twitter verbreitet, da erreichst du halt am ehesten auf einen Schlag die ganze Welt, und per Massenmail hat er dann seinem gesamten Adressbuch minutiös den ganzen Abend und das nächtliche Verhör dargelegt, dass es fast den Server seines E-Mail-Anbieters gesprengt hätte, Handyfotos und -videos inklusive versteht sich.

Die Eltern der beiden haben es ihrer Generation erzählt, ganz konventionell in Form von Mundpropaganda, beim Metzger, beim Bäcker, beim Zahnarzt, beim Friseur und quer über jeden Gartenzaun hinweg.

Die Leiche haben sie nach dem ersten Augenschein von der Spurensicherung nach München in die Rechtsmedizin gebracht, der Aigner und ein Kollege sind als Zeugen zur Obduktion mitgefahren, man gibt ja ungern das Spannendste an einem Kriminalfall aus der Hand. Vom Wagen ist jeder Fitzel fotografiert worden, und dann ab nach Mühldorf damit, in die Abteilung vom Rudi, weil er hat gewusst, am Weiher, mit den ganzen Gaffern drum herum, da kommt er nicht weiter.

Den Halter des Wagens haben sie ratzfatz über das Kfz-Bundesamt ermittelt gehabt, und das war, keinen hat es mehr gewundert, der Altmann Thomas.

Also hat das Gerücht geheißen: Der Altmann ist tot, ertrunken im Derdorfer Moorweiher, eine schiache aufgequollene Leiche, entstellt bis zur Unkenntlichkeit, von Fischen angenagt, et cetera, et cetera, so ist es dann um elf Uhr Vormittag auf Twitter zu lesen gewesen.

Auf jeden Fall sind dann ein paar Anrufe beim Brunner und bei der Katharina eingegangen. Zum Beispiel die

Altmann Clara, die hat ganz erschüttert geklungen. Ob es wahr ist, was man sich erzählt.

Man könne zu diesem Zeitpunkt noch keinerlei Aussage über die Identität des Toten machen, so die Katharina, aber da hat sie schon eine Teilaussage gemacht, nämlich: Der Tote ist ein Mann. Also soweit man es erkennen hat können.

Die Tierärztin ist persönlich erschienen, aber durch die Absperrung ist sie natürlich nicht gekommen, da hat sie die Katharina per Handy angerufen und gesagt, sie rührt sich nicht vom Fleck, sie will jetzt auf der Stelle Klarheit über die Identität des Toten, auf der Stelle. Hätten wir auch gerne, wir von der Polizei, hat die Katharina geantwortet, aber wir alle müssen auf die Rechtsmedizin warten.

Der Hafner hat sich nicht persönlich gemeldet, aber seine Sekretärin, die Susi, die war ganz neugierig, wie der Altmann es wohl geschafft hat, sich mitsamt seinem schönen Wagen im Derdorfer Weiher zu versenken, und was ihn wohl dazu veranlasst haben mag. Aber Gott sei Dank hat die Katharina nicht mehr antworten müssen, weil ihr Akku war schon wieder aus.

Dafür hat es vor Ort noch eine kurze Unterhaltung gegeben zwischen dem Brunner, dem Moser und der Katharina. Der Moser hat nämlich Lackspuren an der Fichte ganz am Ende vom Parkplatz gefunden, dunkelgrüne, und eine fetzen Delle ist auch gewesen in der hinteren Stoßstange und am Heck von dem Jaguar, im Kies ein paar undefinierbare Reifenspuren, aber alles könnte sich laut Moser wie folgt zugetragen haben: Der Fahrer ist zuerst zügig im Rückwärtsgang ans Ende des Parkplatzes gerauscht, die Fichte hat ihm gesagt, wo der Parkplatz aufhört, und dann hat er Anlauf genommen und ist quer über die Zufahrt und die Wiese gebrettert, und ab in den Weiher. Und das alles im ersten Gang. Selbstmord wahrscheinlich, warum lässt einer sonst die Fenster offen, vielleicht um sicherzugehen, dass der Karrn auch schnell sinkt.

Oder, hat die Katharina sich gedacht, weil es so sauheiß war in letzter Zeit und so ein altes Auto keine Klimaanlage hat. Leider hat sie diesen simplen Gedanken nicht ausgesprochen, der hätte alle weitergebracht, denn der hätte zumindest die Selbstmordthese gekippt.

So sind die Katharina und der Brunner also mit den Kollegen nach Mühldorf gefahren, haben ihren Bericht dagelassen und sind dann zurück nach Weil, immer in Kontakt mit Mühldorf und vor allem mit dem Moser Rudi.

Die Katharina hat dann aber gemerkt, wie ihr Kopfweh stärker wird, und da hat der Brunner sie heimgeschickt. Mit einem Taxi.

Und noch im Taxi hat die Katharina sich ihre Notizen gemacht und beschlossen, gleich daheim ihr Handy wieder aufzuladen und den Hafner anzurufen.

»Hafner?«

»Herr Hafner, hier ist Polizeihauptkommissarin Berger von der Polizei in Weil.«

»Ah, die Frau Berger! Wie geht's Eana denn? Sand Sie scho wieder ausm Krangahaus draußn?« Aha, informiert war er.

»Naa, i ruaf nur o, weil Sie mi no ned bsuacht habn im Krangahaus, i wart auf Sie!«

Da hat der Hafner bloß gelacht, aber recht nett irgendwie.

»Schmarrn. I ruaf o wegen dera Geschicht mit dem Moorweiher.«

»Des hab i mir scho denkt«, hat der Hafner ganz nüchtern bemerkt.

Also haben ihn die Geschichten sehr wohl erreicht gehabt, eigentlich eh klar, wenn die Sekretärin schon ganz neugierig nachhakt. In seinem Auftrag vermutlich.

»Haben S' grad Zeit?«, hat die Katharina gefragt.

»Ja, für die Polizei doch immer!« Ganz großkotzig hat der Hafner jetzt geklungen.

»Na ja oiso, Sie wissen ja, was des für a Wagen war, den s' da heit außazogn habn ausm Derdorfer Weiher.«

»Naa. Was für oana war's denn?« Das hat jetzt direkt nach ehrlichem Interesse geklungen, seitens des Tandlers.

»A dunkelgrüner E-Type.«

»Naa!«

»Doch.«

»Ned wahr!«

»Doch.«

»Des kann er doch ned ... Des ko doch ned sei!«

»Wer kann das doch nicht?« Jetzt war die Katharina schon recht neugierig, wie der erste Halbsatz vom Hafner weitergegangen wär. Deswegen, und weil der Hafner gar nicht mehr reagiert hat, hat sie das Ganze noch einmal wiederholt. »Wer kann das doch nicht???«

»Nix.«

»Herr Hafner, mir glangt's grad a weng. Jetzt mach i Eana an Vorschlag, oiso Sie habn die Wahl. In ana hoibn Stund treffen mia zwoa uns im Biergarten vom Posthotel in Derdorf und ratschen a bisse. Oder, alternativ, in der Polizeidienststelle in Weil.« Da hat die Katharina jetzt ein bisschen gepokert, die zweite Option wollte sie auf keinen Fall. Aber sie hat den Hafner schon richtig eingeschätzt, der wollte die auch nicht.

»Im Biergarten. In Ordnung. Aber erst in ana Stund. Weil i muaß no was fertig macha.«

»Is recht. Bis später.«

»Bis spaada.«

Und dann hat die Katharina sich noch gedacht: Bingo! Der weiß schon wieder was, der Tandler, und die Privatdetektivin kriegt das schon noch aus ihm heraus.

Und um sechs Uhr am Abend ist sie dann im hintersten Eck vom Biergarten vom Derdorfer Posthotel gesessen, unter einer alten Kastanie, und hat auf den Tandler gewartet und währenddessen in ihrem Notizbuch geschrieben und geblättert und wieder geschrieben.

Und als ihr gerade eingefallen ist, dass sie ganz dringend den Matteo anrufen muss, da ist der Hafner gekommen, eine glatte Dreiviertelstunde zu spät. Aber immerhin.

Sie haben dann ein bisschen was gegessen, er hat ein Spezi getrunken und sie eine leichte Weiße. Und versucht, gegen das Kopfweh anzudenken.

»Was woitn S' denn eigentlich sagen, vorhin am Telefon?«, hat die Katharina dann gefragt, als sie beide leidlich entspannt waren.

»Woaß i nimmer.«

»Herr Hafner, jetzt machen S' mi bittschee ned wahnsinnig!«

»Ja mei, dass i *des* no schaff, a Frau wahnsinnig zum Macha!«

Aber von der Katharina nur ein müdes Lächeln, da ist sie im Moment nicht drauf eingestiegen, auf diesen Flirtversuch vom Hafner.

»Wia i des mit dem E-Type erwähnt hab, habn Sie gsagt: Das kann er doch nicht … Und wia warad der weiterganga, der Satz?«

Jetzt hat der Hafner wieder nachgedacht, ganz still war er, und dann hat er angefangen.

»Des woaß i jetz echt nimmer, aber … es is a *so* …« Der Altmann Thomas verkauft hin und wieder einen Wagen, um sich dann ein neues Schmuckstück für seine Jaguarsammlung zu leisten. Genauer gesagt wickelt der Altmann den Verkauf und den Neukauf immer über den Hafner ab. Aber den einzigen Wagen, von dem der sich nie und nimmer im Leben getrennt hätte, das ist der E-Type. Jeden anderen Wagen hätte der Hafner im Derdorfer Weiher erwartet, aber nicht das »Schatzi« vom Altmann.

Die Katharina hat nur genickt, so weit hat sie das schon nachvollziehen können. Verstehen hat sie es auch können. Auch wenn du viele Autos hast, liebst du eines am meisten, das ist wie mit den Menschen. Auch wenn du viele gernhast, manchmal liebst du einen mehr als alle anderen.

»Und warum hättn S' im Weiher überhaupts an Karrn erwartet, wenn i fragn derf? Weil, ehrlich gesagt, hab i so den Eindruck, dass Sie gar ned überrascht warn, oiso, dass Sie der Einzige landauf, landab sand, den die Sach ned besonders wundert.«

»Des is a bisse a komplexere Gschicht.«

Das daraufhin einsetzende Schweigen vom Tandler hat der Katharina wieder bestätigt, dass der zwar prinzipiell gerne und viel redet, aber nicht wirklich freiwillig erzählt, was er weiß.

»Ja i hab Zeit«, hat die Katharina also entspannt gesagt.

»Ja aber *i* ned!«

»Naa, Sie habn jetz aa a bisse a Zeit, Herr Hafner. Jetz hockma scho so nett beianand, jetz verzojn S' scho. Sie redn doch gern.«

Da hat der Hafner Andi ein bisschen komisch gelacht,

weil er nicht gewusst hat, ob das eben ein nettes Kompliment war oder eine böse Kritik.

Aber geredet hat er trotzdem.

Er hat also erzählt, dass der Thomas, um die Ausgaben für seine Jaguars überschaubar zu halten, seine Wagen gern als Reimport über Polen kauft und dass er, der Hafner, da öfter einmal rüberfährt, um mit seinem Transporter für den Thomas diese Reimporte zu tätigen. Er kennt dort nämlich ein Brüderpaar namens Karol und Wieslaw Pawliczyk, die kurz hinter der polnischen Grenze einen Gebrauchtwagenhandel betreiben. Die zwei sind rechte Schlitzohren, die immer wieder probieren, mehr herauszuschinden als vereinbart. Quasi erpresserisch. Ihn, den Hafner, lässt so was ja kalt, da hat er seine Prinzipien, ausgemacht ist ausgemacht, und was ausgemacht ist, wird gezahlt. Aber der Thomas lässt sich durchaus auf Nachverhandlungen ein. Die ihn dann immer furchtbar aufregen, und der Hafner versteht die Aufregung gar nicht.

Langsam hat die Katharina aber verstanden, dass an dem Fall ein ganzer Rattenschwanz an komplexen Geschichten dranhängt, und sie hat gewusst, dass das der Freizeitermittlerin nicht über den Kopf wachsen darf. Dass sie irgendwann den Brunner einweihen muss. Dass der dann einen Tobsuchtsanfall bekommen wird, der jede Migränelaune in den Schatten stellt.

Aber den Hafner bremsen hat sie jetzt auch nicht wollen. Im Gegenteil. Ein bisschen Zunder ins Feuer geben. Und zwar mit einer Schlussfolgerung ihrerseits, auf oberbayerische Weise hübsch verpackt in eine rhetorische Fragesatzkonstruktion.

»Jetz sagn S' mir aber *ja* ned, dass der, der in dem E-Type gsessen is, a polnische Staatsangehörigkeit hat.«

Der Hafner hat keine Miene verzogen. »Wundern daad's mi ned.«

»Herr Hafner, habn Sie da was damit zum Doa? Oder wissen S' no mehr?«

»Frau Berger, bin i bleed? Wenn i was damit zum Doa hätt, daad i Eana dann vo mir aus de Gschicht verzojn?«

»Was woaß i. Vielleicht grad deswegen. Um vo Eana sejber abzumlenka.«

Ganz ernst hat der Hafner jetzt geschaut, und dann hat er etwas in so einem ehrlichen Ton gesagt, dass bei der Katharina jeder Zweifel an seiner Schuld oder Mitschuld sofort weg war.

»Ablenka hab i ned notwendig. I verzoj des ojs nur Eana zuliebe. Wei S' ma … gfojn. Mit Eana Ihrer unbürokratischen Ermittlungsart. Aber jetz muaß i weida. I geh no schnoj zum Zojn, Sie sand eigladn.« Und dann hat er sich erhoben.

»Und was mach i jetz mit Eana Ihrer Information?«, hat die Katharina ein bisschen hilflos gefragt.

Da hat sich der Hafner noch einmal zu ihr hinuntergebeugt und geantwortet: »Jetz wartn S' hoit amoi, was außakimmt. Bei der Staatsangehörigkeit. Und dann redn ma weida.« Gegrinst hat er, aufgerichtet hat er sich, der Bedienung ein Geld zugesteckt, und weg war er.

Die Katharina hat das unbestimmte Gefühl nicht losgelassen, dass der Hafner Andi ein bisschen mit ihr spielt. Der war ihr irgendwie ein paar Schritte voraus. Und von Anfang an, also von seiner Vermisstenanzeige an, hat er es genossen, die Fäden in der Hand zu halten.

Aber wie sind die Polen jetzt in die Geschichte gekommen?, hat sich die Katharina gefragt, als sie ihren Golf hat vorglühen lassen. Und als sie dann am Ortsende von Derdorf an dem Asylantenheim vorbeigefahren ist, vor dem sich gerade drei junge Kerle auf Russisch oder Tschechisch oder Polnisch gestritten haben, da hat sich wieder ihr Bauchgefühl gemeldet.

Als sie dann zu Hause war, hat sie aufgrund von ihrem Bauchgefühl das einzig Richtige gemacht, was man Freitag nach neun Uhr abends als krankgeschriebene Polizistin und Freizeitermittlerin machen kann, der die Informationen gerade über den Kopf wachsen, der ihr zudem fürchterlich dröhnt. Zum Ausgleich sozusagen.

Sie hat ihr Handy angesteckt und endlich ihren dahergelogenen italienischen Ehemann angerufen, dem sie am Montag versprochen gehabt hat, dass sie ihn gleich zurückruft. Noch während sich die Verbindung aufgebaut hat, hat sie darüber nachgedacht, wie sie es geschafft hat, trotz ihrem schlechten Gewissen das Telefonat immer wieder hinauszuschieben. Und über das Warum hat sie auch nachgedacht. Weil vielleicht war er enttäuscht, dass sie nicht angerufen hat. Aber *er* hätte es ja auch probieren können. Wenn man jemanden liebt, also *falls*, dann kann man ihn doch auch einmal anrufen, selbst wenn man eigentlich nicht an der Reihe ist. Noch nie hat er irgendetwas von Liebe gesagt, ist es der Katharina jetzt aufgefallen. Wahrscheinlich war sie ihm egal, und er hat sie, bis zum Hals in Arbeit, einfach vergessen. Und sie? Wie eine Blöde ist sie ihm jetzt hinterhergelaufen. Warum eigentlich?

Freizeichen.

Freizeichen.

Freizeichen.

Jetzt hat sie sich gerade ein bisschen geärgert, weil er es ihr nicht ermöglicht hat, dass sie schnell ihr schlechtes Gewissen durch einen Pflichtanruf erleichtert. *Warum hab ich eigentlich das Gefühl, dass ich einen Pflichtanruf mache?* Nach acht Freizeichen ist eine italienische Ansage vom Band gekommen, *SMS vocale Vodafone, messaggio gratuito. La persona chiamata non è al momento disponibile. Per inviare un SMS vocale parli dopo il segnale acustico e poi riagganci. Info e costi al numero gratui-*

Und jetzt hat die Katharina aufgelegt und sich gleich noch mehr geärgert. Weil jemanden zu ignorieren, ist kindisch, und auf kindische, saudumme Spielchen hat sie gerade überhaupt keine Lust gehabt.

Durch das Ärgern war das Kopfweh wieder voll da, und so ist sie ins Bett gegangen, mit Kopfschmerzen, Ärger und unverdauter Information über einen oder mehrere Kriminalfälle, von denen sie aufgrund ihrer Krankschreibung und noch mehr aufgrund ihrer nicht vorhandenen Zuständigkeit eigentlich die Finger hätte lassen sollen.

# EJFE

27 Grad waren es immer noch, und über Rom hatte sich ein Sternenhimmel gebreitet, dass man sich hätte fragen können, wie so ein schwaches Leuchten längst verglühter Himmelskörper überhaupt den Großstadtsmog durchdringen kann.

Matteo Lucarelli war noch ganz bewegt und ergriffen von der Vorstellung, als er auf die Via delle Terme di Caracalla trat, über die sich riesig die Pinien zu beiden Seiten des Straßenrandes aufschirmten. Stimmen, Lachen, das Hupen der Taxis, die Luxuskarossen, die die Ehrengäste einsammelten, um sie zu ihren Dinnerreservierungen zu fahren. Die Terme di Caracalla waren ein würdiger Hintergrund für die Werke großer Komponisten.

Wie ›Carmen‹, das sie diesen Spätsommer dort gaben. Gott sei Dank hatte er vor Monaten schon geistesgegenwärtig die Tickets geordert, da war schon fast alles ausgebucht gewesen. Große Musik vor fantastischer Kulisse unter offenem Himmel in der Ewigen Stadt.

Das zweite Ticket hatte er demonstrativ verfallen lassen wollen, aber dann hatte Francesca angerufen, sie sei in der Stadt, *l'urbe*, wie der Römer auch heute noch genauso stolz sagt wie vor 2000 Jahren, leider nur für ein paar Tage, dann müsse sie wieder zurück nach Genf. Ob er Zeit habe? Aber ja, er hatte nicht nur Zeit, sondern auch zwei Operntickets, ob sie Lust habe? Aber sicher, immer ein Vergnügen, Matteo zu beobachten, wie er sich von einer

Oper verzaubern ließ, *certo*, ich komme mit, und kein Problem, du kannst gerne bei mir übernachten, es sei denn, du ziehst den Zimmerservice in einem Hotel vor? Francesca, lieber einen starken Caffè frühmorgens bei dir.

Dass sie immer noch ihre teure Wohnung an der Piazza di Santa Maria in Trastevere hielt!

In Ordnung, eine wunderschöne Wohnung, tolles Ambiente, und die Lage, man kann nichts sagen. Aber als Zweitwohnsitz ein gewisser Luxus, wenn man sie selten nutzt, wie Francesca es tat.

Francesca war immer eine schöne Ablenkung, immer gut gelaunt, immer so voller Leben, keine Ahnung, wie sie das machte, als Richterin, die über so viel Unrecht urteilen musste, so positiv den Menschen und dem Leben entgegenzutreten.

Eigentlich hatte er gehofft, hatte er sich vorgestellt, hatte er geplant – nun ja, was soll's.

Also hatte er Francesca eingeladen.

›Carmen‹ hinterließ bei Lucarelli stets ein Gefühl der Befreiung. Befreiung, egal, was sie koste, und koste sie das Leben, die Liebe. Befreiung. Freiheit.

Obwohl Carmen ein furchtbares Ende findet und Don José aufgrund verschmähter Liebe dieses Ende durch einen Dolch selbst herbeiführt. Tragisch im Grunde! José liebt Carmen, aber ihr ist die Freiheit wichtiger, und sie wirft ihm seinen Ring vor die Füße, was für eine Geste.

Lucarelli stellte sich Katharina als Carmen vor, aber das Leben war keine Oper, und eine Beretta war kein Dolch, aber es schmerzte genauso sehr. Was half da besser, als sich mit Francesca noch ins Nachtleben in Trastevere zu stürzen?

Sein Handy hatte er der Oper wegen lautlos gestellt, und

anschließend hat er auch nicht mehr aufs Display geschaut, ob ihm irgendein Anruf entgangen sein könnte.

Stattdessen haben ihn Francescas Geschichten und der Wein des »Ristorante Sabatini« einen wunderbaren Abend lang von seinem Kummer befreit.

# ZWEJFE

Meine Güte, das kann doch nicht sein, hat sich die Katharina gedacht, als sie das Läuten von ihrem Telefon nicht mehr länger in ihre Träume einbauen hat können. Sie hat schlaftrunken nach dem Handy gegriffen und versucht, die Uhrzeit zu erkennen. Kurz nach fünf Uhr morgens!

0039-Lucarellis Nummer auf dem Display. Und jetzt? Drangehen? Nicht drangehen? Vielleicht ist was passiert?

»*Pronto*?«

»*Cara* …«, hat sie ihn lallen hören. Ja, erst die Ignorier-Masche abziehen und dann das!

»*È successo qualcosa*?«

»*Cosaa*?«

»*Sai che ore sono*?«, hat sie ihn gefragt, ziemlich unterkühlt. Weißt du, wie spät es ist?

»Meine Schönste wo bissu?« *Completamente ubriaco!*

»Es ist fünf Uhr morgens, und ich bin im Bett. Hast du getrunken?«

»Ein bisschen.«

»Zu viel!«

»Su viel.«

»Und? Wo bist du?« Im Hintergrund Kneipengeräusche. Und eine Frauenstimme, die mit ihm sprach.

»Wir warnin der Oper.«

»Sehr schön, und wer ist *wir*?«

»Francesca unich.«

»Interessant.« Scheiße. Was soll das? »Weißt du was,

Matteo? Ich glaube, ich bin nicht halb so interessiert an *Francesca* wie du. Viel Spaß noch mit ihr. Ich denke, wir beenden dieses Telefonat jetzt. Gute Nacht.« Und dann hat sie aufgelegt, ohne auf ein Antwortlallen zu warten.

Jetzt war sie wach, auch schon egal, und stocksauer, und als es wieder geläutet hat, hat sie das Handy einfach ausgeschaltet.

*Francesca*. Scheiße. Aber so hätte er es ihr nicht sagen müssen. Besoffen um fünf Uhr morgens.

Sie ist in ihre Sandalen geschlüpft, hat sich eine Wolljacke über das Nachthemd gezogen und ist raus vor die Türe. Und hinein in den Kuhstall. Weil um Viertel nach fünf war der Peter längst schon am Kühemelken. Und ein bisschen Stallgeruch und der warme Dampf von den Kühen und der Anblick von einem netten Mann würden ihr jetzt guttun.

Mit zusammengebissenen Zähnen hat sie ihre Wut und Enttäuschung hinuntergeschluckt, sich an den Türstock des Stalleingangs gelehnt und dem Peter bei der Arbeit zugeschaut, bis der sie bemerkt hat und gesehen hat, dass sie weint. Und dann haben die Kühe warten müssen, weil der Peter auch gleich gesehen hat, dass die Katharina sofort auf der Stelle ganz dringend eine ganz lange und tröstende Umarmung braucht.

»Magst mir ned verzojn, was los is?« Der Peter hat ein paar Frühstückseier in die Pfanne gehauen, ein bisschen einen Speck dazu, und Brot hat er auch ganz frisches mitgebracht gehabt von drüben, vom Hof.

Um sechs Uhr morgens kann man auch einmal was Ordentliches frühstücken. Hell ist es ja auch schon geworden, und der Peter war schon seit zwei Stunden wach.

Aber frisch war es in der Früh, da hat er erst einmal den Kachelofen angeworfen in der Katharina ihrer kleinen Küche im Austrägshäusl, und dann ist der Katharina auch schon ein bisschen wärmer geworden.

»Bist immer no ned ganz fit, oder?«, hat er jetzt noch einmal nachgehakt.

»Auch. Aber –«

»Den ganzen Tag warst unterwegs, gestern«, hat der Peter bemerkt, »und des, obwohl du erst vorgestern ausm Krangahaus auße bist.«

»Die habn a Auto gfunden, im Derdorfer Weiher«, hat die Katharina gesagt.

»I woaß.«

»An Jaguar E-Type.«

»Vom Altmann, i woaß.«

»Und oana is *immer* no am Steier ghockt.«

»Hab i aa scho ghert«, hat der Peter gegrinst. Aber die Katharina hat ganz ernst weitergesprochen.

»Und i hab den Brunner begleit't und im Anschluss mitm Hafner gredt.«

»Ah ja, da Hafner woaß vui.«

Das hat die Katharina jetzt ein bisschen interessiert, während sie sich das Ei auf die Gabel geschoben hat. Der Peter hat sich ihr gegenüber hingesetzt und sie angeschaut.

»Was moanst du damit?«, hat sie gefragt.

»Er und der Altmann sand ja scho so zwoa. Mit dene Jaguars, die wo er allerwei daherbringt, der Tandler, und dem Altmann verkafft, was vorher immer scho ausgmacht is, und der kloa Jakob, der Fichtner, der is immer der Depp, der's am Wochaend herrichten derf.«

»Ah, der Jakob.« Da hat die Katharina wieder drüber

nachgedacht, dass der Jakob ja recht nett mit ihr geflirtet hat vor zwei Wochen, als sie das erste Mal auf dem Tandlerhof erschienen ist. Davon hat sie natürlich jetzt nichts erzählt. »Warum ned unter der Woch?«

Der Tandler stellt dem Jakob seine Werkstatt am Feierabend und am Wochenende zur Verfügung, hat der Peter erzählt, da schraubt der Jakob dann immer privat an den Jaguars vom Altmann herum. Der Altmann zahlt den Jakob dafür extra, schwarz auf die Hand, aber die Infrastruktur vom Hafner nutzt er gerne aus. Den Jakob im Grunde auch, weil der dadurch praktisch kein freies Wochenende mehr hat, was ja nicht gut ist für einen jungen Mann. Der Peter hat nämlich auch noch gewusst, dass deswegen dem Jakob seine Beziehung in die Brüche gegangen ist.

»I hab des ned gwusst, des mit dem Altmann und dem Jakob«, hat die Katharina überrascht bemerkt. Interessant eigentlich, eine gute Möglichkeit, bei einem Date mit dem Jakob vielleicht einmal ein bisschen nachzufragen. Aber es hat ja so viele Fragen gegeben, und auf einmal ist der Katharina das mit den Beweisstücken aus ihrer Uniformtasche wieder eingefallen, und dass sie deswegen eigentlich mit dem Moser Rudi von der Spurensicherung hat telefonieren wollen und ihn fragen, ob er das zwischendurch einmal für sie untersuchen kann. Gestern am Weiher hat er ja was anderes zum Tun gehabt. Vielleicht aber erst einmal noch eine Weile alleine weiterforschen, sonst lachen die sie nur aus, dass sie zwei Kippen und ein altes Taschentuch sicherstellt.

»Und woher kennst du jetz den Jakob?«, hat die Katharina wissen wollen.

»Ja, vom Taekwondo.«

»Was?«

»Taekwondo … des is so a Selbstverteidigungsgeschichte, a Sportart quasi. Koreanisch«, hat der Peter ihr erklärt.

»Ja des hab i scho amoi ghert«, hat die Katharina da geantwortet, »aber des hast ja gar ned verzojt, dass du ins Taekwondo gehst.«

»Naa, mach i aa nimmer. I wojt hoit a bisse was für d' Figur doa und für die Körperbeherrschung.«

Die Katharina hat nur gelacht. »Oiso, Peter, i glaab, des hast ned notwendig, ehrlich!«

Der Peter ist ein bisschen rot geworden und hat dann weitererzählt. Nämlich, dass der Jakob in seiner spärlichen Freizeit zum Ausgleich wenigstens einen Sport betreibt, weil das eben sein Leben ist: Autos und Sport. Und zum Sport geht der Jakob dreimal die Woche ins Taekwondo in ein Sportstudio nach Mühldorf, weil dort eine landkreisweit bekannte und begnadete Lehrerin mit dem Meistergrad »dritter Dan« unterrichtet. »Und zwar is des oane, die wo eigentlich hauptberuflich Tierärztin is. Sacha gibt's. Aber so is's.«

Jetzt ist der Katharina die Gabel aus der Hand gefallen und dann scheppernd auf ihrem Teller gelandet, so dass der Peter bei diesem frühmorgendlichen Krach direkt erschrocken ist.

»Was is'n?«, hat er besorgt gefragt.

»Äh«, hat die Katharina sich zu erholen versucht, »die Tierärztin hoaßt ned zufällig Sabine von Hohenstein?«

»Doch. Sabine hoaßt s'. Von Hohenstein … ko scho sei, oiso an Titel hat s' scho aa, aber i bin doch so schlecht mit Nama.«

Dafür war die Katharina recht gut mit Namen, und jetzt hätte sie am liebsten alle Namen aller Taekwondo-Schüler von der Frau von Hohenstein gewusst. Sofort.

Aber vielleicht war das ja eine sinnvolle Samstagsbeschäftigung, die Hohenstein mal wieder aufzusuchen. Gestern am Weiher hat sie unbedingt mit der Katharina sprechen wollen, und heut war's andersrum.

»Wann is'n des Taekwondo immer?«, hat sie jetzt scheinheilig wissen wollen, und der Peter, obwohl er nicht mehr hingegangen ist, hat es natürlich noch aus dem Effeff gewusst.

»Montag sechse bis achte auf d' Nacht, Dienstag simme bis neine, und jeden zwoatn Samstag, oiso heit zum Beispuj aa, Anfänger von drei bis fünfe am Nachmittag. Wiaso?«

»Vielleicht schaug i mir des amoi o.«

Der Peter hat nur gegrinst und mit ihren eigenen Worten von vorhin gekontert: »Oiso, Kathi, i glaab, des hast du ned notwendig, ehrlich!«

Und dann haben sie beide laut gelacht, und irgendwie war das eine sehr schöne Situation, so bei Tagesanbruch nach einem guten Frühstück ganz befreit zu lachen.

Trotzdem hat die Katharina ihr Pflichtprogramm nicht vergessen, und das waren mehrere Interviews quer über den Landkreis verteilt.

Als der Peter fort war, hat sie zuerst einmal ihr Handy angemacht, eine SMS, dass der Lucarelli sie nicht erreicht hat, dann hat sie den Brunner angerufen, ob es was Neues von der Leiche gibt.

»Mir treffen uns um viere in der Dienststoj«, war die einzige Antwort, die der Brunner geben hat wollen einstweilen. Blöd, dass das genau mit dem Anfänger-Taekwondo zusammengefallen ist, aber irgendwie würde die Katharina sich heut schon noch die Tierärztin krallen, wurscht wo und wann.

Und außerdem war da noch die Geschichte mit den Polen, irgendwas hat ihr da noch gefehlt, also noch einmal den Hafner belästigen deswegen. Und was mit dem Jakob ausmachen, falls der auch in der Werkstatt war. So nebenbei.

Am Vormittag hat sie sich noch einmal hingelegt, nachdem sie zwei Aspirin genommen gehabt hat. Kurz später ist sie wieder aufgewacht, die Kopfschmerzen waren noch immer da, aber ein bisschen besser hat sie sich schon gefühlt, so dass sie ihr Pflichtprogramm hat starten können.

Aber wo anfangen? Die Katharina hat erst einmal durch ihr Notizbuch geblättert, und da ist ihr ein Name ins Auge gestochen, wo sie vor lauter Krankenhaus schon fast vergessen gehabt hat, dass sie sich den notiert hat, und zwar den von der Putzfrau vom Altmann. Und wenn man eh schon eine volle To-do-Liste hat, dann fängt man am besten mit einer Nebensächlichkeit an, die einem sozusagen dazwischengerät.

Jolli hat sie geheißen, das war praktisch die ganze Information, die sie bisher gehabt hat, und in Weil hat sie gewohnt. Also hat die Katharina kurz überlegt, was sie sagt, und dann die Nummer gewählt.

»Kovalczyka?«, hat sich eine Frauenstimme gemeldet. Das hat irgendwie genau so polnisch geklungen, wie man es sich von einer Putzfrau praktisch erwartet, und obwohl Polen so klein nicht ist, hat die Katharina gleich wieder an die Auto-Connection vom Hafner beziehungsweise Altmann gedacht. Jetzt aber umgeschaltet.

»Berger. Spreche ich mit Jolli?«

»Ja sicher, Yolanta Kovalczyka. Bin *ich*. Was kann ich Ihnen helfen?«

»Ich suche jemanden, der mir die Wohnung reinigt,

einmal die Woche. Und ich habe Ihre Nummer von einer Bekannten eines Freundes, die mir erzählt hat, dass Sie das sehr zuverlässig und mit bestem Ergebnis erledigen.«

»Wie ist Name von die Bekannte?«

Jetzt schnell was erfinden. »Sabine.«

»Nachname?«

»Oh Gott, da müsste ich meinen Freund fragen.«

»Name von Freund?«

»Also, Frau Kovalczyka, wollen Sie nun bei mir putzen oder muss ich jemand anderen aus meiner Liste anrufen?«, hat die Katharina dieses unangenehme deutsch-polnische Verhör abgekürzt.

»Nein. Is gut. Wann?«

Aha, die Jolli war also durchaus eine Geschäftsfrau, wenn man das so sagen darf bei jemandem, der sich vermutlich auf Mundpropaganda verlassen muss und sich rein von Schwarzarbeit ernährt.

»Heute? Ich bin daheim, also kann ich Sie einweisen.«

»Is gut. Wann?«

»Jetzt gleich?«

»Sind nicht von Finanzamt?« *Nein, von der Polizei*, hätte die Katharina der misstrauischen Putzfrau am liebsten hingeworfen, aber sie wollte sich nichts verspielen.

»Nein, ganz privat«, hat sie stattdessen geantwortet.

»Ich komm. In halbe Stunde. Also wer ist Freund von die Bekannte?«

»Herrgottnochmal! Thomas heißt er!«, hat die Katharina recht entnervt getan. Und dabei gut gepokert. Weil Laune von Putzfrau an andere Ende von Telefon plötzlich Einhundertachtziggradwendung.

»Ah! Altmann! Ein netter Mann! Warum sagen Sie nicht gleich?«

»Na ja, Frau Kovalczyka –«

»Für Freundin von Thomas ich bin immer nur Jolli!«

»Okay, Frau Jolli –«

»*Nur* Jolli.«

»Ja, okay, Jolli. Was wollte ich jetzt sagen?!«

»Adresse vielleicht?«

Da hat die Katharina jetzt lachen müssen, und dann hat sie der Jolli die Adresse gegeben und ihr beschrieben, wie sie das Austragshäusl findet, und genau eine halbe Stunde später ist die Jolli dann da gewesen, pünktlich war sie ja schon einmal, alle Achtung.

Angekommen ist sie mit einem silberfarbenen 3er BMW, der zwar schon ein paar Jahre auf dem Buckel gehabt hat, aber trotzdem eins a dagestanden ist. Nicht schlecht für eine Putzfrau. Motorisiert musst du ja sein auf dem Land als Selbstständige, die die Kunden besucht.

Gerade hat sich die Katharina also vorgestellt, wie die Jolli zum Hafner fährt, der ja BMW-Spezialist ist, und sagt *Du mach mir neu, alles gut.* Aber da hat sie die Jolli falsch eingeschätzt. Altmann-begeistert muss ja nicht Tandler-Fan heißen.

»Mein Auto lasse ich in Polen machen, bei Verwandte«, hat sie erzählt.

»Nicht schlecht, wenn man da jemanden hat«, hat die Katharina bemerkt und der Jolli ihr Häusl gezeigt.

»Is sehr sauber, dein Haus. Allein?«

»Ja. Sozusagen.«

»Kein Mann?«

Jetzt, was sagen? Polen ist ja recht katholisch, da macht sich ein Ehemann gut, und einmal oder zweimal daherlügen ist auch schon egal. Der Altmann Clara hat sie ja auch schon die Geschichte vom italienischen Commissario erzählt, und vielleicht ist es schon bis zur Jolli vorgedrungen, die Welt ist klein, also man muss ja bei seiner Geschichte bleiben.

»Doch, aber ... Mein Mann lebt und arbeitet in Italien, in der Regel bin ich hier also allein.«

»Kenne ich. Mein Mann ist in Polen. Lebt und arbeitet in Leśna. Ist moderne Zeiten«, hat die Jolli trocken bemerkt.

»Vermutlich«, hat die Katharina ihr zugestimmt.

»Was macht dein Mann für Arbeit?«, hat die Jolli wissen wollen, während die Katharina ihr alles erklärt hat, was gemacht werden soll und wo das Putzzeug ist.

»Comm- *Commesso*«, hat die Katharina sich rasch korrigiert. »Verkäufer sozusagen.«

»Mein Mann auch Verkäufer!«, hat die Jolli sich gefreut. »Verkauft Autos.«

Jetzt hat die Katharina es plötzlich sehr interessant gefunden, über polnische und italienische Ehemänner zu reden. »Ah ja?«

»Ja. Aber ich brauch deine Besen und Putzsachen nicht. Habe eigene. Polnische Import. Qualität!«

»Also, wenn ich ein Auto brauche, kann ich dann über deinen Mann eines kaufen?«, hat die Katharina nachgehakt.

»Brauchst kein Auto. Dein Golf tipptopp!«, hat die Jolli das Thema abgewürgt.

Und da hat die Katharina gewusst, sie muss die Polin erst einmal in Ruhe putzen lassen, bevor sie sie weiterinterviewt.

Dann hat sie das Feld geräumt, nachdem sie die Bezahlung vorab geleistet hat, drei Stunden 30 Euro pauschal, und ist zur Besprechung in die Polizeidienststelle gefahren.

# DREIZEHN

Der Brunner ist da gewesen, und der Moser Rudi, was der Katharina nicht ungelegen gekommen ist, der Aigner Martin von der Kripo Mühldorf, der Hansi fürs Protokollschreiben und eben die Katharina – also eine *kleine* Besprechung.

Der Präside von Mühldorf war immer noch auf Ischia, aber dafür war ja unter anderem das Protokoll da, um ihn bei seiner Rückkehr gleich mit einem ordentlichen Kriminalfall zu konfrontieren. Damit er einmal sieht, was so los ist in seinem Landkreis, dass andere was arbeiten, während er sich sein Tiroler Nussöl auf die Wampe schmiert, so oder so ähnlich und mindestens genauso gehässig hat der Brunner es ausgedrückt.

Auf die Kooperation mit der Kripo hat sich der Brunner freilich eingelassen, wie mit dem Ischia-Urlauber vereinbart, obwohl der Brunner den Aigner Martin weder gekannt noch ihn auf Anhieb gemocht hat. Durchaus eine Angelegenheit von Gegenseitigkeit. Der Aigner war auch nicht gerade begeistert, dass der Präside dem Dorfschandi Brunner den Kriminalfall überantwortet hat und die Kripo Mühldorf jetzt der Weiler Polizeiinspektion hat zuarbeiten dürfen sozusagen. Ermittlungsleiter war ja der Brunner, und der Aigner wär das schon auch gern gewesen.

Dieser blasse, rotblonde, dürre Bursch, höchstens halb so alt wie der Brunner, aber fast schon dieselbe Besoldungsgruppe. Nichtssagend. Den Mund aufmachen hat er sich auch kaum getraut, höchstens einmal, wenn er was ganz was Wichtiges und Gescheites zu sagen gehabt hat, also wirklich keiner, den du aufgrund von seinem Charme gleich ins Herz schließt.

Der Moser Rudi war da schon redseliger. Und der hat jetzt auch über die Zwischenergebnisse gesprochen.

Die Reifenspuren am Weiher waren tatsächlich von dem Jaguar, außerdem noch ein paar nicht identifizierte Reifenspuren und Fußabdrücke, das dauert aber noch. Die Theorie darüber, wie der Tote in den Weiher gerauscht ist, hat man als bestätigt erachten können. Und die Ergebnisse aus der Pathologie in München waren auch schon da, also die vorläufigen.

Bei dem Toten hat es sich um einen in Derdorf gemeldeten Polen gehandelt, der bereits wegen einer tätlichen Auseinandersetzung polizeilich registriert war. Und zwar wegen einer Schlägerei im Asylantenheim in Derdorf, wo er als Übersetzer und Aufseher gearbeitet hat, halbe Stelle und unzuverlässig, die andere Hälfte der Zeit war er irgendwo in Polen tätig, und sein Name war Jurek Pawliczyk.

Die Katharina war wie vom Donner gerührt bei dieser unerwarteten Informationsfülle, und sofort sind bei ihr eine Menge Zahnräder ineinandergerastet.

Jetzt hat sie trotzdem versucht, sich nicht allzu viel anmerken zu lassen. Aber zu spät.

Der Brunner hat nämlich gleich gemerkt, dass da was nicht stimmt, und vermutet, dass die Kathi Informationen hat, die er nicht hat. Zu Recht. Blöd war er ja nicht.

»Was is'n los, Kathi?«, hat er also wissen wollen, weil die Katharina gerade so still und blass geworden ist.

»Nix.«

Dieses Nix ist dem Brunner jetzt ein bisschen zu schnell gekommen.

»Ah, *nix*? Woaßt was? Mir zwoa redn im Anschluss no amoi alloa, über *nix*, in Ordnung?«

Die Katharina hat nur genickt. Aber ihre Beweismittel hat sie dem Moser jetzt im Moment freilich auch nicht unauffällig unterschieben können.

Also haben sie erst einmal einen Beschluss für die weitere Ermittlung gefasst: Fuß- und Wagenspuren werden noch analysiert, so der Moser. Eine Delegation sollte das Asylantenheim auf den Kopf stellen und sich den Fall der tätlichen Auseinandersetzung näher anschauen und nachprüfen, um was es dabei gegangen und wer beteiligt gewesen ist. Das wollte Mühldorf machen. Die Polizei in Weil sollte alles über den Altmann herausfinden und zusammentragen und alles Relevante aus dem Altmann seinem Haus beschlagnahmen, beim Spurensichern dort sollten der Moser und seine Kollegen dabei sein.

Es war noch überhaupt nicht klar, wie der Jurek Pawliczyk ans Steuer vom Altmann seinem E-Type geraten ist und warum er damit im Derdorfer Weiher abgetaucht ist, für immer quasi. Noch hat alles für einen Selbstmord gesprochen, aber ein Motiv hat es nicht gegeben.

Jetzt hat die Katharina dann doch noch ihre Vermutung geäußert: »Die Fenster von dem Auto waren vielleicht offen, weil man des a so macht an am hoaßen Tag, wenn des Auto koa Klimaanlage hat. Es muaß ja koa selbstmörderische Absicht sei, wenn man mit offenem Fenster ummanandafahrt.«

Der Moser Rudi hat zustimmend genickt. »Hast scho recht. Des wirft a bisse a anders Licht auf den Foj, und vielleicht erklärt des aa des mit de zusätzlichen Reifenspuren.«

»Die könnten natürlich von jedem x-beliebigen Badegast am Weiher stammen«, hat der Aigner Martin gscheidhaflerisch bemerkt.

»Schon möglich«, hat die Katharina zu bedenken gegeben, »aber vielleicht ist der Pole ja genötigt worden, diese letzte Reise auf diesem Weg genau so anzutreten, wie er es gemacht hat.«

Der Moser Rudi hat genickt. »Er is unverletzt gwen. Aber ob er bedroht worn is, des kann uns die Pathologie freilich ned sagn. Siggt ma ja ned an der Leich.«

»Aber vielleicht *is* er bedroht worden, verfolgt und genötigt, es wia an Selbstmord ausschaung zum Lassen? Untersuachts den Wagen doch aa auf Schuss- und Schmauchspuren. Wer woaß«, hat die Katharina vorgeschlagen.

»Logisch. Wemma no was findt, nach dem Einlegen im Moorwasser, dann *finden* mir des aa«, hat der Moser Rudi gegrinst. Sogar der Aigner hat gelächelt und beipflichtend genickt.

Weil es in dem Moment perfekt gepasst hat, hat die Katharina jetzt doch noch einen kleinen Plastikbeutel aus der Hosentasche hervorgezogen, mit zwei Zigarettenkippen, einem Papiertaschentuch und einer Quittung drin. Alle haben ganz interessiert geschaut.

»Daadst du mir des aa no untersuacha, wennst grad Zeit hast?« Mit diesen Worten hat sie dem Rudi das Tütchen gereicht. Er hat sie fragend angeschaut, also hat die Katharina erklärt, wonach sie der Brunner sowieso gleich gefragt hätte, *alloa, im Anschluss*. Und außerdem hat sie geahnt, dass dem Brunner seine Wut etwas milder ausfällt, solange der Hansi und der Moser dabei sind.

»Des is aus dem Altmann seinem Wochenendjaguar. Einem silbernen XKR. Mit dem Auto war er am Wochenende vor seinem Verschwinden unterwegs, am Chiemsee, hat seine Nochehefrau Clara mir erzählt.«

Damit die Katharina sich auch ja nicht im Anflug eines Triumphes sonnen kann, hat der Brunner gleich dazwischengesprochen. »Aha, intressant. Und jetz verzojt uns die Katharina amoi, was s' no so ojs woaß. Oder *hat*.«

Und dann hat die Katharina ein bisschen erzählt, aber zum Beispiel den Hafner als Quelle verschwiegen, weil sonst hätte der ihr wahrscheinlich in Zukunft gar nichts mehr gesagt, und er wollte ja weiterreden, hat er ihr versprochen gehabt, sobald die polnische Staatsangehörigkeit der Leiche bekannt ist. Dass sie in dem Altmann seinem Häusl schon drin gewesen ist, das hat sie auch nicht gesagt, nur, dass laut dem Altmann seiner Ex der Tandler der Vermieter ist und wahrscheinlich einen Schlüssel hat. Und dass die Clara ihr auch das mit der Existenz von dem silbernen XKR erzählt hat. Wo genau sie den untersucht hat, hat sie aber auch erst einmal unter den Tisch fallen lassen. Dass der Altmann gelegentlich aus Polen importierte Jaguars kauft von einem Brüderpaar, das wundersamerweise ebenfalls Pawliczyk heißt, hat sie erzählt, wie häufig dieser Name in Polen ist, keine Ahnung. Dass der Jakob die Autos danach herrichtet, das hat sie wieder für sich behalten. Und dass jetzt ihre neue Putzfrau die alte Putzfrau vom Altmann ist und nebenbei auch polnisch und mit einem polnischen Autoverkäufer aus Leśna verheiratet, das hat sie im Moment auch noch als Freizeit-Information betrachtet, privat, und deswegen verschwiegen.

Aber immerhin, ein paar Sachen hat sie ja nun schon erzählt, also vermutlich ebenso viel Information zu dieser Besprechung beigetragen wie der Moser.

Ganz still ist der Brunner danach gewesen, und ebenso ruhig hat er dann gesagt: »Sag amoi, warum verzojst du uns des ojs *jetz* erst?«

Die Katharina hat müde gelächelt. Ein bisschen elend hat sie auch ausgesehen, kein Wunder, mit ihrem Kopfweh, irgendwann sieht man es jemandem schon auch an, wenn es tagelang anhält.

»Mir is a Krangahausaufenthalt dazwischenkema. Wie ihr sicher wissts. An dem Abend, wo i den Aktenvermerk über der Altmann Clara ihre Aussage hätt schreiben wollen. I hoj des nach.«

Und irgendwas in dem Brunner seinem Gesicht hat ausgesehen, als täte ihm die Kathi jetzt plötzlich sehr, sehr leid, da war wieder sein Vormundsgefühl – und nichts, aber auch gar nichts von wegen Tobsuchtsanfall. Und auch nichts mehr von wegen *wir sprechen uns im Anschluss noch unter vier Augen.*

»Hast guad gmacht.« Das war alles, was der Brunner gesagt hat. Und dann hat er sich an den Rudi gewandt. »Des machst morgn, die Untersuchung von der Kathi ihrm Sach. Mir wurscht, ob Sonntag is.«

»Mir aa«, hat der Rudi ungerührt geantwortet, sich erhoben und den Plastikbeutel eingesteckt. »I pack's dann, wenn's recht is, wei mei Bua hat no a Hockeyspui, und i hab eam versprocha, dass i kimm.«

Der Brunner hat genickt und ihn mit einer Handbewegung entlassen. Der Aigner hat die Chance genutzt und ist auch gleich mit raus.

»Wart amoi, Moser!«, hat die Katharina den Spurensicherer noch schnell aufgehalten. »Schaug doch aa amoi, ob die Bluatspritzer auf der Motorhaubn von dem weißen Jaguar ebenfalls a polnische Staatsangehörigkeit habn.«

»Im Vertrauen, des hätt i sowieso gmacht, glei nach deinem Beweismaterial.«

Und dann hat der Moser Rudi sich seine Lederjacke übergeworfen und ist zum Hockeyspiel von seinem Sohn gegangen.

Es gibt praktisch keinen besseren Platz zum Telefonieren als ein Auto, in dem man gerade unterwegs ist. Rundum geschützt und intim, die moderne Telefonzelle quasi, und: Carpe diem, die Zeit, die man im Kfz verhockt, ist auch gleich sinnvoll genutzt.

»Hafner?«, hat der Tandler sich gemeldet.

»Herr Hafner, hier ist –«

»– die Frau Berger von der Polizei! Wo sand S' denn grad?«

»Ich hock grad am Steier und fahr nach –«

»Was? Am Steier, im Auto – und da *telefoniern S'*? Passen S' bittschee auf, dass die Polizei Eana ned dawischt!« Und dann hat er laut gelacht, der Hafner, aber überhaupt nicht versucht, die Katharina vom Weitertelefonieren abzuhalten. Im Gegenteil. Gut gelaunt und smalltalkmäßig war er drauf. »Wie geht's Eana denn, Frau Berger?«

»Is scho besser ganga, aber –«

»A bisse z' friar ausm Krangahaus auße?« Aha, von ihrer Krankenhausflucht hat er also auch schon wieder gewusst.

»Ko scho sei. Aber, Herr Hafner, warum i oruaf –«

»Ja? Is wieder was mit Eana Ihrem Einsatzwagen?«

»Naa.« Das ewige Unterbrochenwerden durch den Hafner hat die Katharina geradezu wahnsinnig gemacht. »Eher was mit dem Altmann seinem Wagen. Indirekt sozumsagn.«

»Ah, jetz reden S' doch ned dauernd ummadum, Frau Berger. War der Fahrer am End aus Polen?«

Jetzt hat es der Katharina gereicht mit den Spielchen vom Tandler. »Herr Hafner, i mecht Sie umgehend persönlich sprecha. Privat.«

»Was so vui hoaßt wia – jetz glei oder was? Sand S' am End grad aufm Weg zu mir?«

»Naa. I hab z'erst no an Termin in Mujdorf, aber Halling daad auf meim Rückweg liegen.«

»Mei, schaad. I bin nämlich aa grad unterwegs.«

»Jetz kommen S', Herr Hafner, telefoniern S' am End am Steier?«

»Ja, logisch.« Wieder sein unverfrorenes Lachen.

Am liebsten hätte die Katharina ihm sofort eine Strafe fürs Telefonieren am Steuer aufgebrummt.

»Und in ana Stund, waradn S' dann dahoam?«, hat sie gefragt.

»Naa, in ana Stund bin i schätzungsweise kurz hinter Prag.«

»*Was*?!« Die Katharina hat noch kurz gehofft, dass sie sich verhört hat, war aber leider Wunschdenken.

»Aber i versprich Eana, wenn i zruck bin –«

»Jetzt fahren S' *zurück*!«, hat die Katharina es mit dem sanften Druck des Befehlstons probiert, ganz schlecht bei einem wie dem Hafner, dem das, was andere wollen, grundsätzlich nicht besonders imponiert. Und noch weniger interessiert.

»Frau Berger, i versteh Eana so schlecht, der Empfang is miserabel.«

»Sie verstengan mi sehr guad, Herr Hafner! Jetzt drahn S' *um*!«

Aber dann hat es nichts mehr zu verstehen gegeben, weil

die Verbindung war unterbrochen, und die Katharina hat noch nicht einmal mehr Zeit gefunden, sich zu ärgern, weil sie ist eben in Mühldorf angekommen und hat sich jetzt ganz darauf konzentrieren müssen, um kurz vor fünf noch schnell und rechtzeitig das Sportstudio zu finden, in dem die Sabine von Hohenstein eben gerade um diese Uhrzeit noch in ihrer Funktion als 3. Dan tätig war.

Aber nicht, dass du, wenn du mitten in einer Kleinstadt was Gesuchtes gefunden hast, auch gleich einen Parkplatz dazu hast. Ob Kleinstadt oder Großstadt, es gibt in ganz Bayern ja kaum mehr eine Möglichkeit, ohne Parkausweis in einer Innenstadt zu parken. Und selbst wenn du bereit bist, eine Gebühr zu investieren, heißt das noch lange nicht Parkplatzgarantie.

Also ist die Katharina dreimal um den Stadtplatz herumgefahren, ist ja heutzutage alles Einbahnstraße, die reinste Autofahrerschikane. Und dann hat sie beschlossen, direkt vor dem Sportstudio in zweiter Reihe mit laufendem Motor stehen zu bleiben und die Hohenstein einfach abzupassen. Was auch gut funktioniert hat, weil um halb sechs hat die dann mit ihrer dunkelgrünen Sporttasche das Studio verlassen.

Die Katharina hat sie durchs offene Fenster hergerufen, und die Tierärztin hat den Golf samt Fahrerin auch gleich erkannt und die Katharina durchs Beifahrerfenster hinein gegrüßt.

»Frau Berger! *Sie* hier? Warten Sie etwa auf *mich*?«

»Können wir sprechen?«, hat die Katharina nach einem kurzen Nicken gefragt.

»Um Gottes willen, war das jetzt *doch* der Thomas?« Die Hohenstein hat es erschrocken klingen lassen, recht echt, hat sogar die Katharina zugeben müssen. Aber irgendwie auch falsch. Die hat schon gewusst, dass das am Steuer nicht der Thomas gewesen sein kann, und die Aufregung am Weiher gestern ist vielleicht nur gut inszeniert gewesen von ihr. Bei dem Altmann seiner Ex ist das zumindest authentischer gewesen, die ganze Reaktion und alles.

»Nein, es war jemand anderes. Die Ermittlungen laufen auf Hochtouren, aber vor dem Pressetermin, wahrscheinlich Montagnachmittag, kann und darf ich Ihnen leider gar nichts sagen. Außer, unter uns, dass *er* es *nicht* war. Um Sie zu beruhigen.«

»Oh, *Gott* sei Dank!«, hat die Tierärztin geseufzt. Und ist dann wieder ganz ruhig gewesen. »Aber was brauchen Sie denn nun von mir? Wie kann ich Ihnen helfen? Ich hab schon alles über Thomas erzählt, was Ihnen dienlich sein könnte.«

»So durchs Fenster ist es irgendwie schlecht«, hat die Katharina mit recht steifem Hals gesagt, weil sie hat sich ja die ganze Zeit über den Beifahrersitz beugen müssen, um die Tierärztin sehen zu können.

»Sollen wir irgendwo einen Kaffee trinken gehen?«, hat die Hohenstein vorgeschlagen. »Oder bei mir in Süchting sprechen?«

»Wenn das passt? Ich fahr Ihnen hinterher«, hat die Katharina zugestimmt.

So haben sie es dann gemacht, und auf diese Weise hat die Katharina das wunderschöne, teuer ausgestattete Wohnhaus von der Tierärztin kennengelernt, einen Bungalowbau, gut abgeschirmt direkt hinter der Praxis gelegen. Die Reste von dem alten Hof waren subtil integriert, da hat der Architekt an jedem Ziegelstein persönlich herumgefeilt gehabt, dass sich da auch ja kein Wärmebrückchen zwischen Alt und Neu auftut. Das Grundstück ein wenig abschüssig hinter einer geschützten Terrasse, Naturstein, eine Pergola, gepflegte Pflanzen, südliches Flair, hinter dem Rasen hat der Wald angefangen, direkt neben der Terrasse beruhigend ein Teich geplätschert mit Froschgequake. Eine Idylle.

Und einen guten Wein hat sie auch dagehabt, da kann man trotz Kopfschmerzen nicht Nein sagen.

Geraucht hat die Tierärztin wie ein Fabrikschlot, eine nach der anderen, als sie so auf der Terrasse beieinandergesessen sind und geredet haben.

Übers Taekwondo. Und gewisse Namen.

»Jakob Fichtner ist ein Zweihundertprozentiger«, hat die Hohenstein dank ihrem dritten Glas Rotwein geplaudert. »Seit drei Jahren dabei, er macht in ein paar Wochen seinen Schwarzgurt. Super trainiert, tolle Körperbeherrschung, perfekte Konzentration – und nebenbei ein absolut Netter, ein ganz höflicher junger Mann. Hat auch eine ganz nette Freundin – gehabt, muss man leider sagen. Sie war auch bei mir im Taekwondo, aber nachdem es vor etwa einem halben Jahr auseinandergegangen ist, hat Emma aufgehört. Jakob hat sie halt leider ein bisschen vernachlässigt. Immer nur arbeiten, auch am Wochenende. Beim Andi.« Die Katharina hat genickt, und die Hohenstein hat weitererzählt. »Also wirklich nichts mit anderen Frauen. Aber nicht dass Sie meinen, der Andi nutze ihn aus, so ist das gar nicht, Jakob verdient sich einfach was dazu. Er hat schon immer an den Autos von Thomas herumgeschraubt und -poliert, bis die wieder wie neu aussahen. Das ist seine Wochenendbeschäftigung. Und Thomas hat sich, soweit ich weiß, auch nie lumpen lassen. Das Zusatzgeschäft bringt Jakob wahrscheinlich mehr ein als sein Mechanikergehalt die ganze Woche über.«

»Wie viele Jaguars hat der Thomas denn zuletzt gehabt? Vor seinem Verschwinden? Das können Sie mir doch sicher sagen, nehme ich an?«

»Na ja, die drei, die er beim Andi untergestellt hat, also den schwarzen XJR, Baujahr 88, den goldenen X-Type Estate und den weißen XJ von 72, den hat er gekauft, als wir gerade frisch zusammen waren, den hat er geliebt und jeden Tag gefahren, und alle paar Wochen war dann was zu reparieren an dem alten Ding. Dann hat er noch einen XKR, silberfarben – keine Ahnung, wo der hin ist, vielleicht steht der am Chiemsee bei seinem Boot oder bei ihm daheim. Und den E-Type, den hat er immer in seiner Garage gehabt und nur ganz selten ausgefahren. Das waren alle. Soweit ich weiß. Ab und an einen Durchgangsposten – aber wie gesagt, fünf Wagen reichen ja auch für eine Person.« Jetzt hat sie ein bisschen vor sich hin gelächelt, da hat die Katharina gleich gemerkt, wie stolz sie auf dem Thomas seine Autos war. Und auf den Thomas auch.

»Haben Sie zufällig ein Foto vom Thomas für unsere Unterlagen?«, ist es ihr dann spontan eingefallen.

»Ja, sicher.« Die Tierärztin ist rein ins Haus und keine zwei Minuten später mit einem Bild erschienen, wo man gleich verstehen hat können – zumindest als Frau –, was die Sabine von Hohenstein an dem Mann gefunden hat. Der war nämlich nicht nur ein reicher Privatier, der seine Putzfrau und seinen Autoschrauber und weiß Gott wen noch gut bezahlt hat, sondern auch ein extrem gut aussehender Mann.

Die Hohenstein hat der Katharina ihren überraschten Blick genossen.

»Haben Sie etwas anderes erwartet?«, hat sie gefragt.

»Ähm – ich hab mir eigentlich bisher keine Vorstellung

von Herrn Altmann gemacht«, hat die Katharina wahrheitsgemäß geantwortet. »Aber prinzipiell ist es schon wichtig zu wissen, wie derjenige aussieht, den man sucht. Meinen Sie nicht?«

»Ja, kann nicht schaden.« Und dann hat die Tierärztin über ihr Anwesen geblickt, und der Teich hat geplätschert, und die Katharina hat gewusst, jetzt kann sie fragen, was sie will, denn irgendwie war das Eis gebrochen durch die Tatsache, dass die Katharina von der Schönheit vom Altmann ganz gefangen war. Der Hohenstein ihr Besitzerstolz war bestätigt.

»Ganz was anderes. Warum nennen Sie den Herrn Hafner Andi?«, hat die Katharina jetzt wissen wollen.

Die Tierärztin hat kurz gelacht, fast schon verachtend, ist es der Katharina vorgekommen, so als würde sie, die Ermittlerin, etwas Offensichtliches übersehen.

»Warum ich ihn Andi nenne? Ich war viereinhalb Jahre mit ihm liiert. Und wenn sie es wissen wollen, *ich* habe die Beziehung beendet – war nicht immer leicht, all die Jahre, denn er ist ein extremer Egozentriker, der Andi.«

Jetzt war die Katharina erst einmal sprachlos.

Da ist es ihr gar nicht ungelegen gekommen, dass ihr Handy gegangen ist. Sie hat schon gehofft, dass es der Moser ist mit ersten Ergebnissen ihre Beweisstücke betreffend, was unwahrscheinlich war – doch dann war es laut Display 0039-Lucarelli. Das hat die Katharina gar nicht brauchen können jetzt. Überhaupt nicht. Aber die Tierärztin hat nur genickt, im Sinne von *ist schon okay, gehen Sie ruhig ran*, und die Katharina hat das Telefon ja schon in der Hand gehabt, und alles andere wäre kindisch gewesen.

»*Pronto?*« Kurze Pause am anderen Ende.

»Katharina. Ich. Ich wollte dir sagen. Ich wollte dir sagen, ich habe –«

»Getrunken?« Das hat jetzt spöttischer geklungen, als sie es gemeint hat.

»Nein. Das *nicht*! Überhaupt nicht! Es tut mir leid, das von heute Morgen, aber –«

»*Matteo, senti* … hör mal, es ist gerade *ganz* schlecht –« Die Katharina hat die Stimme gesenkt, aber trotzdem war das Telefonat über das Teichplätschern hinweg gut verständlich, zumindest für jemanden, der Italienisch kann.

»Nein, Katharina, nicht schon wieder, du hängst jetzt *nicht* ein! *Bitte*!«

»Matteo, ich bin eben bei einer Zeugenbefragung, und –«

»Es ist mir vollkommen egal, wie viele verdammte Zeugen zu wie vielen beschissenen Kriminalfällen du im Moment be-«

»Was *soll* das? Du hast überhaupt keine Ahnung, was ich eben –«

»Nein, du hast recht, ich habe keine Ahnung, ich habe auch keinen Kopf für so was im Moment, weil ich –«

»Weil du dich überhaupt nicht interessierst für das, was ich tue? Ist das so?«

»Nein! Nein! So ist das nicht, es ist nur so, dass ich –«

»Dass du *was*?«

Wieder ein kurzes Schweigen seinerseits. Und deutlich gefasster hat er dann gesagt: »Katharina, ich glaube nicht, dass ich Weihnachten komme –«

»Ach?« Jetzt hat es der Katharina gereicht, zumindest so weit, dass sie trotz Tierärztin nebendran richtig laut geworden ist. »Du bleibst in Italien und lässt dich von, wie war doch gleich ihr Name, *Francesca*, trösten?!«

»Ich hab mich *gestern* von ihr *trösten* lassen, wenn du so willst, aber –«

»Nein, Matteo, ich will es nicht so, aber wie es scheint, willst *du* es so, und ich denke, ich hänge jetzt –«

»Nein! Das tust du nicht, verdammt noch mal, Katharina! Hör mir *bitte* zu, lass dir erklären, ich wollte –«

»Per *Telefon* mit mir Schluss machen? Wie mutig! Du –« Sie hat sich selbst unterbrochen und Tränen der Wut unterdrückt. Die Tierärztin hat sie verständnisvoll angesehen.

»Katharina, ich, ich bin ein Trottel«, hat er gefleht, »ich bin ein Idiot, ich bin ein *Was-dir-einfällt*, was auch immer, aber hör mir *bitte, bitte* zu, lass mich –«

»Nein, Matteo, jetzt hörst *du mir* zu!«

»Katharina, *per carità*, lass mich *einen* Satz zu Ende sprechen! Bitte! *Einen einzigen* Satz!«

»Okay.« Sie hat versucht, gefasst zu klingen, was ihr sogar halbwegs gelungen ist. »Okay, *einen einzigen letzten* Satz.«

Er hat kurz gezögert. Und tief Luft geholt für seinen einzigen letzten Satz.

»Katharina Berger, mein Leben ist leer ohne dich, denn du bist das Erste, woran ich denke, wenn ich morgens aufwache, und das Letzte, woran ich denke, bevor ich abends einschlafe, und du bist einfach nicht *da*, und seitdem du fort bist, ist mein einziger Wunsch, du mögest bei mir sein, jeden Augenblick meines Tages und meiner Nacht, jeden Tag, jede Nacht will ich dich umarmen, dich riechen, dich spüren, das Salz und den Schweiß auf deiner Haut, will ich dir zusehen, wie du Pizza isst, wie du dich anziehst, wie du barfuß durch den Sand läufst, wie du einschläfst, wie du aufwachst, will ich dich hören, wie du meinen Namen sagst mit diesem wunderschönen leichten Akzent, will ich dein Atmen hören und dein Stöhnen und dein Lachen, will ich deine Hände auf meinem Körper spüren und mein Gesicht in deinem Haar vergraben, diesem wunderschönen blonden Haar, das so gut riecht, und auch auf die Gefahr hin, dass ich mich endgültig zum Volltrottel mache, will ich das *jetzt sofort auf der Stelle* und nicht irgendwann, denn das Leben ist *jetzt*, und ohne dich *ist* es kein Leben und kein Jetzt, und ich wünschte, ich könnte vor dir auf die Knie fallen und ich müsste das nicht am Telefon sagen, wo du nicht siehst, dass ich auf die Knie falle, aber ich möchte den Rest meines Lebens mit dir verbringen und – und – und – ich liebe dich.«

Und jetzt war die Katharina schon wieder sprachlos, weil wenn man vor Rührung weint, dann bringt man nichts mehr heraus.

»Katharina? Was ist denn? Hab ich mich eben endgültig zum Trottel gemacht? Dann kannst du jetzt auflegen.«

»Das war –«

»Was?«

»Deinen einzigen letzten Satz, würdest du ihn noch mal wiederholen?«

Wieder ein kurzes Zögern und dann ein ganz langes Lachen. »Ich glaube nicht, dass ich den noch einmal hinkriege. Außerdem dachte ich, du hast keine Zeit? Was macht dein Zeuge?«

Die Katharina hat einen flüchtigen Seitenblick in Richtung Tierärztin geworfen und die Stimme zu einem Flüstern gesenkt.

»Was sollte das mit dieser – *Francesca*?«

»Diese – *Francesca* wird in meinem Leben immer eine große Rolle spielen, das wirst du akzeptieren müssen –

*bitte unterbrich mich nicht* –, und sie ist die Einzige, die mich immer vorbehaltlos so genommen hat, wie ich bin, die mich *immer* getröstet hat, so wie gestern und wie seit fünfundvierzig Jahren, denn Francesca ist meine große Schwester.«

Die Katharina hat nur den Kopf geschüttelt. »Matteo Lucarelli ... Das ist nicht dein Ernst ... Wenn das eben alles auch nur ansatzweise *ernst* gemeint war –«

»Katharina, was soll ich denn *sonst* sagen? Was willst du denn *noch*?«, hat er verzweifelt gefleht.

»Dich«, hat sie gehaucht.

Und dann haben sie beide eine Weile geschwiegen, für teure Roaming-Gebühren, weil ja eine Telefonverbindung ins Ausland auch recht viel kostet, wenn man nichts sagt.

»Katharina. Darf ich zu dir kommen?«

»Wie? Wann?«

»Auto? Sechs Stunden?«

»Ja. Ja. Natürlich! Aber ... Fahr vorsichtig. Bitte.«

»Ich tu alles für dich. Von mir aus auch vorsichtig fahren.«

Darüber hat sie gelacht.

Und er: »Ich *liebe* dein Lachen. *A dopo, commissaria.*«

Und sie: »*A dopo, Lucarelli.*«

»Was auch immer er gesagt hat, es war das Richtige, vermute ich«, hat die Hohenstein so vor sich hin gesagt. Natürlich auch an die Katharina gerichtet. Die hat nur genickt und sich verstohlen die Augen mit den Händen getrocknet, weil sie nichts Langärmliges angehabt hat, obwohl es jetzt schon dunkel geworden ist, kurz nach acht Uhr abends, und kühler.

»Woher können Sie so gut Italienisch, wenn ich fragen

darf?«, war die Hohenstein jetzt recht interessiert, während sie eine Kerze angezündet hat, die in einem großen Glas vor dem Wind geschützt vor sich hin gebrannt und die Terrasse flackernd erhellt hat mit einem schwachen Schein.

»Von meiner Mutter. Ich bin zweisprachig aufgewachsen.«

»Schön, wirklich. Ich wünschte, ich könnte es nur halb so gut! Verstehen tu ich es einigermaßen – das eben am Telefon war aber eine nette Einhundertachtziggradwendung, alle Achtung. Freut mich für Sie.«

»Danke.«

Am Ton von der Tierärztin hat die Katharina jetzt schon gehört, dass für heute Schluss war mit Informationsbeschaffung. War aber in Ordnung so. Jede hat ein bisschen was Männermäßiges von der anderen erfahren gehabt, und dann haben sie noch ihren Wein ausgetrunken, sind bis halb elf vor dem Kerzenflackern gesessen, haben über das Italienische um sie herum philosophiert, eine letzte Friedenszigarette geraucht, und dann ist die Katharina heimgefahren, ein wenig ausgekühlt, dafür aber leicht alkoholisiert, ausreichend informiert und eigenartigerweise sehr glücklich und zufrieden.

Sogar das Kopfweh hat sie heute nicht mehr sonderlich gestört.

Einschlafen hat die Katharina dann nicht können, als sie zu Hause war, also hat sie sich wieder Notizen gemacht und überlegt, wer als Nächstes befragt werden soll.

Zum Beispiel der Hafner Andi, und zwar morgen, wurscht ob Sonntag oder nicht, er hat es ja nicht anders wollen. Und der Jakob, was er denn da im Einzelnen wann und an welchem Jaguar gemacht hat.

Und die Jolli anrufen, weil die wirklich eins a geputzt hat. Fragen, wann sie wieder Zeit hat, und bei der Gelegenheit den Namen Pawliczyk fallen lassen. Übrigens genau denselben Namen, den sie dem Hafner präsentieren wollte. Außerdem hat sich die Katharina plötzlich doch auch für die Exbeziehung von ihm mit der Tierärztin interessiert, warum sie Schluss macht und er sie dann als Stalkerin bezeichnet. Ratsch und Tratsch und Intimgeschichten im Grunde, aber vielleicht essenziell für den Fall.

Weil vom Altmann hat es immer noch nicht die leiseste Spur gegeben. Nur das Bild von einem schönen Mann, das da jetzt vor ihr auf dem Küchentisch gelegen ist. Neben ihren anderen Notizen, Bildern und Unterlagen zum Fall Altmann.

Dafür ist inzwischen eine ganze Reihe Autos aufgetaucht und jede Menge Polen. Alle in Verbindung mit Autos. Sogar die Putzfrau. Polin mit gutem Auto.

Also die Autos noch einmal anschauen. Dringend. Alle.

Und noch ein wichtiges Auto: das Taxi, das den Altmann am Mittwoch, dem 29. Juli, vom Tandlerhof abgeholt hat. Und apropos Fahren, jetzt hat sich die Katharina plötzlich wahnsinns Sorgen gemacht, dass der Matteo doch nicht so vorsichtig fährt, wie er ihr versprochen hat, und dass ihm was passieren könnte bei 200 Sachen auf der Autobahn, aber anrufen hat sie sich auch nicht getraut, weil telefonieren bei 200 Sachen auf der Autobahn ist ja auch nicht ungefährlich, und um sich zu beruhigen, hat sie ihre Unterlagen sortiert, alles, was sie ausgebreitet gehabt hat auf ihrem Küchentisch, und dabei hat sie eine Notiz vom Peter gefunden, einen Zettel, den er unter eine Schüssel mit frischen Eiern geklemmt gehabt hat.

Die er ihr hingestellt gehabt hat. Der Peter. Dieses Herz

von einem Kerl. Der nicht einmal gewusst hat, dass sie einen Freund hat. Und jetzt hat sie auch noch ein mords schlechtes Gewissen ihm gegenüber gekriegt. Weil irgendwie war das so ein Gefühl, wie wenn man sechzehn ist und der Freund kommt heimlich zum Übernachten und die Eltern dürfen nichts erfahren, sonst gibt's Stress. Das hat die Katharina gestört, dass die Allmandingers plötzlich so einen gefühlten Familienstatus gehabt haben bei ihr.

So wie der Brunner, der sie am Freitag am Derdorfer Weiher zwischendurch gefragt hat, ob sie am Sonntag zum Essen kommt, weil seine Frau, die Therese, die Kathi ja auch schon ewig nicht mehr gesehen hat, und die Therese, also Resi, war ja so etwas wie eine Ziehmutter für die Kathi, und man möcht's kaum glauben, man kann für Zieheltern ein Pflichtgefühl entwickeln, das wesentlich tiefer geht als irgendein Gefühl den eigenen Eltern gegenüber.

Deswegen hat sie zu der Sonntagsessenseinladung zugesagt gehabt.

Aber jetzt erst einmal die Notiz vom Peter lesen. Auf der gestanden ist, dass sich der Dr. Lechner, der die Katharina mit ins Krankenhaus begleitet hat nach ihrem Kollaps, beim Peter nach ihrem Befinden erkundigt hat. Und wegen der andauernden Kopfschmerzen, von denen ihm der Peter erzählt hat, morgen gerne einmal nach seiner Patientin sehen wollte. Also heute, weil es war schon ein Uhr nachts. Sie soll ihn doch bitte anrufen unter der angegebenen Handynummer.

Diesen Dr. Lechner hat die Katharina überhaupt nicht richtig in Erinnerung gehabt. Wie eine einzige Großfamilie, dieses Dorf, so ist es ihr vorgekommen. All die Sorgen anderer Leute um ihre Person. Und ihre Sorgen um ihren wiedergewonnenen dahergelogenen Ehemann.

Und dann ist sie vor ihrer Tür gesessen, auf der Schwelle, und hat ein bisschen gewartet und gehofft, dass er sich meldet. Ihr Handy in der Hand, aber *niente*. Ob er den Hof findet, Adresse und Beschreibung hat er gehabt, aber nachts um halb zwei in der bayerischen Provinz eine Adresse finden?

Aber so ein BMW M5 hat schon ein recht ein gutes Navi, und schnell ist er auch mit seinen 507 PS, selbst wenn man vorsichtig fährt, und um drei viertel zwei ist dann ein dunkelblauer Wagen auf den Allmandinger-Hof gerollt, mit einem italienischen Nummernschild, und die Katharina hat sich von ihrer Türschwelle erhoben und ist dagestanden in ihrem dünnen Nachtgewand, schon ein bisschen ausgekühlt, denn es war sehr frisch, eine Herbstnacht halt fast schon.

Und ein schöner großer Mann ist ausgestiegen aus dem BMW, ein bisschen elegant gekleidet, ein bisschen angegraut, ein bisschen unrasiert, ein bisschen gezeichnet von einer recht anstrengenden Autofahrt, auf der er bloß zwei kleine Autogrill-Pausen gemacht hat, um sich mit je einem *doppio* wieder wach zu kriegen.

Und ist auf sie zugekommen, hat die Arme ausgebreitet und sie umarmt, als hätte er sie nie zuvor umarmt und als würde er sie nie mehr loslassen wollen, auf diesem Hof von dem Biohof von der Familie Allmandinger, Weil, Kreis Mühldorf, 800 km von seiner italienischen Heimat entfernt, in der oberbayerischen Provinz.

Und man kann jemanden lieben, und *wie*, auch wenn man gerade an die 1000 km am Stück praktisch ohne Pause gefahren ist, und auch, wenn man furchtbares Kopfweh hat und einen ungelösten, unlösbar scheinenden Kriminalfall im Hinterkopf, und wenn man sich wochenlang vermisst hat, dann liebt man sich manchmal umso mehr.

Und immer noch, wenn die Sonne längst aufgegangen und der Tag angebrochen ist, und immer noch, wenn der Bauernsohn längst die Kühe gemolken und den dunklen teuren BMW aus Italien bemerkt hat, der da auf dem Hof parkt.

Aha, Besuch aus Italien, hat sich der Peter gedacht und geahnt, dass die Frau seiner Träume vielleicht auch die Frau der Träume eines anderen ist. Irgendwie hat er es ja schon längst gewusst. Weil die Katharina recht traurig gewesen ist die ganze letzte Zeit.

Und jetzt war *er* dran mit ein bisschen Traurigsein, da war es schon recht tröstlich, frühmorgens im dampfigen Stall zu stehen, die Hände auf das kurze borstige Fell einer warmen Kuh zu legen und den Geruch von der frischen Milch zu riechen, der sich mit dem Duft vom Heu und vom Stroh und dem Kuhmist vermischt. Und die Kuh würde bald kalben, und da war er ganz nah am Leben, an *seinem* Leben. So ist das Leben, und manchmal bleiben gebrochene Herzen irgendwo am Wegesrand über, und trotzdem geht es weiter.

# VIERZEHN

Um kurz vor zwölf ist die Katharina dann aufgeschreckt, ob es die blendende Sonne war oder das Klopfen an der Haustür unten, das hat sie gerade nicht einordnen können, weil ihr furchtbar schlecht gewesen ist, zu wenig Schlaf, rasende Kopfschmerzen, Kreislaufschwäche.

Der Matteo ist immer noch da gewesen, also kein Traum, was sie für den kurzen Moment, den sie sich nimmt, bevor sie sich in ihr Gewand wirft, sehr genießt. Ihn anzusehen, wie er schläft. Ihn zu küssen und das feine Stechen seiner Bartstoppeln auf ihren Lippen zu spüren.

Vor der Tür ist der Peter gestanden, ihr schlechtes Gewissen sozusagen, und hat gesagt: »Duad mir leid, wenn i di aufgweckt hab – aber i kimm mitm Bujdog ned an dem BMW vorbei.«

Und mit diesem kurzen Satz hat er eigentlich auch gleich gesagt, dass er alles verstanden hat und dass es ihm wehgetan hat, und die Katharina hat ihn in den Arm genommen und gedrückt, aber er ist nur dagestanden und hat sie nicht zurückumarmt. Sondern nur ganz leise und ruhig gesagt: »I glaab, des lasst jetz besser bleibn.«

»Mir redn spaada mitanand, okay?«, hat die Katharina geantwortet. Und hat ihn losgelassen, den BMW-Schlüssel geholt und den Wagen auf die Seite gefahren. Die Italiener – parken wo und wie es ihnen einfällt.

Und weil es schon Mittag war und die Esseneinladung vom Brunner auf eins festgesetzt war und seine Frau, die

Resi, gern pünktlich ein warmes Essen auf den Tisch gestellt und gar nicht gern gewartet hat, hat die Katharina es jetzt recht eilig gehabt. Und mit ihrem Tagesprogramm ist sie jetzt direkt nach dem Aufstehen schon mindestens drei Stunden im Verzug gewesen. Also noch vor dem Duschen Caffè aufsetzen, Brunner anrufen.

»Jetz hab i scho denkt, dass du im letzten Moment no absagst, Kathi! Wo die Resi an so an guadn Sauerbraten im Rohr hat, i sag's dir.«

»Naa … nix von wegen Absage, was denkst du vo mir?«, hat die Katharina gleich zurückgespielt. »Im Gegenteil, Josef. Kannt i noch jemand mitbringa?«

»Jetz samma *eh* scho mehra … ja guad, warum ned. Wer kimmt denn mit?«

»Mei …« Jetzt, was sagen?

»Dei Freind?« Der Brunner ist ja schon immer recht schnell und gut im Vervollständigen der Sätze anderer gewesen, das ist wie bei einer Befragung Verdächtiger, die muss man auch ab und zu verbal anschieben.

»Sozumsagn. Ja.«

»Und wer *is* des jetz?«

»Und warum klingt des bei dir immer wiar a Verhör, Josef? Und was hoaßt eigentlich, *mir sand eh scho mehra*?«

»Mei Nichte kimmt aa, mit ihrm Freind, hoaßt des. Der Resi ihr Sauerbraten is ihr Leibspeis.«

»*Wer*? Welche *Nichte*?«

»Ja, sag amoi, Kathi, stehst jetz aufm Schlauch oder was? Die *Anni* hoit.«

»*Was*?!«

»Ja unser' Anni hoit. D'Fischhaber Anni. Des woaßt doch!«

»Naa, woher sojt i des wissen?« Und jetzt hat sich die Katharina plötzlich erinnert, was ihr an der Fischhaber Anni an ihrem ersten Tag in der Polizeidienststelle in Weil beinahe aufgefallen wäre, und zwar die Brunnersche Familienähnlichkeit. Und an dem Gedanken war noch mehr dran, und das hat sie gar nicht mehr losgelassen, weil irgendwas war an dem Altmann-Fall, das sie genauso übersehen hat. Und jetzt war ihr Bauchgefühl wieder da, und das waren nicht nur die Hände auf ihrem Bauch, Matteos Hände, der sie von hinten umarmt und in den Nacken geküsst hat, und sein Geruch hat sich mit dem Duft vom Caffè vermischt, der in der Kanne hochgebrodelt ist. Und weil ihr dieser Moment dermaßen unter die Haut gegangen ist vor lauter Liebe und Familie und Geborgenheit und allem, hat sie sich alles inklusive dem flüchtigen Gedanken eingeprägt wie ein Bild, und das hat sie später noch sehr gut brauchen können.

»Ja, Chefermittlerin, hinter jedem Indiz herjagn wiar a Windhund, aber ned zuhörn und ned mitdenga!«, hat der Brunner jetzt gelacht am anderen Ende der Verbindung. »Du woaßt doch, dass i zwoa Briader hab und a kloane Schwester, und *die* is mit dem Fischhaber Florian verheirat', und die Anni is ihr Tochter. Du hast friara doch aa amoi kindst bei der Anni!«

»Da hat s' no Anita ghoaßn und Windeln oghabt!«, hat sich die Katharina zu Recht verteidigt, jetzt, wo der Brunner sie an ihre alten Babysitterzeiten erinnert hat. Und nebenbei versucht, den Matteo sanft abzuschütteln, weil sein Dreitagebart an ihrem Nacken hat sie ziemlich gekitzelt.

»Und wen bringst du jetz mit?«, hat der Brunner nachgehakt.

»Des siggst na scho. Und wenn mir jetz no lang weitertelefoniern, dann kimm i z' spaad mit meim – *Freind.*«

Und deswegen haben sie aufgehört, und die Katharina ist auch erst einmal nicht dazu gekommen, ihrem Freund zu erklären, wo er jetzt gleich mit ihr mit hinkommt, weil sie ihn ja nicht hat abschütteln können und eigentlich auch nicht *wollen* und er sie ein bisschen, aber sanft, gegen den Kühlschrank gedrückt hat mit seinen Annäherungsversuchen und seinen Küssen, und an ihrem Rücken die kalte Kühlschranktür und vor ihr, ganz nah, Matteo Lucarelli, der noch immer nicht genug hatte.

»Ja, und Anni, warum hast *du* nix gsagt? Die ganze Zeit nennst du deinen Onkel nur den Brunner, da kimmt ma ja ned drauf«, hat die Katharina jetzt zur Anni gesagt, quer über den Tisch hinweg, und die Anni hat geantwortet, dass das in der Dienststelle halt schon professioneller daherkommt als ein Onkel Josef, oder Sepp am End, und da hat sie auch wieder recht gehabt.

Neben der Katharina am Tisch ist der Matteo gesessen, gegenüber die Anni, neben der wiederum der Hansi, also offiziell, dass die beiden ein Paar waren, am schmalen Ende vom Tisch der Hausherr, also der Brunner Josef, und am anderen Ende die Resi. Das heißt, die Resi ist eigentlich mehr herumgesprungen als gesessen, weil so eine plötzliche, unverhoffte, nette Großfamilie will ja auch ordentlich bedient sein. Eine Familie, durch und durch aus Polizei bestehend, da ist es freilich nebenbei auch um diverse Delikte und Kriminalgeschichten gegangen. Und halt ganz viel Privates.

»Mecht no oana was zum Dringa?«, hat die Resi zwischendurch immer wieder fürsorglich gefragt.

»Jetz wo sd' scho grad stehst, bring mir doch bittschee no a scheens, koids Weißbier, Resi, und hock di wieder zuawe da, des macht mi ganz verruckt, du und dei ewige Ummanadaspringerei!«, hat der Brunner liebevoll längs über den Tisch hinweg gerufen.

»I daad no a Alkoholfreies dringa«, hat der Hansi sich gemeldet.

»Kathi, *du*?«, hat die Resi nachgefragt, aber die Katharina hat nur den Kopf geschüttelt, weil sie erstens mit Wasser vorliebgenommen hat, wegen ihren Kopfschmerzen, da muss ja nicht unbedingt ständig Alkohol draufgeschüttet werden, und zweitens, weil sie gerade mit der Anni, respektive Anita, über alte Zeiten geredet hat.

»Und dei *Freind*?«, hat die Resi nicht lockergelassen, und sich dann direkt an den Matteo gewandt. »Herr Lucarelli, möchten Sie noch ein Birra?« Und weil die Resi recht wild gestikuliert hat mit einer Bierflasche in der Hand, hat der Matteo sie dann doch auch verstanden, obwohl Deutsch für ihn ein Buch mit sieben Siegeln war und Bairisch eines mit mindestens vierzehn.

*»Troppo gentile, ma grazie, no. Sono a posto così.«*

»Was? Ah, na Schmarrn, *wie bitte? Prego?*«, hat die Resi noch einmal nachgefragt, weil sie gerade abgelenkt gewesen ist, weil sie dem Josef das Bier eingeschenkt hat, und so ein Weißbier gehört schön langsam eingeschenkt, mit Konzentration, damit es nicht zu viel und nicht zu wenig Schaum gibt und die ganze Hefe mit reingeht ins Glas.

»Passt scho, Resi«, hat die Katharina beiläufig für den Matteo geantwortet, zwischen zwei Sätzen, die sie gerade an die Anni und den Hansi gerichtet hat.

Ein bisschen verloren hat der Lucarelli gewirkt in dieser zusammengewürfelten bayerischen Großfamilie, wo er kein Wort verstanden hat. Den Sauerbraten und die hausgemachten Kartoffelknödel hat er wahrscheinlich nur anstandshalber gegessen, in Italien gibt es nichts annähernd vergleichbares Kulinarisches, zumindest hat er so was noch nie gegessen gehabt. Aber die zwei Weißbier haben ihm schon gemundet, zu so einem üppigen Frühstück braucht es das einfach, wurscht, welche Nationalität man mitbringt.

Im Übrigen hat er mehr gegessen als die Katharina, bei der der Teller nach dem Essen gar nicht so viel anders ausgeschaut hat als vorher.

»*Mangiane ancora un po' Katharina … O non ti piace?*«, hat er zu ihr hinübergebeugt leise gefragt.

Die Resi hat zeitgleich ungefähr dasselbe gesagt. »Iss doch a bisse mehra, Kathi, bist ja ganz boanad worn. Kannst as scho vertragn, oder schmeckt's dir ned?«

»Doch, ojs perfekt, guad wia eh und je, dei Sauerbraten, Resi. Aber mir habn recht spaad g'frühstückt …« *Amore e caffè.* »*Mi piace, però mi sento male*«, hat sie dem Matteo zugeflüstert.

»*Se ti senti male, andiamo.*«

»*Fra un pochino.*« *Fra un pochino*, also: gleich. Muss man sagen, wenn man wo eingeladen ist.

Weil erst einmal hat es noch eine Runde Schnaps gegeben und dann noch eine zweite, als Katalysator für die Sauerbratenverdauung, und nur die Katharina und der Hansi haben sich davor drücken können, weil sie ja noch Auto fahren haben müssen. Also, der Hansi hat doch noch ein bisschen genippt, höchstens aber ein halbes Stamperl, aber die Katharina *niente di niente*, also hat die Resi beim Abschied schon ganz komisch geschaut und gefragt, warum die Kathi eigentlich gar keinen Alkohol trinkt, ob irgendwas ist. Wenn du als Frau auf dem Land nämlich nichts Alkoholisches trinkst, dann aus genau nur einem Grund, und dass dieser eine Grund für die Katharina nie ein Grund sein würde, das hat die Resi ja nicht wissen können.

Der Brunner hat sich das mit dem möglichen Grund nicht mehr gefragt, der hat sich nach dem Essen in seinen Fernsehsessel verzogen zum Schlafen, recht berauscht, und auch die Anni und der Matteo, der ja das bayerische Weißbier und den Selbstgebrannten vom Gastreiner aus Halling nicht gewohnt war, waren bedient. Also nicht betrunken, aber bedient.

Und die ganz nüchterne Katharina hat sich ans Steuer von dem italienischen BMW M5 gesetzt und ihren bedienten, dahergelogenen italienischen Ehemann zurück ins Austragshäusl gefahren.

Wo sie sich erst einmal hingelegt haben, alle beide, weil der Matteo aufgrund der bayerischen Mittagsessensbräuche und die Katharina wegen ihrem Kopfweh dermaßen fertig waren, dass an das Tagesprogramm der Freizeitermittlerin im Moment nicht zu denken war.

Und die Katharina hat ihrem Commissario stattdessen alles erzählt, womit sie sich in den letzten Wochen so beschäftigt hat, von den verwandtschaftlichen Verstrickungen in und um Weil, die manchmal auch für sie nicht zu durchschauen waren, von dem Fall, den sie gerade bearbeitet hat, von den Geschichten und Hintergrundgeschichten von all den Verdächtigen und weniger Verdächtigen, von den vielen Jaguars und Polen und Putzfrauen und Tierärztinnen und Tandlern und Beziehungen untereinander. Und was der Brunner davon gewusst hat, nämlich nur das Nötigste. Und er, der Matteo, hat nun praktisch alles gewusst.

Alles gar nicht so anders wie bei ihnen in Italien, hat der Matteo bemerkt, und dann hat *er* erzählt.

Von seiner Frau Lavinia, die er während seines Jurastudiums kennengelernt hat, die eines Tages schwer krank geworden ist, und als sie Brustkrebs diagnostiziert haben, war es längst zu spät für eine Therapie. Von ihrem langen und schmerzhaften Sterben. Von seinem abgebrochenen Studium, kurz vor der *laurea*. Von seiner Schwester Francesca Lucarelli, die Richterin in Genf war, weil Genf war nicht Italien, und in Italien hätte sie das nie und nimmer geschafft. Als Tochter einer Anwältin und eines hohen Richters, die beide zeit ihres Lebens gegen die Organisierte Kriminalität gekämpft haben.

Aber trotzdem hat sie ihre Heimat geliebt und ist immer wieder zurückgekommen, hat sich ihre teure Wohnung in Rom gehalten, obwohl ihr Elternhaus, sein Elternhaus, nur 30 km nördlich von Rom am Lago di Bracciano bei Anguillara Sabazia gelegen und die meiste Zeit leer gestanden ist. Eine weitläufige abgelegene Villa, gut versteckt und gut gesichert. Nein, die Eltern haben nicht mehr dort gelebt. Um genau zu sein, sie haben *nirgendwo* mehr gelebt, und dieses Nirgendwo war ein Familiengrab auf dem weitläufigen Land rund um die Villa herum.

Und dann war er plötzlich ganz still, der Matteo, und die Katharina hat ja gewusst, wie man sich ohne Eltern fühlt, da ist es vollkommen egal, wie alt man selber ist, und dann hat sie ihn umarmt und nicht weiter gefragt, denn eigentlich hat sie es gleich gespürt gehabt, dass seine Eltern nicht eines natürlichen Todes gestorben sind, aber manchmal darf man fragen und manchmal muss man still sein, und ganz still und umschlungen sind sie jetzt dagelegen, und dann ist die Dunkelheit ins Zimmer gekrochen und ein kühler Wind, der die Abendwärme vertrieben hat, und der Geruch von gemähten Wiesen. Und ganz heimlich und ganz nebenbei ist es Herbst geworden.

»Herr Hafner, einen schönen guten Morgen.«

Nach ihrem ersten Caffè hat die Katharina sich bereit für ihr vertagtes Tagesprogramm vom Sonntag gefühlt. Das sie jetzt auch schnell noch vor Dienstbeginn anleiern wollte. Also halb acht. Der Matteo ist unter der Dusche gewesen, sie selbst praktisch abflugbereit.

»Aaah die Frau Berger!«

»Ja, *die Frau Berger*«, hat die Katharina bestätigt, ein bisschen genervt von der aufgesetzten ewig guten Laune vom Hafner. »I hab denkt, Sie wojten Eana zruckmejdn bei mir? Gestern!«

»Echt? Hab i des gsagt? Mei … duad ma leid, aber … Des ganze Wochaend hab i mit ana Importgschichtn zum Doa ghabt, und jetz hab i an recht an dahauden polnischen Jaguar aufm Hänger, der ned amoi d' Hojfdn wert is vo dem, was i zoit hab!«

Armer Mann, hat die Katharina sich mit unverhohlenem Spott gedacht und gesagt: »Ja aber Herr Hafner, den fahrn S' schnoj durch d' Waschanlag, und dann verkaffn S'n fürs Doppelte!«

»Mei, Sie habn aber guade Ideen, Frau Berger, so machmas, wojn S' ned mei Business-Beraterin wern?«

»Geht doch ned, Herr Hafner, i bin ja mit dem Polizeidienst vollends ausgelastet!«

»Ah ja, stimmt ja. Sie sand ja bei der Polizei. Oiso dann –«

»Ja hoit! Ned auflegn, Herr Hafner! I hab a Anliegen!«

Er hat ganz genervt und gestresst geseufzt. »Ja, was is'n?«

»Jetz, wo Sie grad no so polnisch eingstimmt sand vo Eana Ihrm Wochaend, Herr Hafner, daad i gern heit no mit Eana über a paar Polen sprecha, unter anderem über den Polen am Steuer vom Altmann seim Jaguar. Woher haben S' denn *des* schon wieder gwusst?«

»Hab i genauso wenig gwusst wia Sie, Frau Berger. Bloß geraten.«

»Wann habn S'n Zeit?«

»Ja mei, Zeit wenn i hätt! Was i dann ojs daad!«

»So, Herr Hafner. I sag Eana, was *i* dua: I kimm heit so ummara sechse auf d' Nacht bei Eana vorbei, und Sie sand dann bittschee da!«

»Ja, aber versprecha kann i nix.«

Ein Versprechen hat die Katharina gar nicht gebraucht, weil sie ist davon ausgegangen, dass der Hafner jetzt, am Morgen, da ist. Und deswegen hat sie sich vom Matteo den sauteuren 507-PS-schweren BMW M5 mit italienischem Kennzeichen ausgeliehen und ist als erste montägliche Amtshandlung um Punkt acht mit genau diesem Wagen beim Hafner in Halling auf dem Hof vorgefahren, in voller Uniform und mit der Pistole im Holster.

Was natürlich ein mords Aufsehen erregt hat. Bei der Susi, beim Jakob und beim Hafner erst recht.

Autos sprechen halt immer eine deutliche Sprache, und dieser Wagen hat quasi gesagt: *don't mess with the police*, oder besser: *non attaccare briga con la polizia*.

»Einen schönen guten Morgen allerseits«, hat die Katharina die versammelte Mannschaft begrüßt, die mit großen Augen geschaut hat, wie sie aus dem M5 ausgestiegen ist.

»Ja, Frau Berger, i hab Eana heit friar no gar ned erwart«, hat der Tandler mit ehrfürchtigem Blick auf das italienische Auto gesagt.

»Ach wissen S', i hab mir denkt, was du morgens kannst besorgen ... Und deswegen mein Vorschlag, Herr Hafner. Mir zwoa redn jetzt in Eana Ihrm Büro oder, wenn Eana des liaber is, in der Polizeidienststelle in Weil.« Und dann hat die Katharina recht freundlich in die Runde gelächelt.

»Da parken S' a bisse unguad«, hat der Hafner nur gesagt.

»Der Jakob kann den Wagen ja schnell besser parken«, war die Antwort von der Katharina, während sie dem Jakob den Schlüssel zugeworfen hat, und der hat ihn gefangen und sich gefreut, sich in den Karrn setzen zu dürfen.

»Sand S' jetz unter die Italiener ganga?«, hat der Hafner wissen wollen, während sie zu zweit ins Büro rein sind, die Sekretärin hat draußen bleiben müssen.

»Herr Hafner, i hätt a paar Fragen.«

»Also dann fragen S' – aber bittschee schnoj, weil mir haben alle ned vui Zeit.« Hat ihm so gar nicht gepasst, dass die Berger Katharina in ihrer Funktion als Polizistin in aller Früh bei ihm auf dem Hof auftaucht. Aber das Überraschungsmoment war jetzt grad auf der Katharina ihrer Seite, und das hat sie erst einmal voll ausgekostet.

»Ach wissen S', Herr Hafner, am Montag in der Friar hab *i* persönlich immer am meisten Zeit.«

Sie hat sich kurz umgeblickt im Büro. Ein Sparkassen-Kalender an der Wand, Autoposter, eine Sprengzeichnung von irgendeinem Getriebe mit recht vielen Zahnrädern, eine Kaffeemaschine im Eck, Fax, Telefon, Computer, Autozeitschriften, Ordner, Formulare, alles recht voll und voll auf Zweckmäßigkeit ausgelegt. Aber keine Kalender mit Pin-up-Girls, die sich auf Motorhauben räkeln, weil in dem Büro hat ja die Lorenz Susi das Sagen gehabt, und die hat so eine sexistische Sauerei eigenhändig verhindert.

Der Hafner hat jetzt erst einmal geschwiegen. Und sich auf der Susi ihren Bürostuhl gesetzt, hinter die Empfangstheke. Die Katharina ist stehengeblieben und hat sich mit verschränkten Armen an die Theke gelehnt und hat ganz entspannt ausgesehen dabei. Dass sie jetzt auf den Hafner hat runterblicken können, das hat ihr recht gut getaugt.

»Herr Hafner …«

»Ja, Frau Berger?«

»Sagt Eana der Name Jurek Pawliczyk was?«

»Pawliczyk scho – aber i hab Eana ja scho gsagt, meine Polen heißen Karol und Wieslaw.«

»Und dass die vielleicht irgendwia mit einem Jurek Pawliczyk verwandt sei kannten, des is ned möglich?«

»Woaß i ned, und wurscht is's mir aa.«

»Aber mir ned.« Ganz nett gelächelt hat die Katharina und hinzugesetzt: »Und da Sie ja sicher a Telefonnummer vo Eana Ihre Polen haben, daad i vorschlagen, Sie ruafn die zwoa jetz amoi o.«

Gar nichts hat der Hafner da erwidert. Nur stumm sein Handy herausgezogen und eine Nummer gewählt. Und dann ein bisschen gewartet. Und dann auf Hochdeutsch, ganz langsam, mit einem Pawliczyk gesprochen, aber bei einem Bayern hörst du den Dialekt immer durch.

»Karol, hier ist der Hafner. – Ja, hat schon alles gepasst. – Nein. – Nein, warum? – Ich hab ihn noch nicht angeschaut. Der steht noch auf meinem Hänger. – Ja du, warum ich anruf. Hier steht gerade eine fesche junge Frau vor mir, die dich etwas fragen möchte. – Ja, des weiß ich nicht. Am besten redet ihr beide direkt miteinander.«

Und mit diesen Worten hat der Hafner der Katharina sein Handy gereicht.

»Karol Pawliczyk, wer spricht da?«, ist es der Katharina in fast akzentfreiem Deutsch aus dem Hörer entgegengekommen. Und jetzt ein bisschen pokern.

»Hier ist – Elena. Es geht um einen Autoimport, und der Herr Hafner war so freundlich, mir zu erzählen, dass Sie sich auf polnischer Seite schon öfter um diverse Jaguars bemüht haben.«

»Kann man so sagen. Wie kann ich Ihnen helfen, Frau Elena?«

»Ich rufe an wegen eines Wagens aus dem Fuhrpark von Thomas Altmann.«

»Ah. Altmann.« Die Kathi hat jetzt gleich gemerkt, dass der Karol vorsichtiger wird bei dem, was er sagt. Und sie ist auch vorsichtig geworden, bei dem, was sie fragen wollte. Erst die Polen-Connection in Sicherheit wiegen.

»Meines Wissens wollte er Ihnen vor einigen Wochen einen Wagen bringen lassen.«

»Ja, das stimmt.« Bingo!

»Aber die – sagen wir mal: *Lieferung* ist nicht bei Ihnen angekommen.«

»Nein, er wollte den Wagen ja von einem Jakob herfahren lassen, nicht liefern. Und dann wieder retour, wie immer.«

Jetzt hat der Karol was ganz was Komisches gesagt, nämlich dass der Jakob den Wagen eben mal gerade so rüberfahren wollte nach – wohin eigentlich und warum? Und retour: wie immer. Schneller denken, Katharina. »Der Jakob hat nicht können, deswegen hätt *ich* das machen sollen, so war das vereinbart – mit dem Altmann und dem Jakob.«

»Wer sind Sie denn?«, ist der Karol jetzt ein bisschen misstrauisch geworden.

»Dem Jakob seine Freundin.«

Der Hafner hat gegrinst, aber er ist mucksmäuschenstill geblieben. Der Katharina ihre unorthodoxen Verhörmethoden haben ihm schon irgendwie imponiert und dass sie sich trotz Uniform und Polizeidienst recht wenig um Konventionen oder Kompetenzen schert.

»Ah so. Und wo ist das Problem?«, hat der Karol von der Elena-Katharina wissen wollen.

»Es hat sich was verzögert. Aber Ende der Woche kann ich kommen. Wenn Sie noch interessiert sind.«

»Das liegt an Altmann, ob *er* noch interessiert ist.«

»Natürlich! Sonst würde ich ja nicht anrufen in seinem Auftrag. Aber noch eine Frage, und zwar, ich hab nicht ganz verstanden, wie ich zu Ihnen komme.« Schadet ja nicht, wenn die Elena ein bisschen auf doof macht, hat die Katharina sich gedacht, weil schlaue Frauen kommen nicht immer gut an in der Geschäftswelt, und wenn es um Autos geht, schon zweimal nicht.

»Wieso? Ist doch ganz einfach, A5 nach Prag, dann die Staatsstraße 10, kurz nach Weschen die 65 Richtung Reichenberg, und an der Grenze ist Leśna dann schon ausgeschildert. Da gibt es keine schnellere Verbindung und keine sicherere, auch wenn der Altmann das nicht glaubt.«

Bingo! Leśna, Autoverkäufer, und jetzt alles auf die Null, Polnisch Roulette.

»Danke, hab ich mir schon gedacht, dass der Thomas mir das viel zu kompliziert erklärt hat. Ach, da fällt mir ein. Der Thomas hat mir aufgetragen, Ihnen noch etwas auszurichten, warten Sie, ich hab es mir aufgeschrieben, ich hab den Sinn der Frage nicht verstanden, aber er meinte, ich soll sie genau so stellen. Sie würden dann schon verstehen, was das bedeutet.«

Jetzt hat die Katharina mit irgendwelchen Autoformularen und Werbezetteln auf der Theke vom Hafner seinem Büro herumgeraschelt. Der Hafner hat amüsiert, aber schweigend zugeschaut, er hat ja immer nur der Katharina ihre Sätze gehört, dem Karol seine nicht, aber er hat seine Polen schon gekannt, und die Fantasie hat ihm auch schon gereicht, um sich die polnische Hälfte von dem Gespräch dazudenken zu können.

Und dann hat die Katharina zum Karol gesagt: »Ich hab's. Hier.« Und dann im Vorleseton: »Wo ist Jurek?«

»Was!?«

»Wo – ist – Jurek? Ich hab keine Ahnung, was das soll, er sagte, Sie würden schon –«

Jetzt hat sich der Karol ein bisschen aufgeregt, und zwar genau in die Richtung, die sich die Katharina erhofft gehabt hat, er hat sich nämlich verquatscht.

»Spinnt der Altmann? Wir haben unseren Bruder geschickt, mein Wort, vor fünf Wochen, am 25. Juli, wie vereinbart, mit dem silbernen XKR inklusive Lieferung. Der Jurek wollte dann weiter nach Frankreich. Seither haben wir nichts mehr von ihm gehört. Was will der Altmann jetzt von uns?«

»Ich hab nur gesagt, was er mir aufgetragen hat. Ich hab keine Ahnung von gar nichts. Ich werde ihm einfach das durchgeben, was Sie mir gerade gesagt haben. Ansonsten ist alles klar. Also, ich meld mich dann Ende der Woche und geb den Termin durch, an dem ich kommen kann. In Ordnung?«

»In Ordnung. Schönen Tag noch, Frau Elena.«

Die Katharina hat aufgelegt, durch den Hafner hindurchgestarrt, eine halbe Minute überlegt, was der Karol ihr da eigentlich erzählt hat, nämlich, dass der Jurek Pawliczyk von seinen Brüdern mit dem Wochenendjaguar vom Altmann inklusive einer Lieferung von Weiß-Gottwas, aber sicher nichts Legalem, am 25. Juli, am Django-Wochenende, zum Altmann geschickt worden ist. Und was immer die importiert haben, der Altmann hat da mit dringesteckt, weil er diese *Lieferung* mit den Polen vereinbart hat. Und der Jakob hat vielleicht auch schon Kurierfahrten übernommen gehabt, und jetzt ist es der Katharina gerade zu viel geworden, sie hat einen wahnsinns Kopfwehanfall bekommen und ist ganz blass geworden. Aber eins hat sie gewusst, nämlich, dass die Lieferung noch in dem XKR sein muss und dass der Hafner mit der Sache nichts zu tun hat. Denn sonst hätte er ihr nie und nimmer den Wagen gezeigt. Aber jetzt wollte sie es noch einmal von ihm selber hören.

»Frau Berger!« Jetzt ist der Hafner um die Theke herumgekommen und hat sie festgehalten, bevor sie hat umkippen können, und er hat sie zum Stuhl geführt, wo sie sich willenlos hinsetzen hat lassen. »Sie sand immer no ned ganz fit. Und zwar seit Sie aus dem Krangahaus auße sand. Jetz fojn S' mir bittschee ned um. Und nachert gengan S' bittschee zum Doktor, des versprechan S' mir jetz, und i versprich Eana, dass i Eana a Gschicht verzoj.« Er hat ihr eine Flasche Cola gereicht, die eigentlich zu der Susi ihrem Brotzeitpaket für heute gehört hat, und sie ein bisschen genötigt, was von dem Zuckerzeug zu trinken. Was gut war. Der Hafner hat an der Theke gelehnt, die Katharina ist gesessen und hat nur genickt, im Sinne von *ich versprech Ihnen, was Sie wollen,* und dann hat er von sich aus geredet.

»I hab mir scho denkt, dass da was ned stimmt, an dem dauernden Hin- und Hergefahre vo dene Jaguars vom Altmann. Der hat irgendwelche Gschäfterl gmacht mit meine Polen, und i find des gar ned guad, weil die sand *mei* Connection, die zwoa. I glaab aa, die Gschäfterl warn irgendwia hoaß, wenn S' mi verstengan, Frau Berger ...« Rechnungen hat der Altmann am Ende auch nicht mehr gezahlt, was dem Hafner persönlich an der Angelegenheit natürlich am meisten gestunken hat. Und sein Tipp, dass der am Steuer von dem E-Type ein Pole war, das hat ihm nur so sein Gefühl gesagt, weil der Altmann ja einen Stress gehabt hat mit Polen. Dass seine beiden Pawliczyks noch einen Bruder namens Jurek gehabt haben, hat der Hafner nicht gewusst, er hat immer nur verschiedene polnische Vornamen gehört, die er sich gar nicht gemerkt hat. Und der Jakob hat zwar immerzu irgendwas an dem Altmann seinen Wagen geschraubt, aber er, der Hafner, hat ihm klipp und klar gesagt, dass er ihm nicht nach Polen rüberfährt, »... weil sonst is er seinen Job bei mir los. Und dann is er hoit ned gfahrn.«

Weil dem Hafner seine Erläuterungen ja doch recht subjektiv und gefühlsbasiert geklungen haben, wollte die Katharina jetzt die Polengeschichte noch aus einer anderen Perspektive erzählt bekommen.

»Den Jakob ruafn S' mir jetz aa no nei«, hat die Katharina recht schwach gesagt.

»Mach i. Aber nur unter oaner Bedingung.«

»Als da wäre?«

»Sie ruafn jetz Eana Ihrn Mister M5 o und sagn eam, dass er Eana abhoit, weil *so* fahrn S' mir ned sejber nach Weil zruck.«

Und dann hat der Hafner sie herausfordernd angesehen,

und ihr ist nichts anderes übrig geblieben, als auf diese immerhin gut gemeinte Bedingung von ihm einzugehen. Also hat sie den Matteo angerufen und ihm gesagt, sie fühlt sich nicht gut und wo sie ist und dass sie ihm ein Taxi bestellt und dass er sie abholen soll, und der Matteo hat gesagt, *was ist passiert, hast du einen Unfall gehabt, bist du verletzt – aber nein, alles in Ordnung, nur der Kreislauf,* und er: *Ich komme sofort, a dopo commissaria*, und sie: *a dopo, Lucarelli.* Und dann hat sie noch ein Taxi aus Weil gerufen und dem Taxifahrer alles beschrieben, wen er wo abholen und wohin bringen soll.

»Zufrieden?«, hat sie ein bisschen feindselig gefragt, und der Hafner hat genickt.

»Hab zwar nix verstanden vo Eana Ihrm netten Italienisch, aber werd scho passen.«

Dann hat er den Jakob hereingerufen, ihm den Schlüssel vom M5 abgenommen und die beiden alleine gelassen.

»Geht's dir ned guad?«, hat der Jakob gleich besorgt gefragt. »Ko i was doa?«

Die Katharina hat den Kopf geschüttelt. »Naa, is schon klärt. Mei Mo hoit mi ab.«

Der Jakob hat ganz komisch geschaut. »Ah so. Und wo hast du jetz plötzlich an Mo her?«

»Ach, Jakob«, hat die Katharina geseufzt, und dann ist ihr eingefallen, dass ja eigentlich *sie* die Fragen hätte stellen sollen und nicht der Jakob. Also auf. »Gfoj i dir eigentlich, Jakob?«

Jetzt ist der Jakob ein bisschen rot geworden. »Ja, scho.«

»Daadst du was für mi doa?«, hat es die Katharina mit einem schwachen Lächeln probiert.

»Ja, warum ned? Kimmt a bisse drauf o, was.«

»Daadst du mir, ganz unter uns, verzojn, was du an dem

Altmann seine Jaguars machst an deine Wochaenden und warum du wejchen Jaguar nach Leśna hättst fahrn sojn und was du sonst no ojs für den Altmann duast?«

Jetzt war der Jakob ganz still, waren ja eine Menge Fragen, er hat auf seiner Unterlippe gekaut und ist im Büro ein bisschen auf und ab gegangen. Dann hat er die Katharina angeschaut. Und tief Luft geholt.

»Ned dass du moanst, i hätt Angst, weil i hab koa Angst«, hat er angefangen.

Und die Katharina hat genickt und leise eingeworfen: »Oana, der wo in a paar Wocha seinen Schwarzgurt macht, der hat koa Angst, des glaab ich dir scho.«

Da hat der Jakob gelächelt und sich sehr geschmeichelt gefühlt, dass die Katharina das von ihm weiß und anscheinend gut findet.

»Oiso, i hab Folgendes gmacht. Jedsmoi, wenn der Altmann an Wagen aus Leśna kriagt hat, und des war recht oft der Foj, dann hab i eam alle Verkleidungen abgmacht. Innen drin. Und die Tüten außaghojt. Und die Verkleidung wieder naufgschraubt. Und dann sand die Wagen wieder retourganga, zwoa, drei Wocha spaada.«

»Und was war drin, in den Tüten?«, hat die Katharina jetzt vom Jakob wissen wollen.

Er hat sie ungerührt angeschaut. Und gesagt: »Des woaß i ned.«

»Jakob! Sag amoi, glaubst du, i bin so bleed, dass i ned woaß, dass du neigschaugt hast in die Tüten?!«, hat sich die Katharina aufgeregt. Obwohl ihr die Aufregung gar nicht gutgetan hat im Moment.

»I *hab* ned neigschaugt. Des war a Teil von dem Deal. Er hat mi guad zojt, der Altmann. *Wahnsinns* guad! Und des war aa a Teil von dem Deal. Des is übers Vertrauen ganga.

Bis i Depp zuagsagt hab, dass i den E-Type ummefahr nach Polen. Da hat der Andreas, oiso der Hafner, der Andreas hat gsagt, wenn i jetz aa no nach Polen fahr zwengs irgendwejche Gschäfterl und mi in irgendwas neiziagn lass, dann war's des mit der Mechanikerkarriere. Und eigentlich hat er recht ghabt. Des war von vorn bis hinten a einziger Scheiß, weil irgenda heiße Ware – und ehrlich gsagt, i bin froh, dass der Altmann si abgesetzt hat, weil so bin i draußd aus dem Scheiß.«

»Aber wenn er si gar ned abgesetzt hat? Wenn eam irgendwas passiert is?«, hat die Katharina zu bedenken gegeben.

»Ehrlich gsagt?«

»Ja?«

»Ehrlich gesagt, i hab nix *do*, i hab bloß gschraubt, und i hab nix *gseng*, und wenn er nimmer auftaucht, der Altmann, dann is des ganz alloa *sei* Schujd. Weil irgendwas is nimmer glaffa. Des zumindest hab i gspannt.«

Und dann hat die Katharina sehr müde ausgesehen und nur noch genickt und nicht mehr weitergefragt.

Aber der Jakob hat noch einmal gefragt: »Ko i sonst echt nix für di doa?«

»Naa, hast scho gnua do. Bist a Netter. Echt.«

Sie hat ihn angelächelt und er zurück, aber dann war's schon wieder vorbei, weil in dem Moment ist das Taxi angekommen, und der Hafner ist mit einem gut aussehenden, teuer angezogenen Mann ins Büro gekommen, da hast du aus 500 Meter Entfernung schon gesehen, der ist nicht von hier, sondern Importware quasi. Und der ist vor der Katharina in die Knie gegangen und hat ihr Gesicht in seine Hände genommen und irgendwas Italienisches zu ihr gesagt und sie geküsst und sich so herzergreifend um sie gekümmert, dass der Jakob hinausgehen hat müssen, weil er sich ja schon fast wie ein Voyeur vorgekommen ist, und im Rausgehen nur noch beiläufig gesagt hat: »Wenn *i du* warad, Katharina, daad i am Altmann sei Freindin fragn, was drin gwen is.«

Und dann war der Jakob draußen.

»Katharina, bitte sag mir … Was ist los?« Der Lucarelli hat versucht, sich auf den Weg zu konzentrieren, aber immer wieder besorgte Seitenblicke auf die Katharina geworfen.

Sie hat den Kopf an die halb heruntergelassene Fensterscheibe gelehnt und hinausgeblickt auf die vorbeifliegenden Baumkronen. Der Fahrtwind hat ihr jetzt gutgetan. Frische Luft und ein Schluck Amibrause sind gute Kreislaufstärker. Auf seine Besorgnis und auf seine Frage ist sie aber nicht eingegangen.

»Der Wagen …«, hat sie stattdessen angefangen.

»Welcher Wagen?«

»Der Wagen in der Garage vom Andreas Hafner. Ein Jaguar XKR, silberfarben. Den müssen wir uns als Nächstes ansehen. Innen, hinter der Verkleidung. Und zwar sofort. Bitte, kannst du umdrehen?«

»Warum sagst du mir nicht, was los ist? Du isst nicht richtig, du fühlst dich schlecht, du hast Kopfschmerzen und Kreislaufprobleme.«

Aber die Katharina ist wieder nicht auf ihn eingegangen, sondern hat nur angefangen, ihm ganz langsam und leise alles zu erzählen, was der Hafner und der Jakob ihr gesagt haben, weil sie das Gefühl gehabt hat, sie vergisst alles, wenn sie es nicht wiederholt, und zum Aufschreiben hat sie sich irgendwie nicht fähig gefühlt im Moment. Wenn einem schlecht ist und man sitzt im Auto, dann darf man um Gottes willen nichts anderes tun als hinausschauen, auf etwas sich Bewegendes. Nicht nach innen auf einen Fixpunkt, ein Buch zum Beispiel, also nichts lesen und auch nichts schreiben. Und die Katharina hat um jeden Preis verhindern wollen, sich in dem teuren Auto neben ihrem tollen Mann zu erbrechen. Jetzt hat sie ihm jedes noch so kleine Detail erzählt. Was die 20 Minuten zurück nach Weil durch den morgendlichen Verkehr auch gut ausgefüllt hat.

»Und deswegen muss ich noch zur Tierärztin fahren, Sabine von Hohenstein, nach Süchting. Wie der Jakob gesagt hat. Ich muss sie fragen. Ich muss wissen, was in den Tüten drin war«, hat sie ganz leise ihre Erzählung beendet.

»Nein, Katharina«, hat der Matteo da geantwortet. »Ich bringe dich jetzt nach Hause. Und sonst nirgendwohin. Ich möchte, dass du dich hinlegst und ausruhst, und dann lassen wir einen Arzt kommen.«

»Das ist doch nicht nötig.«

Er hat sie angesehen und dann wieder auf die Straße geschaut.

»Doch, das ist nötig. Und alles andere kann warten.«

»*Bitte*, Matteo!«

»Wie lange geht das schon so, hm?«

»Was denn?«

»Dass du dich krank fühlst. Dass du krank *bist* und trotzdem weitermachst wie immer.« Es hat ein bisschen so geklungen, als wäre er stolz auf ihre Zähigkeit, und auch ein bisschen vorwurfsvoll.

»Ich weiß nicht, seit … seit ich aus dem Krankenhaus raus bin, glaube ich.«

»*Was*!? Aus welchem Krankenhaus?«

Er hat seinen Wagen auf dem Allmandinger-Hof geparkt, sauber und deutsch neben der Katharina ihrem alten Golf. Im selben Moment ist ihr Handy gegangen, und er hat es aus ihrer Jackentasche geholt, weil sie es nicht mehr geschafft hat. Und ist drangegangen.

»*Pronto*?«

»Katharina, bist *du* des?«

Die Katharina hat die Hand ausgestreckt, aber der Lucarelli hat weitergesprochen, weil den Namen Brunner, der auf dem Display gestanden ist, hat er schon gekannt.

Englisch hat er ja auch ein bisschen können und der Brunner auch, wenn auch jeder von den beiden mit seinem ureigensten Akzent. Dann hat der Matteo dem Brunner erklärt, dass die Katharina krank ist, und der Brunner war sehr besorgt, weil er sich eigentlich nur erkundigen hat wollen, warum sie in der Dienststelle weder aufgetaucht ist noch Bescheid gegeben hat. Und der Matteo hat ihm versichert, dass er gleich den Doktor rufen wird, und der Brunner hat noch gesagt, dass er sich gegen Abend noch einmal meldet und dass er froh ist, dass der Matteo da ist und ein bisschen nach ihr schaut.

Was er dann auch gemacht hat, der Matteo, er hat sie rauf ins Zimmer getragen, sie ausgezogen, ins Bett verfrachtet und die Nummer gewählt, die der Peter der Katharina auf einem Zettel notiert gehabt hat, und dann hat er auf Italienisch-Englisch dem Doktor Lechner klargemacht, dass er kommen soll, und zwar so schnell es geht.

Dann hat er sich auf der Katharina ihre Bettkante gesetzt, und sie hat ihm erzählt, wie sie letzte Woche nach ihrer Lebensmittelvergiftung zusammengebrochen und im Krankenhaus wieder aufgewacht ist, erst Tage später, mit einer Gehirnerschütterung, ganz langsam und leise und mit vielen Pausen hat sie es ihm erzählt. Und dass es ihr ganz furchtbar leidgetan hat und noch immer tut, dass sie ihn deswegen nicht anrufen hat können, und er: *Ich hatte ja keine Ahnung, ich wäre sofort gekommen*, und sie: *Ich weiß*.

# FUCHZEHN

Zwei Stunden hat der Matteo Lucarelli jetzt schon auf diesen Arzt gewartet, der versprochen hat, so schnell wie möglich zu kommen. Ein bisschen wie in Italien, nichts von wegen deutscher Pünktlichkeit, gar nichts, und er hat sich noch nicht einmal richtig aufregen können, weil ihn sowieso keiner verstanden hätte. Man ist ja schon irgendwie hilflos in einem Land, wenn man die Sprache nicht wenigstens ansatzweise versteht. Und nicht einmal ansatzweise verstanden wird, höchstens einmal von einem Pizzabäcker, aber die sprechen erstens oft gar kein richtiges Italienisch mehr, weil sie in der dritten Generation in Deutschland leben, oder sie kommen schon gar nicht mehr aus Italien, sondern irgendwo aus dem Osten, und dann kannst du als Italiener bei ihnen noch nicht einmal mehr deine Pizza bestellen, und wenn es dir doch gelingt, kriegst du einen schweren ölgetränkten Teiglappen, der mit dem italienischsten aller italienischen Nationalgerichte überhaupt nichts mehr zu tun hat.

Und dann diese Internetverbindung. Mit WLAN war überhaupt nichts los. Das DSL-Kabel hat nur bis zum Küchentisch gereicht. Eine Einwahlverbindung auf seinem eigenen Laptop hat der Lucarelli nicht hingekriegt. Also der Katharina ihren benutzen. Wie schafft eine Polizistin es, ihren mobilen Computer noch nicht einmal mit einem Passwort abzusichern? Na ja, besser so, sonst hätte er sie eh nur aufwecken müssen.

Auf seinem MacBook hat er parallel Mozart laufen lassen, ›La Finta Semplice‹, während er sein iPhone aufgeladen hat.

Und jetzt, Lucarelli, mit System.

Der Katharina ihren Dell.

Fenster eins: Online-Wörterbuch Italienisch-Deutsch. Fenster zwei: Google, *pizzeria+weil+muehldorf*. Fenster drei: Google Earth. Das Update hat so viel Zeit in Anspruch genommen, dass der Lucarelli sofort verstanden hat, dass es sich keineswegs um eine DSL-Verbindung handelt.

Also erst einmal essen. Die Italiener haben ja einen siebten Sinn für gutes Essen, und der Matteo Lucarelli hat es praktisch auf Anhieb geschafft, aus den Google-Suchergebnissen die beste Pizzeria im Landkreis herauszufischen, Glück hat er auch noch gehabt, weil sie ist tatsächlich noch von einem italienischen Gastronomen geführt worden, und der Chef selbst war am Telefon.

»Rufen Sie aus Italien an?!«

»Nein, wieso?«

»Na wegen Ihrer Nummer – nach Italien liefern wir leider nicht, Signore. Hahaha.« Neapolitanische Sprachfärbung und ein fieses Lachen.

»Es reicht mir, wenn du mir meine Bestellung nach Weil lieferst, okay? Und zwar Folgendes, mach mir eine Pizza, so, wie du sie auch deiner Mutter vorsetzen würdest, *Margherita semplice*, und eine *bianca*, aber nur bestes Olivenöl, kein Knoblauch. Hast du irgendeine Fischsuppe?«

»*Certo*, mach ich dir. Hab *cefalo* da, aus dem *mediterraneo*. Ganz frisch von heute.«

»Bottarga auch?«

»In die Suppe?!« Der Chef war ehrlich entsetzt.

»Wo denkst du hin! Extra, als Vorspeise, *sottilissima*, mit Tomate, Olivenöl, Zitrone, kein extra Salz! Und die Suppe ganz leicht, als Krankenkost für die Signora, *capisci*?«

»*Certo che caspisco*. Noch extra Brot?«

»Nein danke, wenn du mir die *bianca* nicht in Öl ertränkst, reicht mir das.«

»Wein, Wasser?«

»Deinen besten Weißen, zwei Flaschen San Pellegrino, zweimal Acqua Panna.«

»In Ordnung. Sonst noch was? *Qualcosa di dolce*? Oder sorgst du für eure Nachspeise selbst? Hahaha.«

»Ja, für das Süße sorge ich selbst, mein Freund.« Ganz eisig hat er klingen können, der Matteo.

Und am Ton von seiner Stimme hat der Pizzeria-Chef gleich gemerkt: Schluss mit Anzüglichkeiten.

»Okay. Die Suppe koch ich extra für dich, dauert alles ein bisschen, wird auch ein bisschen teurer.«

»Kein Problem. Geld spielt keine Rolle, solang du mich nicht bescheißt, also mach.«

»*Non c'è problema*, ich lass dir alles bringen. Name, Adresse?«

»Commissario Lucarelli, Allmandinger-Hof in Weil, findet ihr den?«

»*Certo, Signor – Commissario.*«

So, das Zweitwichtigste war gemacht, und das Wichtigste war, noch einmal nach der Katharina zu sehen, und sie hat geschlafen, was gut war.

Der Matteo hat sich wieder an den Computer gesetzt und der Katharina ihr schwarzes Notizheft aufgeschlagen. Bei Gelegenheit wird er daran denken müssen, ihr italienische Moleskine-Hefte zu besorgen, einen ganzen Karton, die mit den Linien.

Akkurat hat sie hinten im Heft die Adressen derer notiert, deren Namen sie ihm genannt gehabt hat. Sabine von Hohenstein aus Süchting, zum Beispiel, und die Garage vom Hafner Andreas, am Ortsrand von Halling, in der der Jaguar XKR gestanden ist. Er hat alle relevant scheinenden Namen und Nummern in sein iPhone kopiert, die Adressen in Google Earth herausgesucht und sich, weil die Katharina keinen Drucker gehabt hat, die Screenshots dazu mit den Wegbeschreibungen auf sein Telefon gezogen, weil die Internetverbindung übers italienische iPhone hat er in Weil nicht hingekriegt.

Bis es schließlich an der Tür geklopft und der Pizzadienst das Essen gebracht hat, inklusive zweier schöner Wein- und Wassergläser. Er hat dem Lieferanten noch ein Trinkgeld gegeben.

»Danke, *Commissario*, schönes Auto, nebenbei.«

»Richte deinem Chef einen Gruß aus, ich bin zufrieden.«

»Mach ich. Die Suppe muss noch einmal aufs Feuer, kleine Flamme, nicht kochen, für 15 Minuten, soll ich Ihnen bestellen.«

»Alles klar, *ciao, buona sera.*«

Kaum war alles vorbereitet, Essen und Trinken zwischen den Laptops ausgepackt und die Suppe auf dem Herd, da ist der Doktor Lechner dahergekommen. Recht viel Zeit hat er sich gelassen, alle Achtung, dafür, dass laut Google Earth die Entfernung zwischen seiner Praxis und dem Allmandinger-Hof nur knapp 4 km beträgt. Drei Stunden hat er gebraucht. Es war schon Nachmittag.

»Doktor Vincent Lechner«, hat er sich vorgestellt und dem Lucarelli die Hand gegeben. Ein fester, bestimmter Händedruck. Einer, der zupackt. Wo die Patientin ist, hat er auf Englisch gefragt. Der Matteo hat ihn hinaufgeführt und die Katharina sanft geweckt.

»Frau Berger, Lechner«, hat der Doktor sich vorgestellt, während er seinen Arztkoffer geöffnet, auf der Bettkante Platz genommen und ihr die Hand auf die Stirn gelegt hat.

Der Matteo hat sich an der Katharina ihre andere Seite gesetzt und aufmerksam zugesehen. Den Arzt gemustert.

Der Dr. Lechner war ein hochgewachsener, gut aussehender Endvierziger, dunkles Haar, grau durchsetzt, perfekter Schnitt, geschmackvoll gekleidet mit einem teuren Anzug, nichts von wegen Arztkittel, und ohne seinen edlen Arztkoffer hätte man ihm seinen Beruf auch nicht angesehen. So ein Modell, wie sie es früher gehabt haben, die Ärzte, aber auf den ersten Blick hat der Matteo erkannt, dass dieser Koffer neu und handgearbeitet war. Und an der ganzen Art von dem Doktor hat er ablesen können, dass der Geld hat, vielleicht mehr, als ein Allgemeinarzt auf dem Land verdienen kann. Man erkennt es, wenn man in derselben Liga spielt.

Der Doktor hat sehr akzentuiert und sauber gesprochen, so dass sogar der Lucarelli das Gefühl gehabt hat, ein wenig Deutsch zu verstehen. Außerdem hat er eine melodische tiefe Stimme mit einem sehr beruhigenden Tonfall gehabt, perfekt für einen Arzt. Der Matteo hat sich für einen Moment all die Frauen vorgestellt, die Patientinnen, die irgendwelche Krankheiten simulieren, nur um zum Dr. Lechner in die Sprechstunde kommen zu dürfen. So einer wie der Lechner kann durchaus zu einer Belastung für die allgemeinen Krankenkassen werden.

»Frau Berger, erinnern Sie sich?«, hat der Dr. Lechner gefragt, während er ihren Blutdruck gemessen hat. »Ich habe Sie letzte Woche schon einmal besucht. Nach Ihrem Kollaps. Sie waren kurz wach, erinnern Sie sich?«

»Ich glaube, ja«, hat sie leise geantwortet. Sein Gesicht ist ihr bekannt vorgekommen, wenn nicht sogar vertraut.

»Sie hatten – haben – eine *Commotio cerebri*, eine Gehirnerschütterung. Normalerweise vergehen Folgen wie Kopfschmerzen nach wenigen Tagen. Wenn man sich jedoch, wie Sie, vom Krankenbett losreißt, ohne auf eine Genesung zu warten, können sich diese negativen Begleiterscheinungen länger hinziehen. Wann sind Sie raus?«

Der Matteo war froh, wenigstens die medizinischen Fachbegriffe zu verstehen. Soll noch einmal einer sagen, Latein oder Altgriechisch wären sinnlos.

»Donnerstag.«

Der Dr. Lechner hat genickt. »Das war dann aber erstaunlich früh. Oder haben Sie sich unvernünftigerweise am Ende selbst entlassen?« Er hat sie erwartungsvoll angeschaut, um ihre Bestätigung zu hören.

»Kann sein, ich weiß nicht mehr, es war wegen dem Fall, den ich bearbeite.«

Er hat ihr mit einer Lampe in die Pupillen geleuchtet, die wichtigsten Reflexe getestet und nach Kopfschmerzen, Übelkeit, Erbrechen, Bewusstseinsstörungen und neurologischen Ausfällen gefragt.

Der Katharina hat der schmerzende Kopf geschwirrt, und sie hat recht einsilbig geantwortet mit *ja*, *nein*, *kann schon sein* und *weiß nicht*, aber eigentlich hat sie die ganze Zeit nur gedacht: *Lasst mich einfach in Ruhe.*

Am Ende der Untersuchung hat der Dr. Lechner mit dem Matteo gesprochen, mit Gesten und einem ordentlichen Englischvokabular. Sie brauche Ruhe, er schreibe sie die ganze Woche krank, keinesfalls solle sie sich mit ihrer

Arbeit befassen. Er, der Lucarelli, solle sie gut beobachten und, wenn sich irgendwas verschlimmere, trotz der verschriebenen Schmerzmittel die Kopfschmerzen anhielten, Bewusstseinsstörungen oder neurologische Ausfälle einträten, sofort mit ihr in die Notaufnahme der Neurochirurgie in die Mühldorfer Klinik fahren, die 2092 nach Mühldorf, nach der Innbrücke rechts, dann links, ganz einfach. Ob er alles verstanden habe?

*Seh ich aus wie ein Trottel, Signor Medico?* Ja, alles verstanden.

Der Dr. Lechner hat mit einem mobilen Scanner der Katharina ihre Karte eingelesen, ein Rezept und ein ausgefülltes Überweisungsformular dagelassen und empfohlen, dass sie auf alle Fälle in den kommenden Tagen zur Kontrolle in die Neurochirurgie gehen soll, um, nur zur Sicherheit, ein MRT machen zu lassen.

Und dann ist er dem Matteo nach unten in die Küche gefolgt. Hat ihm gesagt, dass er froh sei, dass der Matteo sich jetzt um die Katharina kümmere, und wie gut es in solchen Situationen sei, wenn man jemanden aus der Familie dahabe.

Der Matteo hat nach der Suppe geschaut, während der Dr. Lechner ihm noch ein bisschen was erzählt hat, zum Thema Familie, smalltalkmäßig, als hätte er alle Zeit der Welt. Der Matteo hat sich aus Freundlichkeit nach der Familie vom Herrn Doktor erkundigt, weil er irgendwie gespürt hat, dass der keine eigene Familie hat. Weil wenn einer einem Fremden Privates erzählt, dann oft, weil er daheim niemanden hat, dem er was erzählen kann.

Eine Schwester hat der Doktor noch gehabt, die habe den Tod des Vaters nicht so gut verkraftet. Die Mutter sei auch vor einigen Jahren verstorben. Nach dem Tod der Eltern habe sich seine Beziehung zur Schwester noch verbessert, sie seien heute sehr eng miteinander. Innige Liebe könne es ja auch zu Familienmitgliedern geben, gerade wenn der Rest der Familie schon verstorben sei und die Eltern nicht immer einfach gewesen seien. So der Dr. Lechner.

Der Matteo hat kurz an seine Schwester Francesca und seine verstorbenen Eltern gedacht und den Lechner da schon verstanden.

Ein Anruf auf dem Dr. Lechner seinem Handy hat die Familiengeschichten dann aber abrupt beendet, und er hat sich danach recht schnell vom Matteo verabschiedet, der ihn noch auf den Hof begleitet hat, wo er in seinen Pseudo-Geländewagen gestiegen und zum nächsten Hausbesuch losgestartet ist.

Und weg war er.

Und dann hat der Lucarelli all das gute Essen hinaufgetragen und angefangen, die Katharina gegen ihren Willen zu füttern. Mit der Suppe, die wirklich hervorragend war, einen Löffel sie, einen er, einen sie, einen er.

»Bottarga?«

»Was ist das?«, hat sie mit schwacher Stimme gefragt.

»Probier es. Fischrogen, gesalzen und gepresst.«

»Ich weiß nicht.«

»Fisch ist perfekt für dich.«

Und die Pizza, und Acqua Panna.

Ungefähr eine Stunde Überzeugungsarbeit hat er gebraucht, bis er ein wenig Essen in sie hineinbekommen hat. Wie elend sie ausgesehen hat. Wie er sie liebte. In diesem Moment und in jedem anderen.

»Hey, *commissaria* – werd mir wieder gesund.«

»Mach ich, Lucarelli.«

Was der Lucarelli und die Katharina zu diesem Zeitpunkt noch nicht gewusst haben: dass das mit dem Gesundwerden gar nicht so einfach war.

Und was sie zu diesem Zeitpunkt auch noch nicht gewusst haben und was auch der Brunner Josef in seiner Pressemitteilung, die er genau in diesem Moment im Polizeipräsidium in Mühldorf verlesen hat, zurückgehalten hat, waren die Ergebnisse vom Moser Rudi die Beweisstücke betreffend, die die Katharina vor exakt einer Woche in einem silberfarbenen Jaguar XKR sichergestellt hat. Und die die Katharina brennend interessiert hätten – wäre sie nicht gerade eben wieder mit ihren furchtbaren Kopfschmerzen eingeschlafen.

Aber der Brunner hat ja versprochen gehabt, gegen Abend noch bei ihr vorbeizuschauen, und da ist es ihr gerade wieder ein bisschen besser gegangen, weil der Matteo am Nachmittag noch ihr Rezept eingelöst hat in der Apotheke und sie dann eine ordentliche Dosis Metamizol zu sich genommen hat. Danach ist er noch einmal losgefahren zum Einkaufen, wobei er sich beeilt hat, um die Katharina nicht zu lange allein zu lassen. Er ist zum Metzger Harlander und ist da gleich nett auf Englisch begrüßt worden. Dass er irgendwie der Mann von der Berger Katharina ist, das hat bereits die Runde gemacht gehabt, und dass sie krank ist, auch, und dass er als fürsorglicher Ehemann deswegen extra aus Italien angereist ist. Und deshalb hat der Harlander, der wegen seinem verdorbenen Fleischsalat ja eh noch ein mords schlechtes Gewissen gehabt hat, dem Signor Lucarelli ein superfrisches Rinderfilet zu einem Spottpreis überlassen, dass die Kunden im Laden nur noch getuschelt haben vor Neid, warum denn da so a Zuagroaster so eine Vorzugsbehandlung kriegt, und sie als alte Kunden, respektive Kundinnen, nicht. Beim Bäcker Pallinger hat der Matteo dann einfach das hellste Weißbrot gekauft, und falsch machen hat er da nichts können, weil der Pallinger hat noch selber gebacken, und außerdem hat der die Geschichten über die kleine Berger und ihren Italiener auch schon gewusst und dem Matteo aufgetragen, ihr einen schönen Gruß und gute Besserung auszurichten, was der Matteo aber nur so sinngemäß verstanden hat.

Da hast du ja gleich ein ganzes Dorf, das sich um dich kümmert, und genau dasselbe Dorf kümmert sich einen Dreck um einen verschwundenen Jaguarsammler. Schon seltsam, hat sich der Matteo gedacht. Die mögen den Jaguarsammler alle nicht recht.

Dann ist er, zu Trainingszwecken und um seinen BMW mal wieder ordentlich auszufahren und in aller Ruhe eine Oper auf voller Lautstärke zu hören, *cinque, dieci, venti, trenta, trentasei, quarantatré*, die Strecken abgefahren, die er sich herausgesucht hatte. Über Mühldorf, wo er in einem kleinen Bioladen Gemüse und Obst gekauft hat, nach Halling, an der Auffahrt von der Autowerkstatt vorbei, die Stall-Garage hat er am Ortsausgang passiert, und dann ist er über Altötting nach Süchting gerauscht. Die Tierarztpraxis hat im Vorbeifahren tatsächlich so ausgesehen, wie die Katharina sie beschrieben hat. Dann hat sich der BMW vom Matteo mit ein paar landwirtschaftlichen Nutzfahrzeugen auf der kleinen Landstraße zurück nach Weil eine Art Slalomrennen geliefert, *cinque, dieci, venti, trenta, trentasei, quarantatré*, gewonnen hat der BMW, und *alla fine* hat der Wagen samt Fahrer für 70 km Überlandstrecke inklusive einkaufsbedingten Pit-Stops etwa eine Dreiviertelstunde gebraucht, und das am späten Nachmittag, wo der Verkehr recht üppig ausfällt.

Als der Matteo die Einkäufe in die Austragshäuslküche getragen hat, ist die Katharina schon wieder recht munter am Tisch gesessen und hat telefoniert.

Er hat alles abgestellt, sich zu ihr hinuntergebeugt und angefangen, sie überall zu küssen, wo er hingekommen ist, und sie damit dermaßen zu belästigen, dass sie ihr Telefonat ganz schnell zu Ende bringen hat müssen.

»Wer war das?«, hat er dann gefragt.

»Also, *weißt* du! Ich höre extra mit dem Telefonieren auf, weil du so aufdringlich bist – und jetzt hörst du auf?« Und dann hat sie so schön gelacht, dass er gewusst hat, es geht ihr wieder viel besser, und er hat schon kurz überlegt, ein dickes Dankesschreiben an diverse Pharmafirmen aufzusetzen.

»Na, also, wer *war* das?« Er hat sie wieder ein bisschen bedrängt, bitte, wenn sie schon wollte, er wollte ja auch, und sie ist nach hinten gesunken auf ihrer harten Holzbank und er auf sie, zwischen ihre angewinkelten Beine, ein schöner Platz eigentlich.

»Mit wem hast du telefoniert? Muss ich am Ende eifersüchtig sein?«

»Unsinn, Lucarelli. Das war die Jolli, meine polnische Putzfrau.«

Jetzt hat der Matteo innegehalten in seiner Zudringlichkeit, sich abgestützt und die Katharina ernst angesehen.

»Du weißt, dass der Arzt gesagt hat, du sollst den Fall ruhen lassen, wenigstens für eine Woche.«

»Und *du* weißt, dass so was nicht funktioniert!«

Und jetzt hat sie ihn ganz böse angesehen, und er hat ihr Nachthemd hochgeschoben, und seine linke Hand ist über ihre Haut geglitten, über ihren Bauch, mit dieser feinen

Narbe von der Schussverletzung, und über ihre Brust, und mit der rechten hat er sich abgestützt auf der Bank.

»Und?«

»Und was?«

»Was wollte sie? Oder nein, lass mich raten, natürlich hast *du* angerufen, und was wolltest *du*?« Und seine Hand ist wieder tiefer gewandert.

»Ich wollte, dass sie zum Putzen kommt.«

»*Ich* kann für dich putzen. Ich kann *alles*. *Pulire … Scopare …*« Und seine Hand zwischen ihren Beinen. Ganz langsam. Ganz ruhig.

»Das weiß ich, Matteo.« Sie hat ein bisschen unregelmäßiger und schneller als vorher geatmet.

Und seine Finger. »Ich *will* dich.«

»Und ich wollte die Jolli fragen … nach Jurek Pawliczyk.«

»Und ich will dich *jetzt*.«

Und die Katharina hat ganz leise gestöhnt, als er wieder auf sie gesunken ist, vielleicht auch wegen seiner Finger, die genau am richtigen Platz waren, um seinem Wollen Nachdruck zu verleihen und sie willenlos zu machen. Und sie hat ihm ins Ohr geflüstert. »Ja, dann …«

Ja, dann hat es geklopft und *amore finito*, der Brunner ist vor der Tür gestanden.

»I hoff, i stör grad ned«, hat er die Nachthemd-Katharina begrüßt, die ein bisschen zerzaust vor ihm gestanden ist, ein bisschen rot im Gesicht, der Matteo einen halben Meter hinter ihr, auch er hat ein bisschen zerwühlt und ein bisschen verschämt ausgesehen.

»Naa, gar ned, kimm eina.«

Während der Matteo dann am Herd gewerkelt hat, um das Abendessen zuzubereiten, sind der Brunner und die

Katharina um den Tisch herum gesessen, und der Brunner hat von dem nachmittäglichen Pressetermin erzählt und von den Ergebnissen vom Moser Rudi.

Mit den Beweisstücken hat es sich wie folgt verhalten: Das Taschentuch hat der Django zum Schneuzen und Mundabputzen benutzt. Die Altmann Clara hat bestätigt, dass ihr Sohn am Wochenende vom 25., 26. Juli verschnupft gewesen ist, eine Sommergrippe, die die Kinder in dem Alter ja oft einmal haben. Auch der Kassenzettel war interessant, das Blut darauf war identisch mit dem Blut auf der Motorhaube vom weißen Jaguar. Polnisch im Sinne von zum Jurek Pawlizcyk passend, aber auch Blut vom Altmann Thomas, auf beidem, Motorhaube und Quittung.

Jetzt hat der Brunner eine seiner typischen Spannungspausen eingelegt. Und die Katharina hat es nicht gleich kapiert. Der Matteo noch weniger, aber er hat es ja nicht einmal verstanden wegen der hundertprozentigen Sprachbarriere zwischen ihm und dem Brunner und eigentlich ja allem, was deutsch war. Die Katharina würde es ihm später noch übersetzen, aber im Moment war da wieder das Buch mit den sieben Siegeln, da hat er sich lieber auf das Rinderfilet konzentriert. *Das* hat er nämlich gut können.

»Oiso vermutlich a Schlägerei zwischen dem Pawliczyk und dem Altmann. Irgendwo zwischen die Autos, die zum sejben Zeitpunkt am sejben Ort gwen sei miassen. Der Bua ist zu dem Zeitpunkt wahrscheinlich im Auto gesessen. Aber jetz, ganz komisch. Die zwoa Zigaretten. So a Zigrettn hat a ziemlich starke Aussagekraft.«

Wieder eine Pause.

Ob er zum Essen bleibt, der Brunner, hat der Matteo wissen wollen, und die Katharina hat ihn gefragt.

»Naa, i wuj eich ned störn, i mach eich des Ganze nur unromantisch, mit so am Oidn wia mi …«

»Ah, Josef, jetz dua ned bleed!«

»Naa, i verzoj dir des jetz no schnoj z'End, und dann habts mi los.«

»Mei, wennst ned wujst.«

»Oiso, wo war i? Ah ja, die Zigrettn …«

Der Brunner hat also jetzt erst einmal darüber referiert, was für Schadstoffe in einer Zigarette stecken: Essigsäure, Stearin, Toluol, Ammoniak, Methanol, Cadmium und lauter Gifte, bei denen sogar ein Nikotinsüchtiger sofort zum Nichtraucher wird, wenn er sich die einmal vor Augen führt. Aber den Kippen aus dem XKR war außerdem auch noch jede Menge Arsen zugesetzt, also hat der Moser Rudi aus Erfahrung und mit Sicherheit sagen können, dass es sich um Zigaretten aus polnischer Produktion gehandelt hat.

Jetzt hat sich der Brunner erlaubt, ein bisschen abzuschweifen, und hat der Katharina erzählt, dass der Hafner ihn mittags herum angerufen hat, weil er wissen wollte, wie es ihr geht, wo sie doch in der Früh in seiner Werkstatt fast umgekippt ist. Und als der Brunner ihm ausgerichtet hat: Alles bestens, sie ist daheim und in guten Händen, hat der Hafner Andreas vor Erleichterung weitererzählt. Und zwar, dass die Katharina zusammen mit ihm letzte Woche in seiner Garage einen gewissen silbernen XKR vom Altmann untersucht hat.

Die Katharina hat durchaus gemerkt, dass der Brunner ein ganz kleines bisschen angefressen war, weil sie ihm das verschwiegen gehabt hat.

Sie hat jetzt nur stumm genickt, war aber irgendwie froh, dass der Hafner das von sich aus dem Brunner erzählt hat. Das hat ihn wieder ein wenig unverdächtiger gemacht. War schon nicht blöd, der Hafner. Im Gegenteil, durchaus geschickt, der hätte genauso gut bis zum Hals in Schwierigkeiten stecken können.

»Des hättst scho verzojn derfa, wo genau du den Karrn mit dene Beweisstücke drin gfunden hast …«, hat der Brunner gemeint. Und weitererzählt: »Oiso guad. Mir sand hiegfahrn, der Moser und i, zum Tandler, habn den Karrn an Ort und Stelle aufgmacht, Fingerabdrücke in Hülle und Fülle gsichert, und außerdem no was.«

»Was?«

»Mir ham festgstojt, dass in dem Karrn außer dem Altmann Thomas und seim Buam *no* a Person gsessn is, und a Pawlizcyk war des ned. Besser gsagt, der Moser hat des durch sei Spurensicherung festgstojt. Die Hautschuppen auf der Rückbank und die, die wo auf den Zigarettenkippn waren, die sand identisch. Und in a paar Stund wissma aa, wem die ghern. An am Zigrettenfilter bleibn ojwei Hautschuppen pappen, weil der recht trocken is, außerdem Speichelreste. Oiso – wennst irgendwo dawischt werdn wujst, lass a Kippn fojn.«

Und mit diesen Worten hat sich der Brunner erhoben.

»Du, Josef, bevorst gehst – war des ojs, was in dem XKR drin war?«

»Ja, glangt dir des ned?« Der Brunner hat nur den Kopf geschüttelt.

»I moan, habts ihr die Verkleidung innen aufgmacht, da wo normalerweise Hohlräume sand, woaßt scho, für Airbags, an den Türen et cetera?«

»Naa, wiaso?«

Die Katharina hat nur müde gelächelt. »Da fahrts jetz in dersejben Besetzung no amoi hie und sagts am Hafner Andreas an scheena Gruaß vo mir, weil sei Polen-Connection hat auf jeder Jaguarfahrt jeden Hohlraum mit Schmuggelware ausgefujt.«

Jetzt war der Brunner baff. »Woher woaßt'n des scho wieder?«

»Ja, i hab doch mit Polen telefoniert – heit in der Friar, vom Hafner aus –, und der Karol Pawliczyk hat a bisse was verzojt. Oiso mehr o'deit. Und bevorst mi fragst – der Karol hat zwoa Briada, des hoaßt, wahrscheinlich nur no oan, den Wieslaw, weil der Jurek, der hat si in den Derdorfer Weiher abgsetzt. Aber ob *der* Sachverhalt dem Karol bekannt is, des woaß i ned, weil ojs ko sejbst i ned wissen.«

Da hat der Brunner gelacht und gesagt: »Dafür, dass d' heit eigentlich gar ned zum Dienst erschienen bist, hast aber vui in Erfahrung bracht. Weiter so, Kathi – aber, i bitt di – setz mi in Zukunft vo sojche Ergebnisse zeitnah in Kenntnis. A ja, und außerdem.« Er hat sie noch einmal halb streng angeschaut, weil eigentlich war er zu stolz auf sie, um streng zu sein. »Schon di a bisse. Ned, dass du auf die Idee kimmst, da heit auf d'Nacht mitzumfahrn.«

»Naa, heit nimmer«, hat die Katharina nach einem flüchtigen Blick auf den Matteo versprochen. »Solang du, Josef, mi zeitnah über des Ergebnis von eurer Suche in Kenntnis setzt.«

Da haben sie beide gelacht, und der Brunner hat hoch und heilig versprochen, dass er das tun wird, und nach dem Verabschieden hat er noch im Hinausgehen den Moser Rudi angerufen, um mit ihm ein weiteres Date beim Hafner und beim Altmann seinem XKR auszumachen.

So hat ein jeder seine Verabredungen am Montagabend, die einen finden hinter der Innenverkleidung von einem versteckten Auto Hunderte von sauber verpackten Zigarettenschachteln, die billig in Polen hergestellt worden sind, um teuer in Deutschland verkauft zu werden, und die anderen finden kaum mehr Zeit, ihr Abendessen zu essen, weil sie nicht mehr darauf warten können, da weiterzumachen, wo sie zuvor gestört worden sind, und dann geht das ausnahmsweise auch mal zwischen dem Essen auf dem Küchentisch, egal, ob die Weingläser dabei runterfallen und sie in San Pellegrino baden, romantisch war es trotzdem im Schein all der brennenden Kerzen um sie herum.

# SECHZEHN

Die Katharina hat am nächsten Morgen mit zwei Tassen Milchkaffee und einer doppelten Dosis Metamizol ihr Kopfweh dermaßen gut unter Kontrolle gebracht, dass sie sofort die Krankschreibung vom Dr. Lechner ignoriert hat.

Ein bisschen diskutiert hat sie darüber noch mit dem Matteo, der sie partout nicht gehen lassen wollte. Aber dann haben sie einen Kompromiss gemacht, nämlich den, dass der Matteo sie begleitet. Das heißt, den Kompromiss hat der Matteo ohne sie gemacht, die Katharina hätte nämlich lieber alleine weiter an ihrem Kriminalfall herumermitteln wollen. Und nicht andauernd hin und her übersetzen.

Das ganze Gerede im Ort war ihr auch schon unangenehm, und wie sie jetzt mit dem Matteo am Uniformzipfel in ihren Golf gestiegen und losgefahren ist, ein bisschen grantig und recht schweigsam, hat sie aus dem Augenwinkel den Peter gesehen, der grad den Hof überquert hat, und da hat sie auch schon wieder ein schlechtes Gewissen gekriegt, weil sie ja mit dem Peter schon vor zwei Tagen hat sprechen wollen. Der hat sie sehr gemocht und sie ihn auch irgendwie, und jetzt war sie wütend auf sich selbst, weil sie es einfach nicht auf die Reihe gekriegt hat, sein Leiden wenigstens durch ein klärendes Gespräch ein wenig zu mildern. Und was wohl die alten Allmandingers jetzt von ihr halten? Als sie beim Abbiegen nach rechts geschaut hat und ihr Blick dabei den Matteo kurz gestreift hat, da hat sie sich noch mehr über sich selbst geärgert, weil sie überhaupt an sich und ihm gezweifelt hat, wo er das Beste war, was ihr je passiert ist. Wie man's macht, ist's verkehrt.

»Du siehst süß aus in dieser Uniform«, hat er plötzlich gesagt, und eigentlich hat die Katharina gefunden, dass die deutsche Polizeiuniform so was von grauenhaft ist, dass sie ein bisschen was eingenäht hat, was natürlich verboten ist, damit sie enger sitzt, und schon war es viel besser. Aber wie er das so gesagt hat, der Matteo, und eigentlich gemeint hat, nämlich im Sinne von: *was immer du trägst, du bist für mich einfach schön*, da ist ihr das Herz übergegangen, und sie hat mitten auf der Straße angehalten, ihn angesehen, ihn geküsst, aber schon richtig, und ist dann weitergefahren.

»Oh, was war *das*?« Er war ehrlich überrascht, nachdem sie sich vorher ja praktisch gestritten hatten, zu Hause bei ihr.

»Ein Kuss?«

»Aber wie komm ich dazu?«

»Matteo, frag nicht immer. Einfach so!«

»Sei doch öfter – einfach so.«

Und er hat gelacht und sie dann auch, und der Dienstagmorgen war wieder gut.

Gut übrigens auch, weil in der Dienststelle Geschäftigkeit und Ausgelassenheit geherrscht haben, und das alles vor allem, weil der Merkl Albert Geburtstag gehabt hat, sechsunddreißig ist er geworden. Alle waren schon bei Kuchen und Kaffee und alten Polizeianekdoten angekommen, und der Brunner war durch den morgendlichen Zuckerschock dermaßen aufgedreht, dass er sich über den für die Polizei positiven Fortgang des Weiherfalles noch mehr gefreut hat als ohnehin schon. Der Präside von Mühldorf, Augen wird der machen, was sich während seiner Abwesenheit hier alles abgespielt hat und was die Weiler Polizei alles gemanagt hat! Dass der Matteo jetzt mit dabei war, hat den Brunner in dieser Laune nicht im Geringsten gestört. Seit Sonntag hat er ihn sowieso schon heimlich in die Familie aufgenommen gehabt, und weil der Lucarelli trotz seinem schicken und schönen Drumrum, Designeranzüge und handgemachte Schuhe und so, dem Brunner sein Weißbier und den Schnaps nicht verschmäht hat, hat der Italiener sich bereits den größten Respekt bei ihm verdient gehabt.

Der Brunner, der Hansi, die Anni und die Katharina haben sich im Anschluss an das Kuchenessen zusammengesetzt, der Matteo mit seiner totalen Sprachbarriere war mit dabei, und der Brunner hat von dem Zigarettenfund hinter der Verkleidung von dem XKR berichtet, Hunderte von Schachteln, zigmal verpackt, und dass der Moser die beschlagnahmten drei weiteren Jaguars und den E-Type aus dem Weiher im Laufe des Tages auch noch aufschrauben lässt. Viel werden sie zwar nicht mehr finden, das hat man jetzt schon geahnt, aber die abgenudelten Schrauben werden ihre eigene Sprache sprechen. Der Fichtner Jakob war zur Vernehmung vorgeladen, für den Nachmittag, weil man in allen Jaguars seine Fingerabdrücke gefunden hat.

Das hat der Katharina gleich dermaßen leidgetan, dass sie erzählt hat, er hat bereits ausgesagt, den Aktenvermerk hierüber wird sie nachreichen, und zwar hat der Jakob ausgesagt, dass er *allein fürs Öffnen und Verschließen der Wagenverkleidung* vom Altmann fürstlich bezahlt worden ist, aber die Schmuggelware kein einziges Mal in Augenschein genommen hat.

Die dritte Person aus dem XKR war noch nicht identifiziert, dafür hat man jetzt bundesweit nach dem Altmann gesucht, weil ein Gewaltverbrechen an ihm nicht mehr auszuschließen war.

Die Kollegen in Leśna haben inzwischen den Karol Pawliczyk vernommen, die Ergebnisse wollten sie am Nachmittag via Interpol faxen. Und auch in Polen hat man nach dem Altmann gefahndet, ebenso wie nach dem Wieslaw Pawliczyk, der auch verschwunden war.

Den Taxifahrer, der den Altmann am Mittwoch, dem 29.7. vom Tandlerhof abgeholt hat, haben sie gefunden. Das mit dem Taxifahrer war nämlich ein interessantes Detail, hat der Brunner jetzt gemeint, das der Hafner Andi ihnen gestern en passant erzählt hat, und ein bisschen böse hat er dann angemerkt, dass der Hafner das ja schon ruhig früher einmal hätte erwähnen können, weil es ja ein *wichtiges* Detail war. Da hat man wieder gemerkt, dass der Brunner und der Hafner sich nicht grün waren. Die Katharina hat auf ihre Schuhspitzen geschaut, ordentliche Schuhe, aber natürlich von der Stange, und ein bisschen ein schlechtes Gewissen gehabt, weil sie immer alles für sich behalten hat und der Hafner ihr schon vor einer Woche alle Details hübsch chronologisch, mit berichtigtem Datum und Anekdoten bestückt erzählt gehabt hat, und wenn hier jemand auch nur ansatzweise unzuverlässig war und Informationen verschwiegen hat, dann eher sie selbst als der Hafner.

Es hat eine Handvoll Taxiunternehmen in Weil gegeben, ein großes und vier selbstständige Fahrer, und der besagte Taxler war einer von den Selbstständigen. Die Katharina hat sich sofort für diese Vernehmung gemeldet, weil die die interessanteste des Nachmittags hätte werden können und weil sie somit auch nicht den vorgeladenen Jakob sehen müsste, der sicher total enttäuscht war von ihr, weil er jetzt irgendwie als ein Verdächtiger gegolten hat, wo ihm doch die Katharina was von *unter uns* versprochen gehabt hat.

Dann hat der Brunner von der tätlichen Auseinandersetzung vom Jurek Pawliczyk im Asylantenheim in Derdorf berichtet und was ihm die Mühldorfer Polizei dazu erzählt hat.

Wie sich nämlich herausgestellt hat, hat der Jurek polnische Zigaretten im Asylantenheim in Bargeld umgemünzt – anzunehmen, dass das Schmuggelware aus seinem Heimatland war und in Kombination mit den anderen Ermittlungsergebnissen vermutlich Schmuggelware vom Altmann. So eine Münzstation ist recht sicher, da zeigt dich keiner an, weil die ja alle ihre Asylanträge am Laufen haben. Ein Schwarzafrikaner namens Mbanga Mbabwe soll sich aber geweigert haben, die erhaltene Ware zu bezahlen, und das ist wohl der Grund für die Auseinandersetzung gewesen, hat der Brunner seinen Bericht abgeschlossen.

Der Hansi und die Anni sind am Montag mit vor Ort gewesen, als der Moser Rudi und die Spurensicherer aus Mühldorf das Haus vom Altmann vom Grundstein bis zum Dachfirst umgekrempelt haben.

Viel haben sie nicht gefunden, das einzig Interessante ist in einem offenen Aktenschrank drin gewesen, zwischen einer Schublade und der Rückwand verwurschtelt und verklemmt, ein kleines kariertes Blatt. Handgeschrieben, eine Art Quittung über eine nicht näher beschriebene Lieferung, die sehr knapp gehalten war, dafür aber bilingual ausgeführt, in Deutsch und in Polnisch. Datiert auf Mitte Januar vor fünf Jahren. 489 ist da gestanden, und

Schrägstrich und 733,5 insgesamt. Der Hansi hat nachgerechnet, weil wenn 733,5 eine Euroangabe war und 489 eine Mengenangabe und die Mengenangabe sich auf Zigarettenschachteln bezogen hat, dann hat der Altmann pro Schachtel 1,50 Euro bezahlt, der militante Nichtraucher, und die Polen haben dabei natürlich auch noch was verdient und praktisch null Risiko, aber der Risikospieler Altmann hat dann, egal über wen er die Zigaretten anschließend weiterverkauft hat, irgendwo zwischen 1,50 und 4 Euro Ladenpreis eine ordentliche Gewinnspanne erzielen können. Jetzt sind fünfhundert Zigarettenschachteln nicht viel, aber wenn dir eine einzige Polenreise nebenbei einen Tausender einbringt, auch nicht schlecht. Und wenn das Ganze dann noch recht unbürokratisch von einem ahnungslosen Dritten auf einem Hänger transportiert wird, dann sparst du dir sogar die Spritkosten. Und wenn du das Ganze regelmäßig mehrmals pro Monat machst, gibt das einen ordentlichen Nebenverdienst, brutto wie netto, was ja dasselbe ist bei nicht steuerlich deklarierten Nebenverdiensten.

Vermutlich hat es solche »Quittungen« ursprünglich zuhauf, vielleicht sogar ordnerweise gegeben in dem Altmann seinem Häusl. Nur, gestern ist es dermaßen leer gewesen dort und dermaßen aufgeräumt und geputzt, hat die Anni berichtet, dass dieser eine dazwischengerutschte Fetzen Papier das einzige Beweismittel in der Schmuggelsache war. Das hat der Moser Rudi gleich mit nach Mühldorf genommen. Die Spurensicherer haben dann nur noch ein paar Django-Fingerabdrücke auf den Legomodellen gefunden, sonst nichts mehr.

Die Katharina hat jetzt ganz scharf nachgedacht, was sie die Jolli heute noch alles fragt, wenn die um halb fünf zum Putzen kommt, den Termin hat sie ja gestern schon telefonisch ausgemacht gehabt, und das war, bevor die Zeitungen am Dienstagmorgen gedruckt haben, dass es sich bei der Leiche aus dem Moorweiher um einen Polen namens Jurek P. handelt. Die Katharina hat ein bisschen gehofft, dass die Jolli keine Tageszeitung liest, weil das sonst ihre Neutralität und Ehrlichkeit negativ hätte beeinflussen können.

Aber jetzt erst einmal: Augenmerk auf den Taxler richten.

Der Taxler war eine recht eine grantige Natur, nicht gerade redselig, es gibt halt solche und solche. Er war eher einer, dem man jedes Wort aus der Nase ziehen muss, um festzustellen, dass kein einziges freundlich oder begeistert klingt.

»Ha?«

»Ob Sie sich noch an die Uhrzeit erinnern können«, hat die Katharina es noch einmal auf Hochdeutsch wiederholt.

Der Taxler, Greiner Hubert hat er geheißen, hat die ganze Zeit über immer wieder zum Matteo geschaut, der ein Stück hinter der Katharina und dem Hansi gesessen ist und sich das Verhör angeschaut hat.

»Irgendein Problem?«, hat die Katharina gefragt, um endlich dem Taxler seine Aufmerksamkeit zu gewinnen.

Der hat den Kopf geschüttelt. »I hab koa Problem, *Sie*?«

»Naa, Herr Greiner, *i* hab koa Problem, aber wenn Sie ned kooperativ sand, mach i *Eana* oans!«, hat die Katharina ein wenig lauter gedroht.

»Was wojtn S' wissn?«

»Die Uhrzeit, um die Sie am Mittwoch, dem 29. Juli

beim Herrn Hafner vorgefahren sind, um den Herrn Altmann abzumholen.«

»Vormittag.«

»Kruz-« Die Katharina hat gerade noch rechtzeitig die Zähne zusammengebissen, ein paar Mal ruhig durchgeatmet und dann angemerkt: »Vormittag is koa Uhrzeit ned.«

»Uhrzeit woaß i nimmer.«

»In Ordnung, also Vormittag.«

Der Hansi hat mitgeschrieben und gleichzeitig den Kopf geschüttelt.

»Ja, hab i doch glei gsagt«, hat der Taxler trocken bestätigt.

»Also. Der Herr Altmann hat mit dem Herrn Hafner besprochen, wann er seinen Wagen wieder abholt, und dann ist er mit Ihnen nach Hause gefahren.«

Die Katharina hat auf die Uhr an der Wand geschaut, so ein rundes Ding Typ Bahnhofsuhr, wo man es immer hört, wie es klack macht, wenn der Minutenzeiger eine Minute weiterspringt. Es war jetzt schon kurz nach vier, und die Katharina war recht nervös, weil sie ja für halb fünf mit der Jolli den Termin bei sich daheim vereinbart gehabt hat.

»Naa.«

Der Taxler hat sie wieder von der Zukunft in die Gegenwart zurückgeholt.

»Was – *naa*?«

»Naa, der is ned mit zu mir hoamgfahrn.«

»Jetzad! Sie wissen genau, wiar i des moan. Sie ham eam zu *eam* hoamgfahren, freilich ned zu *Eana*!«

»Naa.«

»Was – *naa*? Herr Greiner, i hab ehrlich gsagt koan Nerv und überhaupts koa Zeit für Eana Ihre –«

»Reng S'Eana ned auf, guade Frau. I hab eam ned zu eam und ned zu mir hiegfahrn, oiso deswegen: naa.«

Die Katharina hat tief durchgeatmet, und der Hansi hat gemerkt, wenn er jetzt nicht eingreift, schafft der Taxler es, sie in den Wahnsinn zu treiben. Also hat er aufgeschaut von seinem Laptop und souffliert.

»Herr Greiner, seien S' doch bittschön so gut und verzählen S' uns einfach, wo genau Sie den Herrn Altmann hingefahren haben und wo er ausgestiegen ist, okay?« Und ganz lässig hat er sich seine störende Haarsträhne aus dem Gesicht geblasen, war schon irgendwie cool, der Hansi.

»Wo i eam hiegfahrn hab? Ja, nach Süchting, zu seiner Freindin. Ausgstiegn is er vor der Tierarztpraxis, nachdem er zojt hat, drei Euro vierzge Trinkgojd hat er ma draufgebn, und dann is er ums Haus umma und hintreganga.«

Der Hansi hat alles im O-Ton protokolliert.

Die Katharina war sprachlos. Was hat die Hohenstein gesagt vor zwei Wochen, als sie extra zum Reden abends um neun bei der Katharina im Austragshäusl aufgetaucht ist? *Sonntagabend hab ich dann angerufen, aber er ist nicht ans Handy gegangen. Ich hab es die folgenden Tage mehrfach versucht, aber Funkstille.*

Was sie nicht erzählt hat, war, dass der Altmann am Mittwoch drauf bei ihr erschienen ist, dazu braucht es ja keine Funkverbindung. Mithin war sie nun die letzte Person, die ihn vor seinem Verschwinden gesehen hat.

»Okay, Matteo, wir machen das jetzt so: Wenn ich mit der Jolli fertig bin, dann auf zur Hohenstein, du fährst, weil ich mir telefonisch den Hafner schnappe, damit der mir seine Ex-Beziehungsgeschichte mit der Tierärztin erläutert! Und dann –«

Die Katharina ist gefahren wie eine Geisteskranke, weil sie jetzt unbedingt noch ihren Putzfrauentermin einhalten wollte, bevor sie freizeitermittlerisch bei der Hohenstein auftaucht. Nicht, dass die gelogen hätte, zumindest nicht direkt, aber sie hat ja schon einen sehr wichtigen Sachverhalt verschwiegen, und deswegen war die Katharina jetzt durchaus ein bisschen sauer auf die gute Frau.

»Was, und dann?«

»Und dann darf die Hohenstein erzählen.«

»Katharina …«

»Was ist?«

»Du hast dem Brunner nichts von der Krankschreibung erzählt. Du hast dich *wieder* in deine Arbeit gestürzt, dich aufgeregt und …«

»Und?«

»Was machen deine Kopfschmerzen?«

»Da nehm ich gleich noch mal mein Metamizol und –«

»Warum lässt du das nicht die anderen machen? Zur Doktor Hohenstein fahren, sie befragen. Und deine Putzfrau können sie auch übernehmen.«

Sie ist mit dem Golf auf den Allmandinger-Hof gerauscht und hat gleitend eingeparkt, direkt neben dem 3er BMW von der Jolli, die gerade wieder einsteigen wollte.

»Später, Matteo, o.k.?« Und sie ist ausgestiegen. Der Matteo nach ihr.

»Jolli, tut mir leid«, hat sie die Putzfrau begrüßt.

Die Jolli hat die Katharina aber nur angestarrt und nichts gesagt. Und die Katharina hat auch gleich verstanden, warum.

Sie ist in der vollen beigegrünen bayerischen Polizeiuniform vor ihrer Putzfrau gestanden. Und hat gewusst, dass das jetzt wieder einer ihrer blöden Fehler war, die ihr manchmal unterlaufen. Und dann hat die Jolli den Matteo erblickt. Und Laune von Putzfrau immerhin Zwanziggradwendung.

»Ist das dein Mann?«

Die Katharina hat nur gelächelt und genickt.

»Schöner Mann.« Und die Jolli hat ihm die Hand geschüttelt.

»*Buona sera*«, hat der Matteo freundlich gesagt.

»Matteo Lucarelli, Yolanta Kovalczyka«, hat die Katharina die beiden einander vorgestellt.

»Ah, deswegen soll ich putzen, jetzt sind zwei da, macht mehr Dreck«, hat die Jolli bemerkt. Aber die Katharina noch immer heimlich aus dem Augenwinkel gemustert.

»Sozusagen. Ich zahl dir auch die verpasste Viertelstunde, komm rein, Jolli.«

Und dann sind sie alle drei ins Haus, und die Katharina hat fieberhaft überlegt, wie sie jetzt ihr Gespräch mit der Jolli einfädelt, aber die hat das Gespräch schon an sich gerissen gehabt.

»Ihr seid ein schönes Paar!«, hat sie gesagt, während sie den Staubsauger angeworfen hat, und dann lauter, weil die Katharina rot geworden ist, aber der Matteo ganz ungerührt ausgesehen hat: »Kann nicht deutsch sprechen, dein Mann?«

»Nein, leider nicht!«, hat die Katharina versucht, den Staubsauger zu übertönen.

»Meiner auch nicht. Deswegen bleibt Mann in Polen, Leśna.«

»Hast du schon erzählt, ja!«

»Was hast du gesagt?«

»Ja, ich weiß!«

»Was? Ich verstehe nicht!«

Der Matteo hat sich gebückt und den Staubsauger ausgemacht.

»*Meglio?*«

»Jolli, lass mal, magst du dich nicht hersetzen?«, hat die Katharina gefragt.

Und die Jolli hat das gleich als einen Befehl aufgefasst und sich gesetzt, auf den Stuhl, der am weitesten von der Katharina entfernt war.

Die Katharina hat erst einmal ihr Metamizol genommen, und dann sind sie alle drei am Küchentisch gesessen. Der Matteo neben der Katharina auf der Bank, da hat er ihr die Hand aufs Bein legen können, ein bisschen besitzergreifend, aber das war der Katharina jetzt grad wurscht, weil sie sich ohnehin auf was anderes konzentriert hat. Er hat es auch nur lieb gemeint, um sie spüren zu lassen, dass er bei ihr ist.

Die Jolli hat jetzt wieder angefangen.

»Ich weiß nicht, soll ich arbeiten oder nicht? Zeit ist Geld, ist deutsches Motto.«

Sie hat sich sichtlich unwohl gefühlt, so still zu sitzen war sie nicht gewohnt. Sie wollte jetzt viel lieber mit Staubsauger und Wischtuch herumwerkeln. Den Anblick von der uniformierten Polizistin hat sie auch noch nicht verdaut gehabt, das hat die Katharina schon gemerkt.

»Ich zahl die zwei Stunden, Jolli. Das ist nicht das Problem. Das Problem ist ein anderes«, hat die Katharina reichlich nüchtern gesagt.

»Was ist Problem? Ich dachte, du bist zufrieden mit mein Ergebnis. Alle sind zufrieden. Ich bin schnell und gut mit Putzen«, hat die Jolli sich prophylaktisch verteidigt.

Aber schon geahnt, dass das Wort *Problem*, wenn es eine Polizistin ausspricht, einen tieferen Sinn haben muss.

»Nein, dein Putzergebnis war eins a, das ist es nicht. Es ist das Häusl vom Altmann Thomas, das mir Sorgen bereitet.«

»Ich bin immer nur putzen dort! Hab nichts gemacht!«

»Das will ich dir gar nicht unterstellen, Jolli, aber –«

»Gut. Dann gibt kein Problem«, hat die Jolli im Aufstehen gesagt und: »Ich muss weiter, musst nicht zahlen heute.«

Jetzt ist der Matteo ebenfalls aufgestanden, ganz langsam, und hat sich lächelnd neben die Jolli gestellt, die zwei Köpfe kleiner war als er, ein bisschen zu nah ist er bei ihr gestanden, die Hände in den Hosentaschen, ganz leger, und in einem ganz gefährlich freundlichen Ton hat er gesagt: *»Ma perché non rimani ancora? Perché non ti risiedi?«*

Er hat eine Kopfbewegung zum Stuhl hin gemacht, und da hat die Jolli ihn ganz gut verstanden und sich wieder gesetzt.

»Was wollt ihr von mir? Ich anständige Frau, immer nur arbeiten.«

»Jolli, ich habe nur ein paar Fragen, und vielleicht kannst du uns durch deine Antworten helfen, den Altmann zu finden – und *ihm* zu helfen!«

Geradezu bekniet hat die Katharina sie mit diesen Worten, weil dass die Putzfrau den Altmann gemocht hat, das hat sie ja schon gewusst, und siehe da, es hat geholfen. Geholfen hat sicher auch, dass der Matteo neben dem Tisch stehen geblieben ist, da hat die Jolli gar nicht auskönnen.

»Vielleicht«, hat die Jolli genickt.

»Du hast zweimal die Woche beim Altmann geputzt?«

Nicken.

»Und auch die ganzen letzten fünf Wochen, in denen er gar nicht mehr in seinem Haus war?«

Nicken.

»War irgendjemand anderes im Haus in der Zwischenzeit?«

Achselzucken.

»Anders: Hat sich irgendwas verändert in der Zwischenzeit, zwischen zwei Putzterminen?«

»Wie verändert?«

»So, dass es einer guten und gründlichen Putzfrau auffällt.«

»Weiß nicht.«

Das ist so schnell gekommen, dass die Katharina gleich gedacht hat, im Gegenteil, weißt *schon*.

»Was heißt, *weiß nicht*?«

»Heißt: nicht solange Thomas weg ist.«

»Und vorher?«

»Weiß nicht, was du meinst, Katharina.«

Irgendwas war vorher da, und nachher war es weg, hat die Katharina vermutet, aber die Jolli hat sich ein bisschen dumm gestellt. Die Katharina hat gleich gemerkt, sie hätten da jetzt noch eine volle Stunde drum herumreden können, mit *weiß nicht, weißt schon*, *aber sage nicht*.

Dann eben weiter im Text.

»Jolli, wo arbeitet dein Mann?«

»Leśna.«

»Ja, hast du schon erwähnt, und zwar als Autoverkäufer. Aber bei welcher Firma?«

Jetzt hat die Jolli matt gelächelt, aber ein bisschen enttäuscht hat sie dabei ausgesehen, und dann hat sie gesagt: »Katharina, ich habe dir vertraut. Gut geputzt bei dir, nichts angefasst sonst. Aber du hast gelogen.«

»Wie bitte?«

»Hast gelogen, hast nicht gesagt, dass du bei Polizei bist. Hast gesagt, dein Mann ist Verkäufer. Aber dein Mann ist auch bei Polizei. Stimmt? Policja?« Und dabei hat sie den Matteo angesehen, und der Matteo hat genickt. Manche Wörter sind dermaßen international, die versteht man immer.

»Und warum Fragen? Du weißt, mein Mann verkauft Autos. In Leśna. Du weißt, Toter im Jaguar Jurek Pawliczyk. Aus Leśna. Das ist in Zeitungen gestanden, heute früh. Du weißt, Karol und Wieslaw sind Brüder von Jurek. Haben Autoverkauf, wo mein Mann arbeitet, bei Pawliczyk-Samochody. Mein Mann ist ehrlicher Mann. Schraubt Autos auf, schraubt Autos zu. Sonst nichts.«

Das polnische Pendant zum Jakob, sieh an, hat die Katharina sich gedacht. Und gesagt: »Und zu welchem Zweck er Hunderte von Zigarettenpackungen hinter der Verkleidung versteckt, war ihm nicht klar?«

»Ich sage dir Zweck. Zweck ist Verdienen von Geld. Zweck ist kranker Sohn. Mein Sohn ist sehr krank und kostet viel, Medizin und Klinik. Sieben Jahre und immer krank. Kacper. Einziges Kind von Pawel und mir. Ich putze in Deutschland, Pawel macht Autos in Leśna, macht alles für Autos, alles, was Pawliczyky sagen. Macht alles für Kacper.«

Jetzt hat die Jolli ganz feuchte Augen gehabt, und die Katharina war betroffen. Weil die Jolli nämlich auch noch ihren Geldbeutel herausgezogen und lauter Fotos hergezeigt hat, von ihrem Kacper, in allen Altersstufen, ein ganz blasser, dünner Bub war das, und ausgeschaut hat er wie die Jolli.

Die Katharina hat dem Matteo die Geschichte übersetzt,

und dann hat die Putzfrau weitergeredet, und zwar hat sie erzählt, dass sie einmal im Monat zu ihrem Sohn fährt, und dass sie am liebsten die ganze Familie nach Deutschland holen würde, aber der Pawel schon ein kleines Vorstrafenregister hat wegen einer anderen Schmuggelgeschichte, und die Therapie für den Kacper kostet in Deutschland noch mehr, und sie will kein Mitleid, gar nicht. Aber sie will, dass die Katharina versteht, dass Menschen manchmal aus Liebe Dinge machen, die sie sonst nicht machen würden. Und dass sie versteht, dass man nicht immer ehrlich sein kann, manchmal muss man lügen, wenn man zum Beispiel nicht sagt, dass man beim Zigarettenschmuggel hilft, oder wenn man zum Beispiel nicht sagt, dass man bei der Polizei ist. Ob die Katharina das denn nicht auch versteht? Alles das Gleiche: nichts sagen. Schweigen.

Und dagegen hat die Katharina gerade keinen Einwand mehr gehabt.

»Aber Jolli, kannst du mir jetzt noch sagen, was aus dem Altmann seinem Haus verschwunden ist?«

»Warum immer deine Fragen? Fünfzehn Ordner verschwunden mit Quittungen. Über fünfzehn Jahre Zigarettentransporte. Hat Thomas selbst gemacht.«

Und dann hat die Jolli erzählt, dass der Jurek mit dem silbernen XKR vom Altmann früh am Morgen des 25. Juli von Leśna nach Weil gefahren ist. Er hat seinen Brüdern einen Brief dagelassen, in dem gestanden ist, dass er aussteigt aus dem Zigarettenhandel und nicht mehr nach Polen zurückkehrt, um diese Geschäfte weiterzumachen. Der Wieslaw hat also zu seinem Mechaniker, dem Pawel Kovalczyk, gesagt, dass er jetzt mit dem Jurek ein letztes Geschäft machen wird, und dann ist er ihm hinterhergefahren. Nach Weil. Getroffen haben sie sich beim Altmann.

Der Jurek hat sich von den Argumenten seines Bruders, wie man in Zukunft ordentliche Geschäfte machen wird, nicht überzeugen lassen, also hat der Wieslaw Taten folgen lassen. Der Altmann hat noch versucht, zwischen dem Jurek und dem Wieslaw zu vermitteln, erfolglos, er hat dann selber die Argumente vom Wieslaw zu spüren bekommen. Und wie der dann eine Pistole zieht, um seinen Argumenten Nachdruck zu verleihen, gelingt es dem Jurek, mit dem E-Type zu fliehen. Der Wieslaw ist ihm mit seinem eigenen Auto hinterher. Und der Altmann hat schnell alle Ordner mit allen Quittungen in seinen XKR verfrachtet, um anschließend die Verfolgung der beiden Polen aufzunehmen. Am Derdorfer Weiher hat er sie eingeholt und gerade noch gesehen, wie der Wieslaw den Finger am Abzug seiner Pistole hat und abdrückt, aber der Jurek, der noch im E-Type gesessen ist und in die Enge getrieben war, hat Gas gegeben und ist schnurgerade in das Moorgewässer hineingefahren, eine andere Möglichkeit hat er nicht gehabt. Und der Wagen ist versunken, während der Wieslaw am Ufer gestanden ist. Und gewartet hat. Und der Thomas ist aus dem XKR ausgestiegen und hat auf den Weiher hinausgeschaut, bis die letzten Luftblasen aufgestiegen sind, aber der Jurek ist nicht mehr aufgetaucht. Und dann packt er einen Ordner nach dem anderen und schleudert sie alle in den Weiher. Und fährt wortlos davon. Und der Wieslaw starrt dem silbernen XKR hinterher.

»Und jetzt keine Beweise mehr, alles in Weiher«, hat die Jolli ihre Geschichte beendet. »Aber weißt du, Katharina, was ist wirklich schlimm?«

Die Katharina hat sich alles ganz andächtig angehört und jetzt ungläubig den Kopf geschüttelt. »Was ist wirklich schlimm?«

»Schlimm ist, dass Thomas sein Sohn mitnimmt auf Verfolgungsjagd, dass Sohn ist immer in Auto, bei Schlägerei, bei Schießerei, bei Verfolgung, und alles muss sehen!«

»Jolli, sag mal – woher weißt du das alles?«, hat die Katharina gefragt, aber sie hat die Antwort längst schon geahnt.

»Django hat mir erzählt, als ich putzen komme, Sonntagnachmittag, 26. Juli. Ist ein ganz liebes Kind, Django, und ganz schlau, merkt sich alles, aber stilles Kind, immer zwischen Mutter und Vater hin- und hergerissen, einzige Freude, wenn ich polnische Quarkknödel koche jeder zweiter Samstag und putze und vorlese und Django spielt Lego.«

»Das glaub ich nicht.«

»Kannst du glauben. Ist wahr. Django ist Kind, und Kinder sind ehrlich. Nur Erwachsene lügen.«

Jetzt hat die Katharina wieder eine kurze Zeit lang geschwiegen, um diese banale, aber wahre Philosophie zu verdauen. Und den wiederholten Vorwurf von der Jolli, dass die Katharina sie angelogen hat.

»Und warum erzählst du mir das jetzt alles plötzlich?«

»Weil ich jetzt gefangen in Haus von zwei Polizisten, und ich kann nur hoffen, dass du und dein Mann verstehen. Und weil Zeitungen schreiben über Jurek Pawliczyk Selbstmord, ist aber Mord. Und weil Thomas ist immer noch fort. Und, weil nur wenn Thomas wieder zurück ist, auch Django wiederkommt. Und Verschwinden von Thomas ist nicht wegen Zigaretten, weil Jurek und Quittungen sowieso verschwunden im Weiher, und Thomas hat kein Problem mehr, weil niemand glaubt Kind, und Kind geht nicht zu Polizei. Und ich geh auch nicht zu Polizei. Weil wenn du polnisch bist und kein gutes Deutsch sprichst, bist du Verdächtige. Und dann Job weg, Geld weg, Kacper keine Therapie mehr. Ich hab nichts getan, nur gehört. Ich putze nur und höre Kindergeschichten und mache Quarkknödel. Und jetzt sind zwei Stunden bei dir vorbei.«

Und da hat die Katharina der Jolli 20 Euro fürs Nichtputzen gegeben und gesagt, machs gut, Jolli, und wenn du was brauchst für deinen Buben … Aber die Jolli ist schon in ihren BMW gestiegen und ist vom Allmandinger-Hof gefahren, um zu ihrem nächsten Putztermin pünktlich zu erscheinen. Und außerdem wäre sie viel zu stolz gewesen, die hätte nie was angenommen für ihren Buben, wenn sie nicht eins zu eins dafür gearbeitet hätte.

Und die Katharina hat die polnisch-deutsche Geschichte dem Matteo übersetzt und dabei gemerkt, wie gut das ist fürs Erinnern, wenn man gleich immer eine Nacherzählung in einer anderen Sprache dranhängt. Und wie gut es tut, jemanden zu haben, der einem zuhört.

Und er hat nur den Kopf geschüttelt und bemerkt, dass neben all den Polen und Putzfrauen und Autoverkäufern und Tierärztinnen die bisher unbeachtete Gruppe der Kinder eine nicht insignifikante Rolle spielt in diesem Fall, in dem die Schlüsselfigur immer noch verschwunden war.

Und die Katharina hat gespürt, dass ihr irgendetwas in der Erzählung von der Jolli noch gefehlt hat, was für das Verschwinden vom Altmann auch eine nicht insignifikante Rolle spielt, aber sie ist schon wieder nicht draufgekommen. Weil wenn es fehlt, siehst du es ja nicht.

»Herr Hafner, einen schönen guten Abend!«

»Ah, die Frau Berger …«

»Ja, die Frau Berger. Herr Hafner, stör ich grad?«

»Kimmt drauf o, was Sie jetz unter stören verstengan. Sprich, in welcher Funktion Sie oruafa.«

»Wie, Funktion?«

»Ja, Polizistin oder privat.«

Die Katharina hat gelacht. »Suachan S' as Eana aus, was Eana liaber is.«

»Was is'n Eana liaber?«

Jetzt hat die Katharina einfach keine Zeit und auch nicht wirklich den Nerv gehabt für dem Hafner Andi sein kompliziertes Begrüßungszeremoniell, also lieber die Taktik: Tür ins Haus, Kopf durch die Wand, Zylinderkopf durch die Motorhaube quasi.

»Heute mal direkt, mein lieber Herr Hafner. Privat.«

»Aaaah, direkt und lieb und privat. Ja, so is's recht. So hab i's gern.«

»Ja, i scho aa, Herr Hafner.«

»Ja dann, schiaßen S' amoi los.«

»I daad gern wissen, warum Sie mir Eana Ihre Ex-Beziehung mit der Sabine von Hohenstein verschwiegen habn.«

Jetzt war der Hafner plötzlich ganz still, nur das leise Surren vom Motor vom M5 war zu hören, mehr zu spüren eigentlich bei 80 Sachen auf der Landstraße zwischen Weil und Süchting, heute ohne Opernuntermalung und Nutzfahrzeugralley. Die Klimaanlage hat die Hitze an diesem frühen ersten Septemberabend erträglich gemacht.

Und der Matteo ist gefahren wie der sanfteste aller Chauffeure. Seinen Google-Earth-Weg.

»Ja, Sie habn mi ned gfragt.«

»Herr Hafner, *bitte*! Ned scho *wieder*!«

»Es is nämlich a so, eigentlich hab i des Eana scho o'deit.«

»Wie jetz? Wie angedeutet?«

»Die Sabine is a ganz a Gschtörte.«

»Ja, aber Sie warn trotzdem vierahoib Jahr mit ihr zam!«

»Naa, des stimmt ned.«

Jetzt also wieder die Herumredespielchen. »Dann verraten S' mir bittschee die Gschicht, wia's Eana Meinung nach stimmt.«

»I hab Eana doch gsagt, des mit de Weiber, des spar i mir, kost' bloß a Gojd und bringt bloß an Stress. I hab nix meng vo ihr, und des hab i ihr gsagt. Auf a bisse a krasse Art vielleicht, aber mei. Mir warn nia zam. Da war nia aa nur des Geringste zwischen uns!«

Trotzdem hat sie ihn viereinhalb Jahre lang verfolgt, auf Schritt und Tritt, so der Hafner. Er hat nicht einmal mehr beim Edeka einkaufen können, ohne dass sie hinter irgendeinem Regal gelauert hat. Wie zufällig ist sie immer wieder vor ihm gestanden, an allen möglichen Orten, sogar einmal in einem Küstendorf in Italien in seinem Urlaub.

»Wia belastend des is, dass du nirgendswo mehr hiegeh kannst, des woaß ma nur, wemma's sejber erlebt hat! I hab scho Beklemmungen kriagt, wenn i nur irgendwo an greana V70 gseng hab ...«

Angefangen hat es vor etwa sieben Jahren, hat der Hafner erzählt. Damals hat er noch einen Kater gehabt, den Tiger, so hat er geheißen. Irgendwann haben sie ihm den Kater überfahren, was halt einmal passieren kann auf einem Autowerkstatthof, und zwar so gründlich, dass das Tier mindestens sechseinhalb seiner Katzenleben auf einen Schlag verloren hat. Aber die Sabine hat ihm den Tiger auf wundersame Weise wieder zusammengeflickt. Der Hafner hat seine Tierarztrechnung gezahlt und gemeint, damit wär es getan.

Aber sie ist immer wiedergekommen, zuerst wegen dem wiederhergestellten halben Katzenleben von dem Tiger, dann hat sie sich immer fadenscheinigere Vorwände ausgedacht und ist immer öfter aufgetaucht. Viereinhalb Jahre lang Verfolgungsterror. Aber dann hat sie aufgehört, von einem Tag auf den andern. Das war um die Zeit, wo der Tiger verschwunden ist. Plötzlich war es vorbei.

»Und zwoa Wocha spaada verzojt mir der Thomas, beim Jaguar-Abhoin bei mir am Hof, dass er jetz eine super Frau kennengelernt hat und total verliebt is. Zwoa Jahr is des her. Und mir war's recht. Weil die super Frau, des war d' Sabine. Und i hab s' losghabt.«

Ui, hat die Katharina sich gedacht. Der Hafner hat eigentlich die ganze Zeit über, wenn auch auf eine recht eine komplizierte und umschweifende Art und Weise, die Wahrheit gesagt, über den Altmann, über die Polen, und den Jakob hat er auch gebremst, und wenn man jetzt einmal davon ausgeht, dass das wieder die Wahrheit ist und die Hohenstein sich ihre eigene Realität aufgebaut hat von wegen langjährige Beziehung, dann war die Tierärztin schon ein heißer Tipp. Eine verdammt heiße Interview-Kandidatin.

»Dass die Sabine was mit dem Verschwinden vom Thomas zum Doa habn kannt, des is aber ned möglich?«, hat die Katharina sich nach der Meinung vom Hafner erkundigt.

»Des woaß i ned. Bei der is ojs möglich.«

»Danke, Herr Hafner. Des war's scho.«

»Ja, was? Des war's scho? I hab denkt, jetzt, so nach dem direkten Teil, jetz kimmt des mit liab und privat?« Dann hat er recht nett gelacht, und die Katharina auch.

Aber gesagt hat sie: »Naa, liab und privat hockt scho neben mir. Machen S' as guad, Herr Hafner. Pfiat Eana.«

»Machen S' as besser. An scheena Abend.«

Und die Katharina hat für ihren Chauffeur noch einmal die Viereinhalbjahresbeziehung zwischen der Hohenstein und dem Hafner wiederholt, während sie das Schild am Ortseingang von Süchting passiert haben.

»Was Menschen alles machen, im Namen der Liebe«, hat der Matteo ruhig bemerkt, während er gleichzeitig auf den Weg geschaut hat. »Na ja, wer weiß schon, was Liebe ist. Und jetzt soll ich zur Tierärztin fahren, nehme ich an?«

»Nein, Matteo, noch nicht. Du fährst erst einmal durch den Ort durch, und kurz nach dem Ortsende müsste es rechts den Hügel hinaufgehen, und dort steht das Altmann-Anwesen, ein gigantisch toller Gutshof, so hat es die Hohenstein beschrieben. Und wenn wir Glück haben, ist der Django um acht Uhr abends noch wach, und die Clara lässt uns rein.«

# SIEBZEHN

Manchmal hat man Glück im Unglück, und manchmal ist es andersrum.

Diesmal haben die Katharina Berger und der Matteo Lucarelli definitiv Glück gehabt. Das ewige Mädchen, die wasserstoffblonde Clara Altmann, hat ihnen die Tür geöffnet, und weil auch sie aus der Zeitung erfahren hat, dass der Typ am Steuer vom Thomas seinem E-Type nicht der Thomas gewesen ist, ist sie so wahnsinns erleichtert gewesen, dass sie einen ganz einen guten Tag gehabt hat. Und wie sie jetzt am Abend die Tür geöffnet hat, wo es noch so schön und warm war, und über den grünen Hügel und ihren Gutshof so ein fantastisches letztes Herbstlicht gestrahlt hat, da hat auch sie richtiggehend gestrahlt. Gut hat sie ausgesehen, offene Haare, nicht diese Girlie-Flechtzöpfe links und rechts wie neulich, Jeans, ein ganz ein profanes weißes Top und Ledersandalen mit Strassteinchen hat sie angehabt, und wären im Flur hinter ihr nicht Kunstwerke über Kunstwerke gestanden und gehangen, ein riesiger Flur in einem riesigen Haus, das riesig nach Vermögen ausgesehen hat, sie hätte als eine ganz eine normale, durchschnittliche Person durchgehen können, die einfach froh und glücklich ist.

Gefreut hat sie sich über der Katharina ihren Besuch, und auch über den italienischen Ehemann, den die Katharina dabeigehabt hat, ein hochgewachsener höflicher Typ, der sie optisch ein bisschen an ihren Ex erinnert hat, und der sie sehr nett begrüßt hat mit einem sehr schönen Italienisch.

Der Haushund hat die Besucher nur neugierig beschnüffelt, ein schöner Dalmatiner war das, gastfreundlich auch er, also kein Bellen, kein Winseln, gar nichts, nur das Scharren der Hundepfoten auf dem sandfarbenen Travertinboden und dann ein treues Hinterhertrotten in die Wohnküche.

Kein Problem, dass die beiden sich ein bisschen mit dem Django unterhalten wollen, hat die Clara gemeint, nachdem die Katharina und ihr Italiener gerne ein Glas Prosecco angenommen haben.

Das deutsch-italienische Polizistenpärchen war leicht und elegant gekleidet, nichts mit Uniform, was den Buben hätte beunruhigen können.

Dann hat die Clara sie zum Django ins Zimmer hinaufgeführt, wobei: Zimmer war untertrieben, das war ein Spielzeugsaal, alles Ton in Ton in Weiß und Cremefarben, französische Balkone, leichte Gardinen, durch die der Wind gestrichen ist, und ins Zimmer sind die letzten Abendsonnenstrahlen hereingefallen, und der Django ist auf dem Bauch gelegen, auf dem Boden, mitten in einer Riesenlandschaft aus Playmobilritterburgen und Gummidinosauriern und zu Berglandschaften aufgetürmten Bettdecken und Kissen, und hat Kanonengeräusche von sich gegeben und mit seinen Rittern und Dinos geredet, dialogische Monologe, *ich fress dich auf, du blöder Ritter! Bumm! Ich schieß dich ab du böses Monster! Bumm! Beng! Wegflieg! Totsei!*, und die Dinos durch den Raum geworfen.

»Djangomio, Schatzi, ich hab Besuch für dich, zwei ganz nette liebe Freunde, die sind bei der Polizei und möchten mit dir über den Papi reden.«

Die Katharina hätte das Ganze zwar lieber ein bisschen diskreter eingefädelt beim Django, weil sie gefunden hat, dass man einen Fünfjährigen ja nicht gleich überfallen muss, aber die Clara hat das schon irgendwie richtig gemacht, die hat nämlich genau gewusst, dass sie mit dem Wort Polizei beim Django höchste Aufmerksamkeit erregen kann.

Der Django hat sich auch sofort hingesetzt und war ganz still und aufmerksam, und die Clara hat ihn mit den beiden Besuchern alleine gelassen, darum hat die Katharina sie gebeten.

Dann hat der Django von der Katharina zum Matteo geschaut und wieder zurück zur Katharina, und er ist dagesessen in seinem verdreckten Hilfiger-Poloshirt und in Unterhosen, weißblonde halblange Haare, tiefdunkle große Augen, Stupsnase, volle Lippen, ein sehr, sehr feines und hübsches Gesicht.

Der Matteo ist vor ihm in die Knie gegangen und hat *ciao* gesagt und ihm die Hand hingestreckt. Und der Django hat ihm ganz artig seine ungewaschene Bubenhand gereicht und auch *Tschau* gesagt.

»Matteo Lucarelli.«

Der Django hat ganz kurz noch einmal zur Katharina hingeblickt, vielleicht, um sich zu vergewissern, ob er alles richtig macht, und gesagt: »Django Altmann. Bist du in echt ein Polizist?«

»Ja«, hat die Katharina lächelnd für den Matteo geantwortet und sich neben die beiden auf den Boden gesetzt. »Aber er ist ein italienischer Polizist, und er spricht kein Deutsch, und ich glaube auch, er versteht dich nicht so gut, Django.«

»Und du? Wie heißt du?«

»Entschuldige, du hast recht, war ein bisschen unhöflich von mir. Katharina Berger.« Und wieder hat der Django artig seine Hand gegeben.

»Ich möchte mich gerne ein wenig mit dir unterhalten, Django.«

»Über den Papi«, hat der Django altklug ergänzt.

»Ja, über deinen Papi auch.«

»Wenn dein italienischer Polizist da, der Luca Relli, nichts versteht, dann darf er inzwischen mit meinen Dinos spielen, wenn er möchte«, hat der Django ein bisschen gönnerhaft gesagt, und die Katharina hat es dem Matteo wortwörtlich übersetzt, und der hat daraufhin ganz laut gelacht, aber nett, und da hat der Django mitgelacht. Ein ganz ein helles unbeschwertes Lachen hat der Django gehabt, und sehr hübsch hat er ausgesehen mit diesem Lachen. Ist immer wichtig bei Kindern, dass du sie zum Mitlachen bewegst, dann hast du ihr Vertrauen, und Vertrauen von Kindern ist das A und O, wenn sie dir was erzählen sollen.

»Der Papi ist verschwunden.« Ganz ernst hat der Bub jetzt wieder geschaut. Der Matteo hat mit prüfendem Blick einen Dino in die Hand genommen und untersucht.

»Das weiß ich, Django. Und ich möchte ihn gerne wiederfinden, denn das ist mein Job.«

»Bist du gut in deinem Job?«

»Das hoffe ich doch. Aber. Weißt du, Django, ich bin eigentlich immer nur so gut, wie meine Zeugen es sind, also diejenigen, die mir helfen, wenn ich einen Fall aufklären muss. Du weißt, was ein Zeuge ist?«

»Einer, der was beobachtet hat.« Besser und knapper hätten auch Brockhaus-online und Wikipedia zusammen es nicht erklären können.

»Sehr gut.« Da war die Katharina jetzt fast ein bisschen stolz auf den Django, dass er das in seinem Alter weiß. »Und wenn ein Zeuge von der Polizei gefragt wird, was er beobachtet hat, was macht der Zeuge dann?«

»Er erzählt es.«

»Und zwar ganz genau das, was er gesehen hat, und er lässt nichts aus, und er erfindet nichts dazu, das ist sehr wichtig. Verstehst du das, Django?«

»Ja natürlich. Man darf nicht lügen.«

»Ganz genau. Und Angst muss ein Zeuge keine haben, weil die Polizei ihm verspricht – und die Polizei hält sich immer an ihre Versprechen –, also die Polizei verspricht dem Zeugen, dass sie auf ihn aufpasst.«

Der Django hat genickt, die Katharina übersetzt.

Und dann haben sie und der Matteo den Django ganz freundlich angeschaut, auf Augenhöhe, und der Django hat von sich aus erzählt, und zwar ganz genau das, was er gesehen hat, und er hat nichts ausgelassen und nichts dazuerfunden.

»Als ich das letzte Mal beim Papi war, also am Samstag, aber das Datum weiß ich nicht mehr, das ist schon lange her, da ist der Jurek gekommen, wo wir grade mit dem Essen fertig waren. Der Papi hat den Pizzablitz angerufen, weil Pizza ist mein Lieblingsessen und beim Papi krieg ich immer mein Lieblingsessen, und bei der Mami immer vegetarisches Gemüse. Und der Jurek hat dem Papi das silbere Auto gebracht und ihm gesagt, dass er jetzt aufhört mit den Zigaretten, und der Papi wollte wissen warum, aber der Jurek hat gesagt, so halt. Und der Jurek hat mir ganz viele Schokowaffeln mitgebracht aus Polen, die mit der Vanillecreme drinnen, weil ich die so gern mag, also es waren sieben oder acht oder zehn. Dafür hat er meine restliche

Pizza gekriegt, also Pizza mit Parmaschinken und Rucola drauf. Und dann ist der Wieslaw gekommen, das ist dem Jurek sein Bruder, den mag ich gar nicht, der schaut schon so böse aus, und der ist auch böse, der schimpft immer und redet immer nur wie so ein Bestimmerer.

Wir wollten dann eigentlich an den Chiemsee fahren, weil wir segeln wollten, und der Papi hat gesagt, ich soll schon mal reingehen ins Auto, und das hab ich dann gemacht, also in das silbere, das ist nämlich unser Segelauto, und ich darf immer vorne sitzen. Und als der Papi und der Jurek und der Wieslaw dann rausgekommen sind, da haben sie gestritten, und der Wieslaw hat gesagt, nix da, Jurek, du steigst nicht aus, aber der Jurek war überhaupt nirgendwo eingestiegen, sondern die sind vor den Autos gestanden vor der Garage, also vor dem silberen und dem weißen Jaguar und vor dem Wieslaw seinem Auto, das ist blau, aber die Marke weiß ich jetzt gerade nicht. Und der alte dunkelgrüne Jaguar ist vor der Auffahrt gestanden, den hat der Papi in die Garage fahren wollen, was dann nicht gegangen ist, weil schon so viele Autos dagestanden sind. Und dann hat der Wieslaw den Jurek gehauen, so zack mit der Faust ins Gesicht, und der Jurek ist auf den weißen Jaguar gefallen und der Papi wollte ihm helfen und der Wieslaw hat den Papi dann auch gehauen, und es kann sein, dass ich da geweint habe, aber ganz leise, damit der mich nicht auch noch haut. Also, ich war ganz still und brav. Und dann ist der Jurek abgehauen mit dem grünen Jaguar, weil da ja noch dem Papi sein Schlüssel dringesteckt ist, und der Wieslaw ist hinterhergefahren, und der Papi ist ins Haus rein und hat die ganzen Ordner aus seinem Büro geholt und hinten auf den Rücksitz getan, und das waren fünfzehn, weil das ist genau so viel, wie weit ich zählen kann, und er ist hinter dem Wieslaw hergefahren, ganz schnell, und das Blut ist aus seiner Nase gelaufen, aber er hat gesagt, es geht schon, nur ein bisschen Nasenbluten. Und am Weiher, wo wir auch schon mal baden waren, der Papi und ich, aber ich mag den Weiher nicht, weil da immer so viele Bremsen sind, da hat der Wieslaw den Jurek eingeholt und der Papi alle beide, und da war der Weg versperrt, und der Wieslaw ist ausgestiegen und hat dem Jurek eine Pistole durchs Fenster hingehalten, also ich glaube, die war echt echt, und der Jurek hat versucht, nach hinten zu fahren, und der Wieslaw hat hinter ihm hergeschossen. Aber getroffen hat er nicht. Und weil der Jurek hinten an dem Parkplatz nicht rauskonnte, weil da waren Bäume, ist er mit Vollgas nach vorne gefahren, aber das Auto ist plötzlich geflogen, und dann ist es untergegangen, mitten im Weiher.

Der Wieslaw ist dagestanden und hat zugeschaut, und der Papi hat ein bisschen überlegt und gar nichts gesagt, dann ist er ausgestiegen und hat die ganzen Ordner in den Weiher geschmissen, und dann sind wir an den Chiemsee gefahren, der Papi, die Sabine und ich.«

»Was?« Jetzt war die Katharina sich nicht sicher, ob sie sich nicht verhört hat.

»Dann sind wir an den Chiemsee gefahren, der Papi, die Sabine und ich«, hat der Django seine Schlussworte artig wiederholt.

»Die Sabine war auch dabei?«, hat die Katharina noch einmal ungläubig nachgefragt.

»Ja, zuerst beim Pizzaessen und dann ist sie mit mir ins Auto gestiegen, aber ich darf immer vorne sitzen und die Sabine ist hinten gesessen. Und das war alles ganz in echt so.«

Die Katharina hat dem Django über sein feines weißblondes Haar gestrichen und sich erhoben, wobei ihr ganz kurz schwindlig geworden ist, aber dann ist es schon wieder gegangen, weil jetzt sind ihre Gedanken gerast, denn jetzt hat sie ja gewusst, wer die dritte Person gewesen ist in dem XKR und von wem die Hautschuppen an ihrer Beweiskippe gestammt haben. Und was ihr bei der Jolli ihrer Erzählung gefehlt hat.

»Du bist ein sehr guter Beobachter, Django, und das, was du eben erzählt hast, das hat mir sehr geholfen.«

Ganz groß ist sich der Django vorgekommen, und weil der Matteo sich auch erhoben hat, ist der Django ebenfalls aufgestanden, aber trotzdem war er jetzt weit entfernt von Augenhöhe.

»Aber du darfst nichts weitererzählen.«

Die Katharina hat ihn angelächelt, weil er so ernst geschaut hat.

»Darf ich es dem Lucarelli erzählen?«

Der Django hat kurz überlegt. Und den Matteo angeschaut und dann wieder die Katharina.

»Okay. Er kann es ja eh nicht weitererzählen, weil er kein Deutsch kann.«

Da hat die Katharina gelacht und sich vom Django verabschiedet, der ihr noch einmal seine dreckige kleine Kinderhand gegeben hat, und dem Luca Relli auch. Und als sie und der Matteo die Treppe runtergegangen sind, da hat der Django noch einmal hinterhergerufen, und sie hat sich umgedreht und er hat einen recht zerspielten Gummidinosaurier hochgehalten.

»Wenn du meinen Papi wiederfindest, dann schenk ich dir meinen besten Dino, und der ist der Beste, auch wenn ein Bein ab ist!«

Und da hat die Hohenstein ausnahmsweise recht gehabt und die Clara auch. Der Django hat wirklich an seinem Vater gehangen. Aber die Sabine war ihm dermaßen unwichtig, dass er sie erst ganz am Ende beiläufig erwähnt hat.

Ganz langsam ist der Matteo den Hügel nach Süchting wieder hinuntergerollt, während ihm die Katharina alles über die Aussage vom Django berichtet hat, inklusive der versprochenen Belohnung in Form eines Gummidinos.

»Hast du gut gemacht, mit dem Kleinen, die Befragung«, hat er dann gesagt. »Ich hab euch beobachtet.« Und so wie er das gesagt hat, hat die Katharina gespürt, dass jetzt gleich irgendein Kinderthema im Raum stehen könnte, und das wollte sie auf keinen Fall. Also hat sie sofort umgeschwenkt, ohne darauf einzugehen.

»Matteo, ich denke, es ist an der Zeit, zur Tierärztin zu fahren.«

»*Ogni tuo desiderio è un ordine.*«

Und der dunkle BMW mit dem italienischen Kennzeichen ist leise durch das nächtliche Süchting mit seinen alten Höfen und neuen Doppelhaushälften geschnurrt, vorbei an der kleinen Kirche, die Hauptstraße entlang und bis ans andere Ende des Ortes.

Der Matteo hat den auffälligen M5 zweihundert Meter hinter der Auffahrt zur Tierarztpraxis von der Frau Dr. von Hohenstein geparkt, hinter halbwilden Hecken versteckt, am Straßenrand. Und das Licht gelöscht.

»Was willst du jetzt tun, Katharina?«

»Ich besuche die gute Frau Tierärztin und stelle ihr ein paar Fragen.«

»Deine – eure – Hauptverdächtige? Willst du nicht erst

mal deinen Chef anrufen? Worauf bist du aus? Und was ist, wenn sie nicht alleine ist?«

»Ich vermute einfach mal, dass sie ganz normal einen Feierabendwein auf ihrer Terrasse trinkt, eine Schachtel Zigaretten vor sich, und in absoluter Ruhe und Zufriedenheit ihren Tag ausklingen lässt. Und in dieser Situation möchte ich sie – überraschen, ja. Ich möchte, dass sie von sich aus erzählt. Und mir die unstimmigen Punkte erläutert. Du wartest bitte hier so lange, und ich geh zu ihr – alleine, eine nette Unterhaltung zwischen zwei Frauen.«

»Nein. Das machst du jetzt nicht. Nicht im Alleingang.«

»Mein Gott, Matteo, ich will sie überraschen, nicht überfallen! Soll ich jetzt das ganze Ermittlungsteam durchrufen? Bis ich alle informiert habe –«

»Ja? Warum auch nicht? Bis dahin sitzt sie auf ihrer Terrasse und lässt in absoluter Ruhe und Zufriedenheit ihren Tag ausklingen.«

»Herrgott noch mal! Ich mache hier keine Verhaftung, ich will sie nur aushorchen! Und *falls* etwas Unvorhergesehenes passiert – ich bin ja bewaffnet, keine Angst, ich meine, falls sie plant, mich mit ihren Taekwondo-Tricks anzugreifen. Ha, ha, ha. Aber bis dahin: *in dubio pro reo*, im Zweifel für den Angeklagten, ich will nur mit ihr sprechen, ich gehe nicht davon aus, dass sie mir deswegen gleich Gewalt antut. Ich kann ihr sowieso nichts nachweisen, weder, wo sie war zur fragwürdigen Zeit, noch, was sie gewusst hat von all den Machenschaften. Wir haben nichts gegen sie in der Hand. Wir haben nur die Aussage eines Fünfjährigen!«

»Eines glaubwürdigen kleinen Kerls, der gut aufgepasst und gut beobachtet hat. Das ist doch das, was du glaubst,

Katharina, und was du selbst gesagt hast. Und wir haben die Aussage des Taxifahrers. Und außerdem das, was der Herr Hafner über die Tierärztin erzählt hat.«

»Ja, aber wir wissen nicht, wem wir glauben können. Dem Hafner? Der Hohenstein? Da steht doch Aussage gegen Aussage. Ein jeder hat seine eigene Realität!«

»Katharina, mach mich nicht wahnsinnig! Widersprich mir nicht ständig, und widersprich nicht dir selbst. Bitte! Katharina. Sieh mich an.«

»Ja? Was ist?« Sie hat genervt zu ihm hinübergeblickt. Nur der schwache Schein einer Laterne hat von der anderen Straßenseite her ein wenig Licht in das Innere des BMW geworfen.

»Was glaubst du? War sie es, die ihn hat verschwinden lassen? Glaubst du das?« Er hat keine Miene verzogen.

»Ja.« Sie hat ihn mit ihrem sturen Gesichtsausdruck angeschaut, mit dieser feinen Falte zwischen den Augenbrauen.

»Und wem gehört der zweite Volvo in der Auffahrt?«

»Welcher?«

»Da stand ein dunkler XC90 neben ihrem V70.«

»Vermutlich ihr – Zweitwagen?«

»*Cara Commissaria*, verlassen Sie sich jetzt auf Ihre Vermutungen?«

Er hat sie angelächelt, was in diesem fahlen Straßenlampenlicht ein wenig herablassend ausgesehen hat. Meine Güte, manchmal hat er schon ganz schön arrogant wirken können.

»Nein. Auf die von dir so hübsch erwähnten Zeugenaussagen.« Und sie hat auch arrogant wirken können.

»Dann mach mal weiter und befrage den Zeugen, der *neben* dir sitzt.«

Die Katharina hat ihn angelächelt und es gar nicht so unehrlich gemeint. Manchmal war er schon ganz süß, aber leider oft in sehr ungünstigen Momenten.

»Matteo, komm, lass jetzt deine Spielchen. Ein anderes Mal, in Ordnung?«

»Der Zeuge neben dir könnte dir nämlich sagen, wem dieser Wagen gehört.« Er hat sich nicht beirren lassen, der Matteo.

»Ach ja? Spann mich auf die Folter, damit recht schön viel Zeit vergeht. Was willst du mir sagen, *mio caro testimone*?«

»Lass es mich so erklären. Ihr habt hier ja diese seltsamen Kennzeichen, mit den Punkten drauf ...«

»Das sind die Tüpferlfahrer. Ich bin auch so einer. Sie sagen, wenn ein Tüpferlfahrer vor einem fährt, dann muss man mit *allem* rechnen – vor allem mit einem beschissenen Autofahrer – und das alles wegen eines Nummernschildes mit einem Umlaut. Vorurteile.«

»Ja, aber es sind verschiedene Vokale, und ich hab angefangen, mir die Punktkennzeichen zu merken, und der V70 hat AÖ und der XC90 MÜ.«

»Matteo, das heißt, sie sind beide woanders gemeldet«, hat die Katharina geseufzt.

»Ja, das weiß ich, Katharina. Ich weiß, dass der Besitzer nicht hier wohnt, denn hier ist AÖ. Ich weiß auch, *wo* der Besitzer wohnt – *und du bleibst jetzt noch hier sitzen*!«

Sie hat die Hand schon am Türgriff gehabt, bereit, um auszusteigen und sich in ihre Mission zu stürzen.

»Frag mich, Katharina.«

»Was? Ob du mich küsst zum Abschied, falls ich hier nicht wieder heil herauskomme?«

»Unsinn. Wem der Wagen gehört.«

Er hat sie ganz ernst angesehen. Und die Katharina hat ihm den Gefallen getan und ihn gefragt.

»Okay. Wem gehört der Wagen?«

»Er gehört dem Dr. Lechner, dem Allgemeinarzt aus Weil, ich hab mir den Wagen und das Nummernschild gemerkt, als er nach dem Hausbesuch bei dir in sein Auto gestiegen und wieder gefahren ist.«

»Oh.« Jetzt war die Katharina für einen Moment lang ehrlich verblüfft. »Was macht der Herr Doktor abends um zehn bei der Tierärztin?«

»Dass sein Wagen da steht, kann *nichts* bedeuten – und *alles*. Aber es heißt, Katharina, dass sie vermutlich nicht alleine ist, und dass du unter Umständen in eine seltsame Situation hineinplatzt.«

Die Katharina hat einen Augenblick lang nachgedacht und schließlich entgegnet: »Weißt du, ich habe schon seltsamere Situationen erlebt. Und *über*lebt.« Und den Matteo wieder lieb angelächelt, mit einem leicht überheblichen Ausdruck im Gesicht.

Der Matteo hat kurz Luft geholt, als ob er etwas entgegnen hätte wollen. Hat es dann aber bleiben lassen. Aber die Katharina ist schon die ganze Zeit entschlossen gewesen, und sie ist so schnell ausgestiegen, dass er gar nicht reagieren hat können.

»Herrgott, Katharina, komm zurück!«, hat der Matteo ihr hinterhergerufen, nachdem sie es jetzt umso eiliger gehabt hat, aus dem Wagen zu kommen. Aber sie war schon um die Hecke verschwunden, in Richtung Tierarztpraxis, und hat es nicht mehr gehört. Außerdem hätte sie es sowieso ignoriert. Weil die Tierärztin jetzt immer interessanter geworden ist, von Zeugenaussage zu Zeugenaussage quasi.

Bis auf den schwachen Schein einer Straßenlaterne ist es nun stockdunkel gewesen, zehn Uhr abends, und der Matteo hat gehofft, dass es nicht zu spät ist, um den Brunner anzurufen, aber in einem Notfall ist es für zwei Polizisten nie zu spät. Und deswegen hat er jetzt sein iPhone herausgezogen, dem Brunner seine Nummer gewählt, ihn tatsächlich gleich erreicht und ihm auf Englisch eine etwas wirre, schnelle, geflüsterte Zusammenfassung gegeben davon, wo *er* jetzt war, wo die *Katharina* war und was sie beide nach Süchting geführt hat.

Der Brunner hat es nicht gleich kapiert, aber dann trotzdem versprochen, dass er Verstärkung holt und so schnell wie möglich kommt, und er, der Lucarelli, soll bitte möglichst da bleiben, wo er ist, und auf ihn warten. Und wenn die Kathi sowieso ihre Waffe dabeihat, hat der Brunner noch hinterhergeschoben, dann kommt sie schon zurecht, auch wenn die Verstärkung etwas braucht.

Und dann ist der Matteo in seinem Wagen gesessen, hat leise Musik gehört und nachgedacht.

Hat auf die Hecke geschaut, das war eine aus wilden Sträuchern, also nicht so vorgartentypisch. Trotzdem blickdicht. Und dann auf die Straßenlaterne, mit diesem gespenstischen Licht, fahl, wie Nebel. Auf einen lichter werdenden Baum auf der anderen Straßenseite. Und er hat überlegt, dass der Herbst in Italien viel weniger herbstlich ist, da gibt es eigentlich nur Sommer und Winter, heiß oder Regen. Und ganz selten Schnee. Was aber dann schon eine kleine Sensation ist.

Und er hat auf sein Cockpit geschaut, das schwach weiß und rot geleuchtet hat, und auf das iPhone in seiner Hand. Hat noch ein bisschen über die Zeugenaussage vom Django nachgedacht.

Darüber, dass ein jeder seine eigene Realität hat. Und über *seine* Realität, und die war hier, in diesem Moment. Und der Katharina ihre Realität, und in *ihrer* Realität hat sie andauernd versucht, jemanden zu retten, und ist dabei nie bei sich gewesen. Bei sich ist sie gewesen, wenn sie bei ihm war, aber warum hat ihr Leben nicht einfach ruhig und schön und normal sein können? Und die CD ist zu Ende gewesen, er hat sie ausgeworfen und sorgsam in die Hülle zurückgesteckt, weil eine Scheibe mit einem Kratzer und einem akustischen Fehler kann eine ganze Oper verderben.

Und dann ist sein Blick an etwas hängen geblieben, das da nicht hätte liegen sollen, wo es jetzt gelegen ist.

*Das kann doch nicht wahr sein.*

Eine Heckler & Koch P7, der Katharina ihre Dienstwaffe, auf dem Beifahrersitz von seinem M5.

Er hat kurz geprüft, ob sie geladen ist und wie sie in seiner Hand liegt, und dann hat er sie ganz langsam und vorsichtig eingesteckt, in die rechte Innentasche seines Sakkos. Und ist ausgestiegen.

# ACHTZEHN

»Frau von Hohenstein, entschuldigen Sie bitte mein unangekündigtes Erscheinen – und die späte Störung – aber ich war eben in der Gegend …«

»Ja?« Die Hohenstein ist in der Haustür gestanden und hat die Katharina ziemlich ausdruckslos angesehen. Dreimal hat die Katharina geklingelt gehabt, und mindestens drei, vier Minuten gewartet.

»Ja, und da ich weiß, dass Sie ohnehin lieber im privaten Umfeld reden als in einer Polizeidienststelle … Sie haben sicher die heutigen Tageszeitungen gelesen.«

»Ja. Weshalb?«

»Man hat die Identität des E-Type-Fahrers aus dem Weiher bestätigt.«

»Hab ich gelesen, irgend so ein Pole, ja.«

Und jetzt hat die Hohenstein versucht, irgendeine Reaktion auf der Katharina ihrem Gesicht abzulesen, aber nichts. Die Katharina ist ganz ungerührt geblieben, aber im Stillen hat sie sich gedacht, *irgend so ein Pole* ist eine interessante Bezeichnung für jemanden, den man einigermaßen gekannt haben dürfte, wenn man neulich am gleichen Pizza-Abendessenstisch zusammengesessen ist, beim Freund daheim, der ein enger Geschäftspartner von dem Polen gewesen ist.

»Darf ich reinkommen? Oder störe ich?«, hat die Katharina dann gefragt.

Die Tierärztin hat halb gelächelt. »Aber nein, wo denken Sie hin? Treten Sie ein.« Und hat Platz gemacht, und die Katharina ist in den Flur getreten, und sie ist der Tierärztin zuerst in die Küche hinein und dann auf die Terrasse hinaus gefolgt. Die Hohenstein hat der Katharina ein Glas aus der Küche mitgenommen. Jetzt hat die Katharina erwartet, dass da der Dr. Lechner auf der Terrasse sitzt, aber Fehlanzeige.

Trotzdem sind ein paar Gläser herumgestanden, mehr, als man alleine braucht, aber vielleicht hat die Tierärztin einfach nicht aufgeräumt gehabt. Passiert, wenn man unverhofft Besuch bekommt.

Die Hohenstein hat der Katharina einen Prosecco eingeschenkt und ihr eigenes Glas neu gefüllt, der Katharina einen Platz angeboten, sich gesetzt und sich eine Zigarette angesteckt. Die Katharina hat alles mit geschärften Sinnen beobachtet und sich eingebildet, dass die Hände von der Tierärztin ein wenig zittern. Aber man sieht viel, wenn man jemanden ernsthaft verdächtigt.

»Ich nehme an, Sie haben wieder ein paar Ihrer interessanten Fragen parat?«, hat die Hauptverdächtige jetzt mit einer rhetorischen Frage angefangen.

»Möglich«, hat die Katharina geantwortet und ohne Pause hinzugesetzt: »Jetzt hab ich schon gedacht, Sie hätten Besuch, weil da ein zweiter Volvo vor Ihrem Haus steht.« Gleich richtig loslegen. Ohne den Anflug von Unsicherheit oder Angst. Der Guten zeigen, wer hier die Zügel in der Hand hat. Wer hier den Ton angibt. Seit *irgend so ein Pole* hat die Katharina gewusst, dass heute Lügenmärchenstunde angesagt ist bei der Hohenstein.

Aber im Moment war ihr anscheinend nicht richtig nach lügen zumute, mehr so nach ignorieren.

»Was möchten Sie denn noch so wissen, Dienstagabend um zehn?«

»Also, Frau von Hohenstein …« Sie haben beide über den Teich hinweg und über die weitläufige Wiese und die Baumwipfel in den Sternenhimmel geschaut. Ein wirklich wunderschöner klarer Herbsthimmel und noch immer spätsommerlich lau. »Ich hab mir vom Andreas Hafner die Geschichte Ihrer Beziehung erzählen lassen.«

»Ach?«

»Ja, und er hat sie ein klein wenig anders erzählt als Sie.«

Die Tierärztin hat ein bisschen gezögert und dann mit so einem verbissenen und gleichzeitig arroganten Ausdruck boshaft gesagt: »Typisch Andi.«

Und dann hat sie vor sich hin gelächelt, als würde sie in alten Erinnerungen schwelgen. Die Katharina hat immer wieder Seitenblicke auf die Hohenstein geworfen, die zwei Stühle entfernt gesessen ist, und zwischendurch ihren Prosecco getrunken. Es ist dunkel gewesen auf der Terrasse und im Garten noch dunkler, nur die Beleuchtung vom Wohnzimmer hat durch die raumhohe Verglasung geschienen. Eigentlich ein schönes Licht, ganz lange Schatten haben die Möbel und die Pflanzen auf der Terrasse geworfen, den leichten Abhang vor der Terrasse hinunter, bis die Schatten vom Dunkel der Nacht verschluckt worden sind, irgendwo jenseits der Bäume am Ende vom Grundstück, wo längst der Wald angefangen hat.

»Also um genau zu sein, er hat gesagt, es habe gar keine Beziehung gegeben. Sie hätten sich das mehr oder weniger eingebildet und ihn über Jahre hin verfolgt, obwohl er Ihnen unmissverständlich gesagt habe, er sei nicht interessiert.«

»Der Mann hat keine Ahnung!«, hat die Hohenstein sich jetzt ein bisschen aufgeregt. »Ich meine, während unserer ganzen Beziehung hat er, hat er – er ist einfach nicht beziehungsfähig.«

Diese Antwort hat so gar nicht nach der sonst so gefassten Frau Doktor geklungen, irgendwas hat sie total nervös gemacht.

»Seine Einstellung zum Thema Frauen ist mir hinlänglich bekannt, Frau von Hohenstein, lassen wir es dabei bewenden. Ich kann mir durchaus vorstellen, wie schmerzhaft es für Sie gewesen ist, von ihm abgewiesen zu werden.«

»Ach, das hat er behauptet?«

»Sinngemäß. Aber ich möchte Sie eigentlich auch nicht unnötig aufregen mit alten Geschichten, weil mich mehr so die zeitnahe Vergangenheit interessiert. Zum Beispiel der 29. Juli, das war ein Mittwoch, wie Sie vielleicht noch wissen. Der Taxifahrer, der an diesem Tag Herrn Altmann von Herrn Hafners Autohof abgeholt hat, nachdem Herr Altmann den weißen Jaguar dort zur Reparatur abgegeben hatte, hat erzählt, er habe Thomas Altmann zu Ihnen hier nach Süchting gefahren. Volle drei Tage, nachdem Ihrer Aussage nach *Funkstille* gewesen ist zwischen ihm und Ihnen.«

Wieder hat die Tierärztin gezögert, sich eine neue Zigarette angesteckt, und diesmal war das Zittern nicht zu übersehen. Sie ist tatsächlich furchtbar nervös gewesen, aber die Katharina hat gar nicht verstanden, wie diese paar Fragen das ausrichten können bei dieser ansonsten selbstsicheren und gefassten Person.

Und jetzt hat die Hohenstein auch gleich wieder so geklungen, recht gefasst und über den Dingen stehend.

»Mittwochs bin ich nicht in der Praxis. Da mache ich Hausbesuche. Also müssen Sie schon meine Sprechstundenhilfe fragen. Gerne wird sie Ihnen Auskunft darüber erteilen, wo ich zur besagten Zeit gewesen bin. Tut mir leid, was Sie mir da über Thomas' Taxifahrt erzählen, ist mir wirklich vollkommen neu.« Irgendwie siegessicher hat sie sich jetzt wieder angehört, aber trotzdem auch so ein unsicherer Beiklang in der Stimme.

Mist, das mit dem Mittwoch, wahrscheinlich hat es gestimmt, die Ärzte haben ja immer so Hausbesuchstage, wo die Praxis bis auf einen Anrufbeantworter oder im besten Fall eine Sprechstundenhilfe unbesetzt ist. Zu blöd aber auch, darauf hat die Katharina so viel gesetzt gehabt. Egal, wer vom Pferd fällt, steigt am besten gleich wieder auf.

»Nun ja, Frau von Hohenstein, vielleicht war es ja doch nicht so dringend zwischen Ihnen beiden, er hätte Sie sicher angerufen, wenn er hier vor verschlossener Türe gestanden wäre, wir prüfen die Aussage des Taxifahrers noch mal nach.«

»Gut, machen Sie das.«

»Sie hatten sich ja, wie ich gehört habe, schon am Wochenende zuvor ausreichend gesehen, zuerst bei ihm zu Hause, bis die Polen gekommen sind und es diesen hässlichen Streit gegeben hat zwischen dem Jurek und dem Wieslaw Pawliczyk, dann während der Verfolgungsjagd, bei der ein Jaguar samt Fahrer und fünfzehn Ordner voller quittierter Zigarettenschmuggeljahre im Derdorfer Weiher versenkt worden sind, und dann beim Segeln am Chiemsee. War's schön?«

Jetzt hat sich die Hohenstein nicht provozieren lassen. Und die Katharina hat ihren Triumph gar nicht richtig auskosten können, weil sie der Hohenstein ihr Gesicht gar nicht mehr gescheit gesehen hat, weil jetzt ein Schatten über ihnen beiden gelegen ist, der von der Terrassentür her über die Terrakottafliesen und die Wiese gefallen ist, und der irgendwo weit hinten zwischen den Bäumen von der Dunkelheit der Nacht verschluckt worden ist. Sie ist aufgestanden und hat sich ganz langsam umgedreht. In der Tür ist der Dr. Lechner gestanden, mit einem Glas Rotwein in der Hand, in dem sich das Licht aus dem Wohnzimmer gebrochen hat, und es hat ausgesehen wie Blut.

»Einen schönen guten Abend, Frau Berger. Ich denke, wir können auf Förmlichkeiten verzichten. Nehmen Sie doch bitte wieder Platz.«

Sehr, sehr ruhig hat der Dr. Lechner geklungen und sehr bedrohlich der Beiklang in seiner Stimme. Die Katharina hat sich nicht gerührt, nur ihre Gedanken sind gerast, und irgendetwas hat sie in Alarmbereitschaft versetzt.

Ihre rechte Hand ist ganz langsam an ihrem Bein nach hinten gewandert und hat an der Hosentasche gespürt, dass es da nicht viel zu spüren gibt, und jetzt ist ein Anflug von Panik in ihr hochgestiegen, weil sie versucht hat zu rekonstruieren, wo sie ihre Waffe verloren hat, und einfach nicht draufgekommen ist, wo.

»Sabine, du hättest mir wirklich Bescheid sagen können, dass du noch Besuch erwartest.« Und dann hat der Dr. Lechner die Katharina aufgefordert, auf dem Stuhl Platz zu nehmen, der mit der Lehne zum Garten gestanden ist, und er selbst hat sich auf der Katharina ihren Stuhl niedergelassen, und jetzt hat sie im Sitzen nur noch die Silhouetten von der Hohenstein und vom Lechner sehen können, weil das Wohnzimmerlicht ihr direkt ins Gesicht geschienen hat, durch die perfekt geputzten Glasscheiben hindurch und durch die halb leeren Gläser mit den Fingerabdrücken, die eine Freude für jeden Spurensicherer gewesen wären, und durch den Rotwein vom Dr. Lechner. Die anderen beiden hingegen haben die Katharina anschauen und mustern können, weil sie ist ja voll im Licht gesessen.

Aber die Hohenstein hat gar nichts mehr gesagt, weil jetzt war der Dr. Lechner dran, und der hat seinen Autoritätsanspruch geltend gemacht und ganz selbstbewusst und selbstsicher gesprochen.

»Frau Berger, warum haben Sie meine Krankschreibung nicht beachtet? Das hätte uns und Ihnen eine Menge Ärger erspart.«

Und mit diesen Worten hat er sein Glas erhoben und ihr zugeprostet, und sie hat es einfach nicht kapiert, weil die Panik sich ausgebreitet hat, überallhin, die Panik des Ausgeliefertseins, des In-der-Falle-Sitzens, des Nicht-denken-Könnens. Ihr ist übel gewesen und schwindlig, vielleicht von dieser Panik, die einem die Pupillen weitet, die Adrenalin produziert und kalten Schweiß, und dann hat sie wieder ihre rasenden Kopfschmerzen gehabt und kein Metamizol und kein gar nichts und keinen Matteo, der war draußen im BMW, und keine Waffe, die war sonstwo, wie kann man nur die Dienstwaffe verlieren, wie kann man nur, wie konnte sie nur.

»Wie konnten Sie nur so unvernünftig sein? Wir alle hätten so schön und ruhig weiterleben können wie bisher. Man hätte bei Ihnen eine Tomografie gemacht, in der Klinik in Mühldorf, und Ihre Hirnblutung entdeckt, denn das Schädel-Hirn-Trauma, das Sie bei Ihrem Sturz letzte Woche erlitten haben, war zwar *nur* Grad 1, aber die Symptome, die Sie zeigen, sprechen für die gelegentlich dabei auftretende Komplikation des chronischen Subduralhämatoms.

Damit machen Sie es uns im gewissen Sinn auch wieder leicht. Sie erledigen sich praktisch selbst.«

Die Katharina hat das Gefühl gehabt, als würde die Zeit sich dehnen und als würde sie alles Gesagte erst Stunden später begreifen. *Sie erledigen sich praktisch selbst.* Und was hat er davor gesagt? Und warum sitze ich hier?

»Haben Sie das erwartet? Wohl eher nicht. Sie untersuchen, ermitteln und fragen in alle Richtungen, im Grunde auch auf keine ungeschickte Art und Weise, aber die interessantesten Details übersehen Sie schlichtweg. Dass Sabine nach ihrer Scheidung neben der Hälfte seines Vermögens auch den Namen ihres Exmannes behalten hat, aber mit Mädchennamen Lechner geheißen hat, zum Beispiel. Und dass sie meine Schwester ist.« Dieser Stolz in seiner Stimme.

Die Katharina hat gemerkt, wie sie immer langsamer wird. Aber trotz allem ist ihr jetzt wieder eingefallen, was ihr zuvor nur unbewusst aufgefallen war, nämlich das mit der Familienähnlichkeit. Das ist wie bei der Anni und beim Brunner gewesen, die Sabine und der Vincent Lechner haben sich nämlich tatsächlich sehr, sehr ähnlich gesehen. Ich Vollidiot, hat die Katharina sich gedacht. Ich hätte es erkennen müssen. Schneller denken, Katharina. Wenn sie sich nur nicht so furchtbar gefühlt hätte.

»Ist Ihnen schwindlig? Übel?«

Sie hat kein Wort herausbekommen, weil jedes Mal, wenn sie etwas sagen wollte, ist der Satz schon wieder weg gewesen. Und immer hat der Dr. Lechner schon wieder weitergeredet.

»Die nette kleine Provinzpolizistin, die ihren ganzen Ehrgeiz auf den Job verwendet – und dabei ihre Gesundheit und ihr Privatleben vernachlässigt. Mit diesem durchaus reizenden Mann, den sie sich auf Distanz hält, vornehmlich durch die Tatsache, dass er im Ausland lebt und sie hier. Zu dumm, dass er sie heute hat herkommen lassen. Und dazu noch alleine. Anstatt sie in die Klinik zu bringen. Wie gesagt, mit der entsprechenden medizinischen Behandlung wäre das kein Problem gewesen. Sie wollten ja nicht auf mich hören. Aber jetzt werden Sie mir zuhören. Jetzt, wo Sie schon so weit gekommen sind, will ich Sie nicht länger auf die Folter spannen.«

Er hat der Katharina noch einmal zugeprostet und einen Schluck aus seinem Glas genommen.

»Dass Thomas Altmann Probleme gehabt hat, war jedem klar, der mit ihm zu tun hatte. Thomas hat eine Menge geerbt – und sein Vermögen in geliebte Dinge und Menschen investiert. Auch Sabine und ich können nicht klagen. Ihre Praxis und dieses Haus sind ein Beweis seiner Großzügigkeit. Aber wenn einer sehr spendabel ist, dann ist das Vermögen irgendwann fort. Also mussten Jobs her, die schnelles Geld versprechen. Daher unter anderem Thomas' Polen-Geschichte. Dieser Zigaretten-Schwarzhandel. Das Ganze war durchaus lukrativ, wurde aber ein bisschen heiß in letzter Zeit, vor allem auch, weil Andreas Hafner wohl Wind davon bekommen hat, bei was er da eigentlich mitspielt, und dann die Polen auch noch die Nerven verloren haben.«

Der Lechner und seine Schwester haben das schon immer so gemacht: Sie hat die Männer um den Finger gewickelt, Geld abgezapft und an ihren Bruder geleitet. So haben sie gut gelebt und sich geliebt. Ein durch und durch berechnendes Geschwisterpaar.

Die letzten Jahre haben sie das Vermögen vom Altmann erleichtert. Das war zumindest die Geschichte, wie der Dr. Lechner sie erzählt hat.

Die Tierärztin hat nur auf die dunklen Baumwipfel in der Ferne gestarrt und irgendwas geflüstert, was die Katharina nicht richtig verstanden hat. Aber aus dem Flüstern hat die Katharina trotz ihrer verlangsamten Gedanken etwas herausgehört. Nämlich, was der Dr. Lechner nicht verstanden hat, und das war, dass die Hohenstein den Hafner wirklich gemocht hat.

Dass da jenseits der Geldgier bei ihr noch was anderes war. Aber manchmal will der eine, und der andere will nicht. Und wenn einer etwas unbedingt will, was er nicht kriegen kann, dann kommt er, respektive sie, mitunter auf seltsame Ideen.

Tatsächlich hat der Thomas sich in die Sabine verliebt. Nur beim Hafner hat das keinerlei Eifersucht hervorgerufen, im Gegenteil. Erleichtert war der, weil er ja die Hohenstein losgehabt hat. Aber weil der Thomas ein enger Freund vom Hafner war, hat sie immer noch ständigen Kontakt gehabt mit dem Objekt ihrer Begierde. Die nie abgeklungen war. Und dann ist ihr die absurde Idee gekommen, den eigenen Freund verschwinden zu lassen, um beim Hafner irgendeine Emotion zu wecken. Dass sie beide dann die Sorge und die Trauer um den Vermissten zusammenschweißen wird. Weiter hat sie aber nicht gedacht, geschweige denn geplant. Aber der Dr. Lechner, der alles getan hat, um seiner Schwester seine Liebe zu zeigen, hat ihre seltsame Idee in die Tat umgesetzt.

Wie man manchmal in die Dinge hineingerät.

Wie sie sich manchmal verselbstständigen.

Wie man nicht mehr zurückkann.

Die Stimme vom Dr. Lechner hat immer noch weitererzählt.

»An jenem Mittwoch, als Thomas hier erschienen ist,

hat der Zufall ihn mir in die Arme gespielt. Mittwochs ist mein freier Tag, da bin ich gerne hier in Süchting. Thomas war vollkommen durch den Wind. Er sagte, er müsse das Land verlassen, Wieslaw Pawliczyk sei hinter ihm her, weil er, Thomas, den Mord an Jurek bezeugt habe. Und irgendwas von irgendwelchen offenen Rechnungen.

Ich hab ihm erst mal einen Drink in die Hand gedrückt, damit er sich beruhigt – und dann war er *recht* ruhig. *Verdammt* ruhig. So ruhig wie Sie, meine Liebe.«

Er hat sie angegrinst, und die Katharina hat es nicht recht verstanden. Also im Grunde gar nicht verstanden. Jetzt war sie zu langsam. In die Dinge hineingeraten. Die sich manchmal verselbstständigen.

»Wissen Sie, im Grunde habe ich nur im Namen der Liebe gehandelt, das einzig ehrbare Motiv. Sabines Rechnung jedoch ist nicht aufgegangen. Schon damals mit Andreas' Kater hat es nicht funktioniert, und an diesem Vieh hat er vermutlich mehr gehangen als an irgendeinem Menschen. Der Hölle Rache, alles für die Katz.«

Er hat einen letzten Schluck Rotwein genommen, sein Glas abgestellt und sich erhoben.

»Bevor ich jetzt allzu poetisch werde, möchte ich Sie lieber ein wenig herumführen, Frau Berger. Sabine, bleib du ruhig sitzen. Trotz des leicht sedierenden Halluzinogens in Ihrem Proseccoglas sind Sie noch nicht desorientiert, eher ein wenig eingeschränkt in Ihren Reaktionen, aber ich werde Sie gerne stützen, und wir machen eine Hausbesichtigung. Kennen Sie das Haus schon? Meine Schwester hat einen sehr guten Geschmack, es wäre ein Jammer, wenn ich Ihnen den vorenthielte. Und nach unserer Hausbesichtigung würde es mich freuen, wenn Sie einen weiteren Gast begrüßen würden.«

Der Dr. Lechner hat der Katharina aus ihrem Stuhl geholfen, aber beim Aufstehen hat sie schon gemerkt, dass sie sich kaum aufrecht halten kann, und der Dr. Lechner hat sie mehr durchs Haus geschleift, als dass sie selbst einen Fuß vor den anderen gesetzt hätte.

Es war aufgeräumt, sauber und hell, überall haben Lichter gebrannt. Das war so ziemlich der einzige Eindruck, den der Tierärztinnen-Bungalow bei der Katharina jetzt hinterlassen hat. Zwischen Bungalow und Praxis das alte Gebäude, der Rest vom einstigen Hof, und da ist es direkt neben der Hauseingangstüre hinabgegangen in den Keller. Die Katharina hat alles mit einer Gleichgültigkeit hingenommen, die sie selber erstaunt hat.

Schließlich sind sie die schmale düstere Treppe ins Dunkel hinuntergegangen, und die Katharina hat sich gefühlt, als würde sie Hunderte von Stufen hinabsteigen, wieder dieses Gefühl von gestreckter Zeit und gedehntem Raum.

Steine sind an den Wänden gewesen, alte Ziegel, so ein gemauerter Keller. Und alles hat die Katharina verschwommen gesehen. Ganz modrig hat es gerochen, nach abgestandener, verbrauchter Luft. Das hat ihrem Kreislauf jetzt gar nicht gutgetan. Der Dr. Lechner hat sie trotzdem aufrecht gehalten, er war schon recht kräftig.

Er hat sie durch einen Flur geschleift und durch eine Tür und weiter, man hat fast schon den Kopf einziehen müssen, so niedrig war es.

Und dann sind sie in einen Kellerraum getreten.

Durch eine Tür. Eine schwere. Eisentür. Beschlagen. Schloss. Feucht. Estrichboden. Hart. Kalt.

An der Decke eine einzige nackte Glühbirne, und der Raum kahl und schmutzig und Hunderte von Quadratmetern, kommt es der Katharina vor, aber wahrscheinlich sind es ein paar weniger. Also eigentlich wahrscheinlich ein kleiner Raum, aber so leer, dass es hallt. Jeder panische Atemzug von der Katharina kommt als Echo von den Wänden zurück.

Und ein Gestank.

Furchtbar. Fast wie Verwesung. Nach süß und nach sauer. Fensterlos. Und eine Ecke. Die aussieht, als wäre sie Kilometer entfernt.

Aber es sind nur ein paar Meter, mehr können es nicht sein. Und irgendwo ein Luftzug, ein schmaler Schlitz knapp unterhalb von der Kellerdecke, und von dort hört man das Plätschern des Teiches. *Wir sind unter der Terrasse*. Die Katharina weiß gar nicht mehr, ob sie das jetzt nur denkt oder ob irgendjemand das zu ihr sagt.

Die Stimme vom Dr. Lechner, wie von fern, aber neben ihr, und ihr Blick fällt wieder auf die Ecke, und unter einer dreckigen alten Wolldecke zusammengekauert etwas.

Und der Dr. Lechner sagt: »Thomas, ich habe ein bisschen Gesellschaft für dich.«

Aber das Etwas in der Ecke rührt sich nicht.

Irgendwie zu spät merkt die Katharina, wie der Dr. Lechner sie gegen die Kellerwand lehnt, und ihre Beine knicken ein, sie sinkt zu Boden, rutscht die schmutzige Kellerwand hinunter und spürt den rohen Beton an ihrem Rücken. Kalt und feucht. Und das Bündel in der Ecke hebt schwach den Kopf, und in einem sehr klaren Moment erkennt die Katharina den gut aussehenden Mann von dem Foto auf ihrem Küchentisch, wenn er jetzt auch extrem mager und eingefallen ausschaut, der Altmann Thomas, und bleich wie ein Toter. Und wenn man jetzt von außen die Tür schließt, zwei Tote.

Und wenn und wenn und wenn, und auch wenn ich nicht kann, ich muss aufstehen. Ich muss raus hier. Wie kann ich – ich kann nicht – ich kann einfach nicht. Ich schaff es einfach nicht.

Und dann geht das Licht aus.

Und dann fällt die schwere Eisentür ins Schloss, und von außen wird zugesperrt.

Und es ist Nacht.

Und es graust der Katharina.

Graust es vor dem Halbtoten im Eck.

Graust es vor dem beißenden Geruch nach Fäkalien und Fäulnis.

Graust es vor der Diagnose vom Dr. Lechner, Subduralhämatom, Hirnblutung, hat er gesagt. *Sie erledigen sich selbst.*

Wenn du nichts siehst und immer weniger fühlst, bleibt nur noch die Angst.

Und ein paar klare Gedanken zwischendrin.

Ihr linker Arm fühlt sich taub an. Wie gestern, als sie noch nicht einmal mehr ihr Telefon aus der Jackentasche hat holen können. Der Matteo hat es für sie gemacht.

Matteo.

Er hat nicht lockergelassen, ihr hinterhertelefoniert, er ist nachts 800 km am Stück gefahren, nur um bei ihr sein zu können, hat seinen Jahresurlaub auf einmal genommen, hat sie gepflegt, bekocht, abgeholt, durch die Gegend gefahren, *geh nicht allein*, hat er gesagt, und sie hat wieder nur gemacht, was sie wollte, und nicht auf ihn gehört. *Lass die anderen das machen, du bist krank, schon dich, ich kann für dich putzen, alles andere kann warten, hast du gut gemacht mit dem Kleinen, ich hab euch beobachtet, an dich denke ich, bevor ich einschlafe, ich will dein Atmen hören und dein Stöhnen und dein Lachen, ich will dich, ich will dich jetzt, ich möchte den Rest meines Lebens mit dir verbringen, ich liebe dich.*

Matteo. Es tut mir leid.

Und plötzlich dringt ein schleifendes Geräusch in ihre Gedanken ein.

Etwas zieht sich über den Boden.

Ganz nah.

Ein Keuchen.

Ein Stöhnen.

Ein Röcheln.

Und eine knochige Hand berührt ihren Arm, den Arm, der noch fühlt, und sie schreit und schreit, obwohl sie weiß, es ist kein Grauen, kein Monster, kein Halbtoter, sondern ein Mensch, aber es widert sie dermaßen an, sie kann nichts mehr ertragen, nur schreien ohne Unterlass, einen nur vom Luftholen unterbrochenen spitzen Schrei, mit aller Kraft, die sie noch aufbringen kann, und sie versucht, die knochige Hand abzuschütteln, aber sie kann nur mühsam ein winziges Stück fortrobben auf dem Boden. Und die knochige Hand ist schneller als sie und hält sie fest.

Dieses menschliche Wesen, das sie in ein Loch gesperrt haben. Sie war seine einzige Hoffnung.

Die Hoffnung stirbt zuletzt.

# NEINZEHN

Manchmal versteht man alles, selbst wenn man kein Wort versteht. Es reicht, die Melodien der Stimmen zu hören und dem Spiel auf der Bühne zuzusehen.

Und genau das hatte der Matteo getan.

Er ist um das Haus herumgeschlichen, an wilden Hecken und hohen Bäumen vorbei, weil von hinten, von der Gartenseite her, ein schwaches Licht zu sehen war und weil ja die Tierärztin feierabendlich auf der Terrasse zu sitzen pflegte. Aber dieses Mal ist sie nicht allein dagesessen. Die Katharina hat er gesehen, sie ist im Licht gesessen, und den Schatten von der Tierärztin. Wen er nicht gesehen, sondern nur gehört hat, das war der Dr. Lechner. Diesen melodischen vertrauenerweckenden Tonfall, den hätte er noch unter Tausenden von Stimmen wiedererkannt. Bedrohlich ruhig hat er geklungen, ein ganz ein langer Monolog, den er da gehalten hat, von dem der Matteo nicht das Geringste verstanden hat.

Er hat die Katharina betrachtet und gewusst, dass da irgendetwas nicht stimmt. Sie hat nicht geantwortet, wenn der Arzt was gefragt hat, und der Matteo hat ja gewusst, dass sie, wenn sie kann, grundsätzlich auch auf rhetorische Fragen antwortet. Aber sie hat überhaupt nichts getan. Das war so gar nicht seine Katharina. Sie hat einfach nicht reagiert, und er hat begriffen, dass sie irgendetwas mit ihr gemacht haben müssen. Ihr vermutlich irgendetwas verabreicht hatten. Zwei Ärzte. Nicht abwegig, der Gedanke.

Und schließlich hat der Dr. Lechner der Katharina aus dem Stuhl geholfen, und er hat sie gestützt, und dann sind die beiden im Haus verschwunden.

Seltsam. Und in höchstem Maße beunruhigend.

Die Tierärztin ist fast reglos dagesessen und hat eine nach der anderen weggeraucht.

Die Szene war von vorne bis hinten nicht stimmig. Und von hinten ums Terrasseneck ist der Matteo schließlich durch den Schatten geglitten, hat einen flüchtigen Blick durch die Glasfront in den Wohnraum geworfen, in dem nur ein paar teure Möbel gestanden sind, Le Corbusier, und zwei schöne Designerstandleuchten, deren warmes Licht bis auf die Terrasse herausgefallen ist.

Er hat es eigentlich gehasst, den Revolverhelden zu spielen, aber er hat jetzt erstens irgendwie diese Tierärztin befragen und zweitens gleichzeitig verhindern müssen, dass sie auf sich und ihn aufmerksam macht, drittens sie überwältigen, obwohl sie Taekwondo beherrscht, und viertens so wenig Schaden wie möglich anrichten.

Der Teich hat vor sich hin geplätschert und die kleinen Geräusche der Nacht übertönt. So leise wie möglich hat der Lucarelli jetzt die P7 entladen und die Munition in die Hosentasche gesteckt. Schieße nie auf einen Menschen, wenn du es vermeiden kannst.

Er hat noch einen winzigen Moment gezögert, hat auf die Verstärkung gehofft, und dann hat er der Hohenstein von hinten die rechte Hand auf den Mund gelegt und ihr mit der linken den Lauf von der Katharina ihrer Heckler & Koch gegen die Schläfe gedrückt. »*Neanche una parola*!«

Die Tierärztin war dermaßen überrascht, die hätte sich schon deswegen nicht gewehrt. Sie hat nur widerstandslos genickt. Das Überraschungsmoment immerhin hat er schon mal hinbekommen.

»*Mi capisce*?«

Sie hat wieder genickt.

»*Allora capisce l'italiano*?«

Und noch ein Nicken.

Entweder ein Angstreflex, oder sie hat tatsächlich Italienisch verstanden.

Dann hat der Matteo gefragt, ob die Katharina im Haus ist, *sì o no*, und die Tierärztin hat genickt. Ob sie in Gefahr ist, *sì o no*, und sie hat genickt. Und dann hat der Matteo gesagt, dass sie beide jetzt ganz langsam ins Haus gehen, und sie geht voran und er mit der Pistole direkt hinter ihr, und wenn sie sich bewegt, muss er schießen, ob sie verstanden hat, *sì o no*? Sie hat genickt.

Sie soll ihn jetzt dorthin führen, wo der Dr. Lechner mit der Katharina hingegangen ist, und keine Spielchen, aber das hat die Tierärztin irgendwie nicht mehr verstanden, genickt hat sie auch nicht mehr, und kurz vor der Hauseingangstüre hat sie sich schlagartig umgedreht, und zwar wirklich schlagartig, und ihm einen Schlag gegen den Hals versetzt, und irgendwie gleichzeitig einen Tritt gegen die Knie. Eine Taekwondo-Grundübung, und der Matteo war das imaginäre Holzbrett. Und genau so ist er eingeknickt, zu Boden gesunken, hat nach Luft gerungen, und sie ist zur Haustüre hinausgehechtet, und das alles ist so schnell gegangen, dass der Matteo überhaupt nicht reagieren hat können.

Als er wieder genug Luft gehabt hat, um sich aufzurichten, hat er gehört, wie Schritte eine Treppe heraufkommen.

Er hat sich gegen die Wand im Flur gepresst und versucht, tief, aber unhörbar durchzuatmen, hat mit zitternden Fingern praktisch lautlos die Pistole wieder geladen und sie im Anschlag gehalten.

Und dann hat er die Schritte nicht mehr gehört.

Und er hat die Luft angehalten. Dem, der da kommt, würde er keine Chance lassen.

Komm rauf, dreh ja nicht um, tu ihr ja nichts an, steig diese verdammten letzten paar Stufen hoch!

Derjenige kann ihn doch nicht gehört haben. Unmöglich. Kann die Szene von eben nicht mitbekommen haben, sonst wäre er in einem ganz anderen Tempo heraufgekommen.

Und mit einem Mal hat es den Matteo gefroren. Weil er die Situation einfach nicht beherrscht hat, die Situation hat *ihn* beherrscht, so eine Scheiße. Eine Pistole, die nicht seine war, in der zitternden Hand, keinerlei Fessel, um jemanden zu fixieren, keine Handschellen, keine Verstärkung, und wieder in dieser Situation wie im Sommer in diesem abgelegenen Hof in der Toskana.

Was, wenn *sie* es ist? Du kannst nicht schießen, wenn sie ums Eck kommt. Vielleicht steht sie auf der Treppe und hat einfach nur … Angst? Und du, Lucarelli? Du hast einfach nur Angst. Angst um sie. Reiß dich zusammen.

Und dann hat er bemerkt, was ihn frieren hat lassen.

Ein Luftzug.

Die Eingangstür, durch die die Hohenstein geflüchtet war, ist immer noch offen gestanden. Und genau das hat die Person auf der Treppe auch bemerkt gehabt. *Das* hat sie zögern lassen. Eine halbe Ewigkeit lang.

Aber jetzt hat sie sich ganz leise wieder in Bewegung gesetzt. Und das Licht gelöscht. Und der Flur ist jetzt vollkommen dunkel gewesen, nur ein schwacher Schein vom

Wohnraum her und das milchige Straßenlampenlicht von draußen.

Der Matteo hat im Dunkeln wahnsinns schlecht gesehen, es hat immer eine Ewigkeit gebraucht, bis seine Augen sich daran gewöhnt haben, ein echtes Handicap, und jeden Moment würde die Person erscheinen, und was würde ihm anderes überbleiben als zu schießen, und was war, wenn *sie* es war?

Katharina.

*Ti richiamo dopo, Matteo, du bist süß, würdest du deinen letzten Satz wiederholen, fahr vorsichtig, Lucarelli, a dopo Lucarelli,* wie sie auf der Türschwelle gewartet hat, auf ihn … *das ist doch nicht nötig, also weißt du … und jetzt hörst du auf? Ja dann …* und ein Kuss, *einfach so, Matteo, frag nicht immer, Matteo, später,* Katharina in der Küche, Katharina in ihrer Uniform, Katharina mit dem kleinen Zeugen, *mio caro testimone, was soll ich fragen? Ob du mich küsst zum Abschied, falls ich hier nicht wieder heil herauskomme?*

Katharina, wir kommen nie irgendwo heil heraus, wir werden immer Narben davontragen.

Katharina. Es tut mir leid.

Es gibt nur eine Möglichkeit. Schießen. Sobald die Person in den Flur tritt. Am effektvollsten in die gegenüberliegende Trennwand aus Glas, die den Flur von der Küche trennt. Und das Überraschungsmoment nutzen, um sie zu überwältigen. Und wenn sie angreift? Ein Schuss in die Oberschenkelmuskulatur. Blutet wie Hölle, brennt fürchterlich, setzt dich außer Kraft, aber du überlebst es.

Durch die offene Haustür ist der fahle Schein der Straßenlaternen gekrochen und ein fast unmerkliches blaues Flackern. Die Person ist zwischen die offene Tür und ihn getreten, und er hat, ohne zu zögern und ohne zu zittern, auf die Glaswand geschossen, und die ist mit einem explosionsartigen Knall zwischen ihnen beiden in tausend Scherben zersplittert.

»*Ferma!*«

In Extremsituationen benutzt du deine Muttersprache. Und wirst nicht immer verstanden.

Die Person hat jetzt für den Bruchteil einer Sekunde lang innegehalten und die Hand gehoben, als würde sie sich ergeben. Aber der Matteo hat im schwachen Widerschein der Straßenlaterne eine aufgezogene Spritze erkannt. Die Silhouette hat er sowieso schon richtig eingeordnet gehabt. Schon bevor er wieder diese melodische Stimme gehört hat.

»Ah, der italienische Held«, hat der Dr. Lechner bissig auf Englisch gesagt. »Wir haben Sie schon vermisst.« Er ist einen kleinen Schritt nach vorne getreten, auf den Matteo zu.

»*Fermati!*« Lucarellis Finger am Abzug der P7.

Lass mich nicht mit der Waffe einer deutschen Polizistin auf dich schießen, du Idiot.

»Ihrer Kommissarin geht es nicht besonders gut, aber keine Angst, sie hat Gesellschaft. Sie verbringt ihre letzten Stunden nicht allein. Vielleicht sollten wir ihr noch etwas mehr Gesellschaft verschaffen, was meinen Sie?« Wieder ein Schritt in Lucarellis Richtung.

»*Fermati!*« Verdammt, was hat er mit ihr gemacht?

»Ihre liebe Frau war zu neugierig, und ich finde, Sie sind auch neugierig, viel zu neugierig für meinen Geschmack. Ich denke, ich habe hier etwas gegen Ihre Neugier.«

Der Dr. Lechner ist über die Scherben hinweg langsam auf den Matteo zugegangen. Bevor er sich mit einem Mal auf ihn gestürzt hat. Mit der Spritze voran.

Aber der Matteo hat geistesgegenwärtig auf knapp unter Hüfthöhe gezielt und abgedrückt. Weil er in Extremsituationen nicht nur seine Muttersprache benutzt, sondern auch ein Höchstmaß an Konzentration aufbringt. Ein kurzer Knall, und der Dr. Lechner vor ihm hat aufgeschrien, ist eingeknickt und auf ihn zugestolpert und hat ihn nur um wenige Millimeter verfehlt. Die scharfe Nadel der Spritze hat einen haarfeinen Spalt in Lucarellis Hosenbein gerissen. Was er gehört und gespürt hat, aber vollkommen egal, weil von unten, irgendwo vom Keller her, war ein hoher, spitzer, durchdringender Schrei zu hören, der nicht mehr aufgehört hat. Der viel mehr geschmerzt hat als der Kratzer einer Nadelspitze.

Katharina.

Und der Matteo ist vorbeigehastet am Dr. Lechner, der sich auf dem Boden in den Scherben gewunden hat, aber recht reaktionsschnell im selben Moment nach dem Lucarelli seinem Bein gegriffen und ihn am Knöchel erwischt hat. Er ist gestolpert, hat sich losgerissen, ist mit dem Kopf gegen den Rahmen von der Kellertür gestoßen, aber egal, keine Zeit, sich benommen zu fühlen, keine Zeit für gar nichts, nur hinunter, was immer sie mit der Katharina gemacht haben, sie war in Panik, wann hat er das letzte Mal jemanden derart schreien hören? Nur keine Zeit verlieren, und er hat den Lichtschalter gefunden und ist die Treppen hinuntergestürzt, und er hat nicht mehr mitbekommen, wie zwei Einsatzwagen und ein Bus der Weiler und Mühldorfer Polizei vor dem Haus gehalten haben und der Brunner Josef und sein Team mit schußsicheren Westen, Waffen und genug Werkzeug, um den halben Ort zu fixieren, das Haus gestürmt haben.

Und den Kellerflur entlang, immer der Katharina ihrem Schrei hinterher, bis vor eine verdammte verschlossene Tür, gegen die er geschlagen und getreten hat wie ein Irrer, *Katharina, ich bin da, Katharina, ich bin's*, aber er hat keinen Schlüssel, und jetzt?

Und ihr ununterbrochenes Schreien.

Er hat den Lauf der P7 schräg gegen das Einsteckschloss der Eisentür gehalten und abgedrückt. Und noch einmal und noch einmal und noch einmal. Und sich gegen die Tür geworfen, so lange, bis sie endlich, endlich nachgegeben hat.

Wie von fern war das Teichplätschern zu hören, und von fern war auch das Martinshorn vom Einsatzwagen 2 zu hören, das war irgendwie verstimmt, das war der Katharina gleich aufgefallen, nachdem sie den Wagen aus der Werkstatt zurückbekommen hatten. Durch den winzigen Schlitz zwischen Wand und Decke des Kellerraums waren ein paar Sterne zu sehen, und ein schwaches blaues Flackern, und noch mehr Schritte und Rufe und Matteo, der sie aufgehoben hat und hochgetragen, *er hat gesagt, ich werde sterben*, und der Sternenhimmel über ihr, Hunderte, Tausende glitzernder Lichtpunkte, wie verrückt gewordene Tüpferl, durcheinander, ineinander verschwimmend, die Stimmen vom Brunner, vom Hansi und noch ganz viele andere, der Geruch vom Leder der Autositze und ein rasender Kopfschmerz. Und entsetzliche Übelkeit. Und die Katharina hat um jeden Preis verhindern wollen, sich in dem teuren Auto neben ihrem tollen Mann zu erbrechen, aber ihre Gedanken waren zu langsam.

Er ist auf dem kalten Estrich vor der Katharina in die Knie gegangen, und die magere Gestalt neben ihr hat ihn mit angsterfüllten Augen angestarrt und die Katharina im selben Augenblick losgelassen. Der Matteo hat schon gewusst, wer das war, er hat ja sein Bild gesehen gehabt und seinen Jungen und einen Blick in sein Leben geworfen, und um wenigstens ansatzweise Trost zu spenden, den er vielleicht selbst auch nötig gehabt hätte, hat er gesagt: »Hilfe kommt, die Verstärkung kommt jeden Moment, keine Angst.« Aber der ausgemergelte Mann hat ihn nicht verstanden, und die Katharina war unter Schock. Der Matteo hat ihren rechten Arm um seine Schulter gelegt, sie auf seinen Schoß gezogen und sie festgehalten. Ihr Schreien ist zu einem Weinen und Schluchzen geworden, bis sie still war. Und nur noch gezittert hat.

»Ich bin da, Katharina.« Er hat sie gewiegt und einen kurzen Gedanken an den Dr. Lechner im Hausflur über ihnen verschwendet. Und Schritte gehört. Wie grausam hat es für den Altmann sein müssen, wochenlang hier unten eingesperrt zu sein und jeden Schritt zu hören.

»Ich sterbe.«

»Ich bringe dich nach Hause, was meinst du?«

»Ich sterbe.«

»Kannst du aufstehen? Nein? Komm, ich trag dich, ich bring dich hier raus.«

»Ich sterbe.«

Und als er die Katharina aufgehoben und sich aufgerichtet hat, sind vier uniformierte Polizisten und der Brunner den Kellergang entlanggekommen, und ihr Anblick, mit diesen schußsicheren Westen und Handschellen am Gürtel und ihren Waffen im Anschlag, der war unglaublich erlösend für ihn.

»Kathi, was is passiert?«, hat der Brunner ganz besorgt gefragt, und sie hat ganz schwach gesagt: »Der Altmann«, und da hat der Brunner es verstanden. Die Kollegen haben sich um den Altmann gekümmert, und der Brunner hat den Matteo auf Englisch gefragt: »Sollen wir einen Krankenwagen rufen?«

»Nein, kein Problem, ich fahre sie, mit meinem Auto geht es schneller.«

»Kümmer dich um die Kathi, fahr mit ihr in die Klinik, die sollen schauen, ob sie in Ordnung ist, vielleicht ist es ja nur der Schock.«

Und der Matteo nur: »Ja, ja natürlich.«

Und der Brunner: »Den Dr. Lechner haben wir, und die Hohenstein werden wir auch noch finden, zu Fuß kommt sie nicht weit.«

Der Matteo hat die Katharina zu seinem Auto getragen, und sie hat den Kopf nach hinten gelegt und in den Sternenhimmel über sich geschaut und gesagt *mi ha detto che morirò*, und sie hat es so ohne jegliche Emotion gesagt, dass er Angst bekommen hat.

# ZWANZGE

Der Dr. Busconi war ein Segen.

Sie haben ihn aus der Inneren herbestellt in die Neurochirurgie, Abteilung Radiologie, CT und MRT, weil er neben Hochdeutsch und Mühldorfer Bairisch auch ein sauberes natives Italienisch beherrscht hat.

Er hat sich vor den Lichtkasten gestellt, an dem MRT-Bilder aufgehängt waren, und auf Italienisch die Diagnose vorgetragen, die seine Kollegen aufgrund der Schnittbilder von der Katharina ihrem Kopf gestellt hatten.

»Subduralhämatom rechtsseitig, aufgrund des Sturzes, den die Patientin vor einer Woche erlitten hat, durch einen Kollaps mit Bewusstseinsverlust nach schwerer Gastroenteritis mit folgender akuter Emesis. So weit die Kollegen, laut Krankenblatt.«

»Und das heißt?«, hat der Matteo vorsichtig gefragt. Weil mit einer Diagnose lässt sich nur etwas anfangen, wenn einem jemand eine Prognose dazugibt.

Da hat der Dr. Busconi gelächelt, und Lächeln heißt ja schon einmal Prognose so schlecht nicht, obwohl sein Lächeln ein bisschen müde ausgesehen hat, wahrscheinlich doppelte Nachtschicht.

»Großes Glück, heißt das, dass es durch die Blutung zwischen Dura und Arachnoidea noch zu keinen neurologischen Ausfällen oder Schäden gekommen ist, zumindest keinen größeren. Es muss umgehend operiert werden, um die Blutung zu stillen und den Druck aufs Gehirn zu beseitigen. Das ist ein Routineeingriff, keine Angst.«

Keine Angst im Sinne von: Alles wird gut, machen wir hier andauernd, reine Routine.

Aber Routine oder nicht, jeder Eingriff hinterlässt seine Spuren, und alles, was uns geschieht, verändert uns fürs Leben.

Sie haben sie auf die Intensivstation gebracht, und dort ist er an ihrem Bett gesessen. Mit all den Geräten drum herum schon wieder neben einer seiner Frauen im Krankenhaus zu sitzen, das hat sich der Matteo vor ein paar Tagen, als er noch bei sommerlichen Temperaturen mit seiner Schwester auf der Piazza Navona beim Caffè gesessen ist, so irgendwie gar nicht vorgestellt gehabt. So war das alles nicht geplant gewesen, aber was ist im Leben schon planbar, und was war im Moment noch planbar, außer wann und in welchem der OP-Säle und mit welcher Belegschaft die Katharina unters Messer beziehungsweise unter den Bohrer und die Operationssonde kommt.

Diese furchtbar ungemütlichen Kunststoffstühle.

Sie war wach und ansprechbar, und über die Infusion war ihr Kreislauf stabilisiert.

»*Ehi, Katharina. Come va?*«

»Sie haben es dir gesagt, Matteo?«

»Mhm. Ein netter, junger, italienischer Arzt. Hast du Angst?« Ihre Hand zwischen seinen. Sie hat sich kalt angefühlt und kraftlos.

»Ja«, hat sie irgendwann leise geantwortet. »Und du?«

»Ich auch.«

Zwischen all den blinkenden und piepsenden Geräten um sie herum war er das einzig Vertraute.

Irgendwie hatte er sie hierhergebracht. In seinem Wagen. Sie hatte sich übergeben. In seinem Wagen. Ihre Erinnerung war bruchstückhaft.

Der Brunner ist mit einer Verstärkung gekommen, und sie hat Hunderte von Sternen am Himmel gesehen, und sie ist in Lucarellis BMW gesessen, *Senti l'eco ove t'aggiri, sussurrar tra fiori e fronde*, und es war wie ein Echo, ein Déjà-vu, weil sie ist *wieder* in der Klinik gelegen, und er ist *wieder* an ihrem Bett gesessen, aber diesmal hat es sich mehr so angefühlt wie ein Kopfschuss.

»*Resta qui, Lucarelli.*«

»*Certo, commissaria.*«

Aber Déjà-vu oder nicht, alles, was uns geschieht, verändert uns fürs Leben.

Und wie ein vergessenes Déjà-vu hat der Altmann Thomas die Sterne und den Nachthimmel über sich gesehen, als die Sanitäter und die Polizisten ihn die Auffahrt vor Sabines Haus entlanggeführt haben, und die warme Decke, in die sie ihn gehüllt haben, war weich und hat geduftet, und der Geruch der Nacht hat eine Ahnung von Herbst in sich getragen, und der Kies unter seinen nackten Füßen war kalt und feucht. Er war noch am Leben, und so fühlt sich das Leben an, wie Kieselsteine. So einfach war das.

Und die Altmann Clara hat ihren schlafenden Sohn zugedeckt und ist noch eine Weile an einem der raumhohen Fenster in seinem Zimmer gestanden, hat über die Wiesen und Wälder geblickt, die dort, verloren im Dunkeln, mit dem sternenübersäten Nachthimmel verschmolzen sind, irgendwo in der Ferne, und irgendwo aus der Ferne war die Sirene von einem Krankenwagen zu hören, und sie hat das letzte Fenster geschlossen und die leichte Gardine davor zugezogen, sich über ihren schlafenden Sohn gebeugt und ihn geküsst. Er war ihr Leben, ihr Ein und Alles. So einfach war das.

Und der Allmandinger Peter ist in seinem Stall gestanden und hat das neugeborene Kalb betrachtet, und wie gut seine Kuh das gemacht hat, und das Wunder des Lebens bestaunt, weil, egal ob Tier oder Mensch, ein neues Leben ist immer ein Wunder, und im Stall war es warm und dampfig, und draußen über den Wiesen und Weiden, die den Hof umgeben, war es sternenklar. Das ist der Kreislauf des Lebens, einer wird geboren und woanders auf der Welt stirbt jemand, im selben Moment, unter demselben Sternenhimmel. So einfach ist das.

Und der Hafner Andreas ist durch seine Werkstatt gegangen und hat diesen Geruch nach Altöl und Schmiermitteln eingesogen und davon geträumt, das alles hier irgendwann einmal hinter sich zu lassen, so, wie er den Biohof von seinen Eltern aufgegeben hat vor zwanzig Jahren, so wird er das alles hier eines Tages aufgeben, die Dinge loslassen, wenn sie am besten laufen, und etwas Neues anfangen, nicht stehen bleiben, das Herz nicht an Dinge und Orte und Menschen hängen, irgendwohin gehen, nur sich selbst mitnehmen. Und er hat das Licht gelöscht, die Werkstatt abgesperrt, ist im Dunkeln zwischen all seinen Autos auf dem Hof gestanden, zwischen all den verschiedenen Aggregatszuständen von Blech und Glas und Kabeln, hat in den klaren Sternenhimmel hinaufgeschaut und sich gedacht, die Welt ist wie ein Kabelbaum. Gebündelte Leitungen, das sind die Lebensbahnen der Menschen, manche lose, manche mit Kabelbindern zusammengefasst, jede mit einem Anfang und einem Ende, dazwischen läuft der Strom des Lebens, aber manche haben Knicke, und manchmal gibt es Kabelbrüche, und manche kannst du flicken, und manchmal hat es keinen Sinn mehr. Dann muss ein neues her. So einfach ist das.

# EPILOG

Voi che sapete
Che cosa è amor
Donne, vedete
S'io l'ho nel cor.
... Sospiro e gemo
Senza voler,
Palpito e tremo
Senza saper.
Non trovo pace
Notte né di,
Ma pur mi piace
Languir così ...
(*Le Nozze di Figaro* | W.A. Mozart)

Den ganzen Herbst ist der Matteo zwischen der Toskana und dem bayerischen Rosenheim hin- und hergependelt, jedes Wochenende, um die Katharina in der Reha-Klinik zu besuchen. Die Parktickets und Strafzettel hat er alle aufgehoben, als stumme Zeugen seiner Auslandsaufenthalte.

Ein verregneter kalter Herbst, und anstrengend für beide, für den einen, der unter der Woche Chef des Kommissariats in Massa Marittima war und samstags und sonntags psychische Stütze in Rosenheim für die andere, die langsam wieder zurückfinden hat müssen in ihren Alltag, nach ihrer überstandenen OP.

Der Kopfschuss, der keiner war, sondern die unglückliche Folge eines verdorbenen Fleischsalats, hat etwas verändert in ihrem Leben. Weil wurscht, ob du nur für ein paar Tage oder wochenlang im Krankenhaus bist, es reißt dich raus aus deinem Alltag.

Die Katharina hat trotzdem ihren Fall gelöst. Hat einem Menschen sein Leben zurückgegeben. Ist selbst gerettet worden. Operiert worden. Nach elend langen Wochen als geheilt aus der Reha zurück in ihr altes, neues Leben entlassen worden.

Der eine fällt auf den Kopf, und der andere ist wochenlang im Keller eingesperrt und anschließend wegen Steuerhinterziehung im Gefängnis, da fragst du dich durchaus, warum gerade ich?

Aber was soll die ganze Fragerei.

Das Beste draus machen. Mehr Sinn gibt es nicht.

So einfach ist das.

Draußen vor der Windschutzscheibe hat es Bindfäden geregnet, dass die Scheibenwischer kaum dagegen angekommen sind. Aber der Matteo hat den Weg von Rosenheim nach Weil schon gut genug gekannt, und außerdem wäre er auch bis ans Ende der Welt gefahren, im Auto war es warm, und wegen dem ganzen Hin- und Hergefahre ist der BMW sowieso schon sein zweites Zuhause geworden.

Die Katharina ist neben ihm gesessen und hat in die Nacht hinausgeschaut, und in den Regen, der die Mozart-Arie akustisch untermalt hat. So haben beide schweigend vor sich hin gedacht.

Der Matteo hat den dreibeinigen Dinosaurier, den die Clara und der Django Altmann der Katharina in die Reha-Klinik mitgebracht hatten, zwischen Armaturenbrett und

Windschutzscheibe geklemmt, wie ein Fernfahrer, der die Erinnerungsstücke seines Lebens vor sich aufreiht, wo sie ihm Glück bringen sollen. Und ihn beschützen auf seiner Fahrt.

Und dieser Glücksbringer war der Beste, wie der Django es gesagt hatte, auch wenn ihm ein Bein gefehlt hat und auch wenn die Katharina ihn nicht hat ansehen und sich nicht hat erinnern wollen.

Es geht nicht ums Erinnern. Es geht darum, weiterzugehen. Weiterzufahren, durch den Regen und die Nacht. Durch das Leben und seine Schläge.

Ob ein Bein ab ist oder ob dich ein Schicksalsschlag getroffen hat oder jemanden, der dir nahesteht. Wir kommen nie irgendwo heil heraus, wir werden immer Narben davontragen.

Und der Matteo hat gewusst, mit all den Narben, die die Katharina davontragen würde, mit denen, die man sieht, und denen, die man nicht sieht, weil sie zu tief sitzen, war sie die Beste.

# GLOSSAR, BAIRISCH

Ein paar phonetische Regeln vorweg, vor allem die Vokale betreffend – regional sicher noch zu differenzieren – unvollständig und ohne Gewähr.

Das »e« am Wortende wird i.d.R. unbetont, dunkel und kurz gesprochen (halbe Länge), klanglich zwischen einem »ä« und einem sehr kurzen »i«. Die Diphthonge »oi« und »oj« werden einsilbig gesprochen, wobei man einen Unterschied zwischen den beiden hört – »oj« ist etwas länger. Von mir doppelt geschriebene Vokale sind eigentlich eineinhalbmal so lang wie der einfache Vokal, also »schee« im Bairischen spricht man etwas kürzer als »Schnee« im Hochdeutschen, aber genauso halb geschlossen; dasselbe gilt für »bleed« und »Heena«. Das »a« wird i.d.R. kurz und dunkel gesprochen (wie das schwedische »å«, aber nicht geschlossen wie ein »o«!), am Silben- bzw. Wortende heller (wie hdt. »Hand«), aber nicht so wie das »aa«, das man ausspricht wie im hdt. »sagen«, mit 1,5-facher Länge.

»i« wird kurz und halb offen gesprochen, also wie im hdt: »Licht«.

Endet ein Wort auf »-en« (diverse Infinitive, Plurale), so wird das e verschluckt, die Konsonanten verschmelzen in der Aussprache (z.B. »haben« > »habn« > »ham«). Andere Infinitive enden im bairischen Dialekt auf »-a« (»macha«, »kema«, »dringa«).

Und zum Unterschied zwischen »bayerisch« (wird so geschrieben, aber gesprochen als: »bay-risch«) und »bairisch«: Ersteres bezieht sich als Adjektiv auf Land und Leute, Letzteres auf die Sprache.

Viel Spaß beim Anwenden der »Ausspracheregeln« an folgenden Wörtern (aus ›Holunderblut‹).

| | |
|---|---|
| *a* | ein |
| *aa* | auch |
| *abghoit* | abgeholt |
| *allerwei* | immer(zu) |
| *alloa* | allein |
| *am Land* | auf dem Land |
| *amoi, oamoi* (betont) | einmal, *ein* Mal |
| *an* | einen |
| *ana* | einer |
| *as* | es |
| *a so* | so |
| *aufmandeln* | sich aufspielen, überheblich gebärden |
| *außa* | heraus (von: aus-her; auf den Sprecher zu) |
| *auße* | hinaus (von: aus-hin; vom Sprecher weg) |
| *außakimmt* | herauskommt |
| *außefojn* | hinausfallen |
| *aus(g)hoitn* | aus(ge)halten |
| *a weng* | ein wenig |
| *Beispuj* | Beispiel |
| *bisse* | bisschen, wenig |
| *bittschee* | bitte schön |
| *bleed* | blöd |
| *Bluatspritzer* | Blutspritzer |
| *boanad* | knochig |
| *braacha* | brauchen |
| *bringa, bracht* | bringen, gebracht |
| *brettern* | mit hoher Geschwindigkeit fahren (urspr. in Bezug aufs Skifahren gebraucht: wenn einer mit seinen Ski bzw. Brettern schnell den Hang hinunterfährt, dann brettert er) |
| *Bruada, Briada* | Bruder, Brüder |
| *bsuacht* | besucht |
| *Bua, Buam(a)* | Bub, Buben/ Junge, Jungen (in Bayern ist der »Bua« auch der Sohn, dann unabhängig vom Alter; jedoch |

| | |
|---|---|
| | ist das weibliche Pendant Madl/ Mädchen nur das Mädchen im Allgemeinen oder die feste Freundin; die Tochter heißt auch im Bairischen »Tochter«) |
| *Bujdog* | Traktor |
| *daad, daadn* | täte, täten/ würde, würden |
| *da bei uns* | hier bei uns |
| *dabremsen* | es schaffen, zu bremsen (im Bairischen im Gegensatz zum Hochdeutschen transitiv gebraucht; also: man dabremst etwas, oder eben nicht mehr) |
| *daglangen* | erreichen |
| *dahaut* | zerschlagen, verbeult, abgewrackt |
| *da heraußen/ da heraußd* | hier draußen |
| *dawischt* | erwischt |
| *dei* | dein |
| *dene* | diesen |
| *deppert* | blöd |
| *dera* | der da, dieser da |
| *derf, derfn* | darf, dürfen |
| *di* | dich |
| *Dienststoj* | Dienststelle |
| *doa* | tun |
| *Dorfschandi* (von Gendarm) | Landpolizist |
| *dreckert* | schmutzig, dreckig |
| *dringa* | trinken |
| *duad* | tut |
| *dua ned bleed* | tu nicht blöd/ zier dich nicht, stell dich nicht an |
| *Eana* | Ihnen, Sie |
| *Eana (Ihr)* | Ihr |
| *eam* | ihm, ihn |
| *eich* | euch |
| *eigfojn* | eingefallen |

| | |
|---|---|
| *eina* | herein (von: ein-her; auf den Sprecher zu) |
| *festgstojt* | festgestellt |
| *fetz(e)n* | sauber, ordentlich (im übertr. Sinn) |
| *Freind* | Freund |
| *Foj* | Fall |
| *fojn* | fallen |
| *friar, friara* | früh, früher |
| *furtgeh* | ausgehen |
| *ganga* | gegangen |
| *Garaasch* | Garage (wird franz. ausgesprochen) |
| *gehma* | gehen wir |
| *gengan (S')* | gehen (Sie) |
| *geplärrt*, eig.: *plärrt* | geschrien |
| *gfojn, gfoj* | gefallen, gefalle |
| *ghert* | gehört |
| *ghockt* | gesessen |
| *glaabn, i glaab* | glauben, ich glaube |
| *glaffa* | gelaufen |
| *(g)langa, mir glangt's* | reichen, mir reicht's |
| *glei* | gleich |
| *gnumma* | genommen |
| *Gojd* | Geld |
| *grantig* | schlecht gelaunt |
| *gredt* | geredet, gesprochen |
| *greislig* | scheußlich |
| *griaß di / griaß de* | grüß dich |
| *gscheid* | gescheit/ richtig |
| *gscheidhaflerisch* | besserwisserisch, wichtigtuerisch |
| *gschleckert* | wählerisch |
| *gschnappig* | vorlaut, frech |
| *gschtört* | verrückt |
| *gseng* | gesehen |
| *gspannt* | gemerkt |
| *guad* | gut |
| *gwen* | (e wird lang gesprochen) gewesen |
| *Gwoitvabrecha* | Gewaltverbrechen |
| *habn, ham* | haben |

| | |
|---|---|
| *Haferl* | kleine Plastikschachtel, Tasse, Gefäß |
| *Haffa* | Haufen |
| *Hagott(sa')* | Herrgott(sakrament) |
| *Haxn* | Bein, Beine |
| *Heena* | Henne(n), Huhn/ Hühner |
| *(heit) auf d' Nacht* | (heute) am Abend |
| *heitz'dog* | heutzutage |
| *hoam* | heim, nach Hause |
| *hoaß* | heiß |
| *hoaßn* | heißen |
| *hocka* | sitzen |
| *hockma* | sitzen wir |
| *hoiben* | halben |
| *hoit* | halt, eben |
| *hoin, hoit* | holen, holt |
| *(d') Hojfdn* | (die) Hälfte |
| *Holler* | Holunder |
| *i* | ich |
| *irgendan* | irgendeinen |
| *is* | ist |
| *jedsmoi* | jedes Mal, immer wenn |
| *jetz(ad)* | jetzt |
| *kaffa* | kaufen |
| *kannt(n)* | könnte(n) |
| *Karrn* | Wagen, Auto(s) |
| *kema* | kommen |
| *kena* | können |
| *kimm/ kumm* | komme, komm |
| *kindsen, kindst* | babysitten, babygesittet |
| *kloa* | kleiner/ kleine/ kleines |
| *ko* | kann |
| *koa(n)* | keine(n) |
| *koid, koids* | kalt, kaltes |
| *krachert* | auffällig, laut |
| *Krangahaus* | Krankenhaus |
| *Kundschaft* | Kunde |
| *Leibspeis* | Lieblingsessen |

| | |
|---|---|
| *leichte Weiße* | leichtes Weizenbier |
| *liab* | lieb |
| *macha* | machen |
| *machertn* | machten/ machen würden |
| *mei* | mein |
| *mei …* | ach (Ausdruck emotionaler Anteilnahme, im Sinne von: ach herrje …) |
| *meng* | mögen, gemocht |
| *mi* | mich |
| *miassn* | müssen |
| *Minga/ z'Minga* | München/ in München |
| *mir, ma* | wir (auch: mir) |
| *mitanand* | miteinander |
| *mitdenga* | mitdenken |
| *Mo* | Mann |
| *Moi* | Mal |
| *moana* | meinen |
| *muaß* | muss |
| *Mujdorf* | Mühldorf (am Inn) |
| *naa* | nein |
| *na(chert)* | dann, nachher |
| *Nama* | Name, Namen |
| *ned* | nicht |
| *nei* | hinein |
| *nei(s)* | neu(es) |
| *neighert* | hineingehört |
| *nia* | nie |
| *nimmer* | nicht mehr |
| *nix* | nichts |
| *no* | noch |
| *notwendig* (2. Silbe betont) | nötig |
| *oane, oana* | eine, einer/ jemand |
| *oan* | einen, jemand(en) |
| *o'deit* | angedeutet |
| *oid* | alt |
| *Oita* | (das) Alter |

| | |
|---|---|
| *ois, ois wia* | als, so wie, als ob |
| *oiso* | also |
| *ojs* | alles |
| *ojs zwoa* | beides |
| *ojwei* | allerweil, immer, immerzu |
| *o(g)ruafa* | an(ge)rufen |
| *oschaung, ogschaugt* | ansehen, angesehen |
| *pappn, pappt* | kleben, geklebt |
| *pfiat di* | tschüss, ciao |
| *pfiat Eana* | auf Wiedersehen |
| *Pistoin* | Pistole |
| *plattert* | glatzköpfig |
| *probiern* | versuchen |
| *redn* | sprechen, reden |
| *richten* | reparieren |
| *ruafa, gruafa* | rufen, gerufen |
| *Sach* | Sache, Zeug, Besitz |
| *Sacherl* | kleines bäuerliches Anwesen |
| *samma* | sind wir |
| *san(d)* | sind |
| *schaung* | nachsehen, sehen |
| *schaung mar amoi* | schauen/ sehen wir einmal/ wir werden sehen |
| *schee* | schön |
| *schiach* | hässlich |
| *Schmarrn* | Unsinn |
| *schnoj* | schnell |
| *scho* | schon (übertr.: aber sicher) |
| *Schuid* | Schuld |
| *Semmen* | Semmeln (Brötchen) |
| *sei* | sein |
| *sejber* | selbst |
| *siggt* | sieht |
| *sojt* | sollte |
| *spaada* | später |
| *spanna* | merken |
| *sprecha* | sprechen |
| *Sprenkler* | Tupfen |

| | |
|---|---|
| *Spuj* | Spiel |
| *Stamperl* | Schnapsglas |
| *Staudn* | Strauch, Sträucher |
| *Staunzen* | Mücken |
| *Steier* | Steuer, Lenkrad |
| *Stoj* | Stall/ Stelle |
| *stojn* | stellen |
| *suacha* | suchen |
| *suibern* | silberfarben |
| *Trumm* | Stück |
| *umgfojn* | umgefallen |
| *ummadum* | (rund)herum (ziellos im Kreis) |
| *ummanand(a)* | (rings) umher/ umeinander |
| *ummara* | gegen/ um … herum |
| *umme* | herum/ hinüber (vom Sprecher weg) |
| *unterstoj* | unterstelle |
| *verdo* (2. Silbe betont) | vertan, geirrt |
| *verkaffa* | verkaufen |
| *versprecha, versprocha* | versprechen, versprochen |
| *verstecka* | verstecken |
| *verstengan S'* | verstehen Sie |
| *verzojn, verzojt* | erzählen, erzählt |
| *vo* | von |
| *Volksschule* | Grundschule |
| *vui* | viel |
| *wahnsinns* | wahnsinnig |
| *warad* | wäre |
| *wei* | weil |
| *weida* | weiter/ fort, weg |
| *Weißbier* | Weizenbier |
| *wemma* | wenn man/ wenn wir |
| *wern/ werdn* | werden |
| *wia, wiar* (z. T. vor Vokalen mit r) | wie |
| *woaß(t)* | weiß(t) (das Verb, nicht die Farbe) |
| *Wochaend* | Wochenende |

| | |
|---|---|
| *wojt* | wollte (Imperfekt; eher ungebräuchlich, stattdessen meist: *hab … meng*) |
| *wojn* | wollen |
| *worn* | geworden |
| *wuj, wujst* | will, willst |
| *wurscht* | egal, gleichgültig |
| *zam* | zusammen |
| *zoang* | zeigen |
| *zojn, zojt* | zahlen, gezahlt |
| *zruckschoitn* | zurückschalten |
| *Zuagroaster* | Zugereister (Nicht-Bayer in Bayern, Nicht-Münchner in München usw.) |
| *zuawe* | her/ dazu (im Sinne von: an etwas ran) |
| *zwengs* | wegen, betreffs |
| *zwider* | übellaunig, grantig |
| *zwoa* | zwei |
| *zwoaravierzge* | zweiundvierzig |

# GLOSSAR, ITALIENISCH

| | |
|---|---|
| *abbastanza bene* | ganz gut/ passt schon |
| *a dopo* | bis später/ bis dann |
| *alla fine* | schließlich |
| *allora* | also |
| *amore (finito)* | Liebe (vorbei) |
| *aspetta!* | warte! |
| *bella (mia)* | (meine) Schöne |
| *birra* | Bier |
| *bottarga* | gesalzener und gepresster Rogen der Meeräsche |
| *buona sera* | Guten Abend |
| *caffè* | Espresso |
| *capisce l'italiano?* | Verstehen Sie Italienisch? |
| *capisci?* | Verstehst du? |
| *cara (mia)* | (meine) Liebe |
| *caro* | (mein) Lieber |
| *cefalo* | Meeräsche/ auch: Kopf- (in Zusammensetzungen) |
| *certo* | sicher |
| *certo che capisco* | aber sicher versteh ich |
| *che c'è?* | Was ist? |
| *ciao* | hallo/ tschüss |
| »*cinque, dieci, venti, trenta, trentasei, quarantatré …*« | »fünf, zehn, zwanzig, dreißig, sechsunddreißig, dreiundvierzig …« |

(aus Mozart, *Le Nozze di Figaro*)

| | |
|---|---|
| *com'è andato il tuo primo giorno in polizia?* | Wie ist dein erster Tag bei der Polizei gelaufen? |

| | |
|---|---|
| *come mi manchi* | wie du mir fehlst |
| *come stai?* | Wie geht's dir? |
| *come va?* | Wie geht's? |
| *commesso* | Verkäufer |
| *commissario/a* | Kommissar/in |
| *completamente ubriaco* | stockbetrunken |
| *e* | und |
| *è successo qualcosa?* | ist irgendwas passiert? |
| *ehi* | he(y) |
| *è solo che …* | es ist nur, dass … |
| *ferma/ fermati* | halt (an)/ stopp |
| *fra un pochino* | gleich |
| *grazie, no* | (nein) danke |
| *ma* | aber |
| *mangiane ancora un po'* | iss noch ein bisschen was davon |
| *mediterraneo* | Mittelmeer |
| *meglio* | besser |
| *mi ha detto che morirò* | er hat mir gesagt, dass ich sterbe |
| *mi manchi (anche tu)* | du fehlst mir (auch) |
| *mi capisce?* | Verstehen Sie mich? |
| *mio caro testimone* | mein lieber Zeuge |
| *neanche una parola* | kein Wort |
| *niente* | nichts |
| *niente di niente* | gar nichts/ nicht das Geringste |
| *non c'è problema* | kein Problem |
| *non attaccare briga con …* | leg dich nicht an mit … |
| *o non ti piace* | oder schmeckt es dir nicht |
| *ogni tuo desiderio è un ordine* | dein Wunsch ist mir Befehl |
| *per carità!* | um Himmels willen! |
| *Perché non rimani ancora?* | Warum bleibst du nicht noch? |
| *Perché non ti risiedi?* | Warum setzt du dich nicht wieder? |
| *però mi sento male* | aber ich fühle mich schlecht |
| *Pizza Margherita semplice* | Pizza Margherita, pur (Tomate, Basilikum, Mozzarella) |
| *Pizza bianca* | Pizzabrot, pur (Olivenöl, evtl. |

| | |
|---|---|
| | Rosmarin, Zwiebeln und Knoblauch) |
| *prego* | (wie) bitte |
| *pronto?* | Ja bitte?/ Wer spricht da? |
| *pulire* | putzen |
| *qualcosa di dolce?* | etwas Süßes? |
| *resta qui* | bleib hier |
| *sai che ore sono?* | weißt du, wie spät es ist? |
| *santo/a* | heilig(e) |
| *scopare* | kehren, fegen (auch: vögeln) |
| *se ti senti male, andiamo* | wenn dir nicht gut ist, lass uns gehen |
| *sei carino* | du bist süß/ niedlich |
| *»Senti l'eco ove t'aggiri sussurrar tra fiori e fronde«* | Hör das Echo, wo immer du weilst, flüstern zwischen Blumen und Laub |

(aus Mozart, *La Finta Semplice*)

| | |
|---|---|
| *sì* | ja/ doch |
| *sì o no* | ja oder nein |
| *sono a posto così* | ich bin vollkommen zufrieden |
| *SMS vocale Vodafone, messaggio gratuito. La persona chiamata non è al momento disponibile. Per inviare un SMS vocale parli dopo il segnale acustico e poi riagganci. Info e costi al numero gratuito …* | SMS-Dienst Vodafone, diese Nachricht ist gratis. Der angerufene Teilnehmer ist im Moment nicht erreichbar. Um eine Nachricht zu hinterlassen, sprechen Sie nach dem Signal und legen Sie dann auf. Informationen und Kosten unter der Gratisnummer … |
| *Signor Medico* | Herr Doktor (spöttisch, abfällig) |
| *sottilissimo/a* | hauchdünn (geschnitten) |
| *ti richiamo* | ich ruf dich zurück |
| *ti richiamo dopo, occhei?* | ich ruf dich später zurück, okay? |

| | |
|---|---|
| *troppo gentile* | sehr freundlich/ zu freundlich |
| | |
| *»Voi che sapete* | Ihr, die ihr wisst |
| *Che cosa è amor* | Was Liebe ist |
| *Donne, vedete* | Ihr Damen, seht nach |
| *S'io l'ho nel cor.* | Ob ich sie im Herzen trage. |
| *(…) Sospiro e gemo* | (…) Ich seufze und ich stöhne |
| *Senza voler,* | Ohne es zu wollen, |
| *Palpito e tremo* | Es pocht in mir, ich zittre, |
| *Senza saper.* | Ohne zu wissen, weshalb. |
| *Non trovo pace* | Ich finde keinen Frieden |
| *Notte né di,* | Nicht bei Nacht und nicht bei Tag, |
| *Ma pur mi piace* | Aber dennoch gefällt es mir |
| *Languir così (…)«* | Derart zu schmachten (…) |

(aus Mozart, *Le Nozze di Figaro*)

# AUTORENBEMERKUNG

Ich erkläre hiermit, dass alle Personen, Situationen, Namen und kleineren Orte in dieser Geschichte frei erfunden sind.

Die größeren Orte, Städte, Straßen und Gegenden existieren, bilden jedoch nur das räumliche Gerüst, in dem meine Ortschaften liegen und meine Protagonisten sich bewegen.

Die Arbeit und die Strukturen der Bayerischen Polizei bemühe ich mich – so gut es mir als einer Außenstehenden möglich ist – stimmig zu beschreiben; dort, wo es die Geschichte verlangt, habe ich mir dennoch mit der Freiheit der Romanautorin erlaubt, ein paar Kompetenzen unbürokratisch umzuverteilen.

Die Geschichte selbst ist Produkt meines Geistes und reiner Fantasie. Jegliche Übereinstimmung mit real existierenden Personen, Situationen, Namen und Ortsnamen wäre rein zufällig und selbstverständlich unbeabsichtigt.

München, im Mai 2012

# DANKSAGUNG

Mein besonderer Dank gilt Markus Stegbauer für die unermüdlichen Korrekturen des Bairischen, ebenso des Italienischen, und für seine geduldigen wie fundierten Antworten auf meine nicht enden wollenden Detailfragen – vom antiken Griechenland bis ins tiefste Oberbayern.

Dank gebührt auch Wolfgang Behr – nebst Kollegen – von der Pressestelle des Polizeipräsidiums München, der mir alle meine Fragen rund um die Bayerische Polizei beantwortet hat, mir eigene Freiheiten zugestanden hat – und an vielen Stellen meines Manuskriptes lachen musste, was gibt es Schöneres.

Dank ebenso Alberto Esposito für den Firnis der Nachrecherche – die Madonna ist himmelblau, der Sigi schwarz.

Schlussendlich danke ich von ganzem Herzen meiner Lektorin Elisabeth Kurath für den unerschütterlichen Glauben an meine Geschichte, ihren standhaften Einsatz für mein Manuskript, ihr Verständnis für meine vielen Wünsche und Änderungsvorschläge – und für die beste E-Mail aller Zeiten.